Explosiv

Explosiv

Jürgen Reitemeier
Wolfram Tewes

Verlag topp+möller
Detmold 2011

Auch diesmal möchten wir uns ganz herzlich bei Christiane Fischer, Ingrid Rinke, Andreas Kuhlmann und Andreas Naumann bedanken für ihren vollen Einsatz beim Ausmerzen unserer Schreibfehler.

Für die erneut erwiesene Gastfreundschaft bedanken wir uns bei Rainer Opolka und Jo Dorn.

Weiterhin geht unser Dank ins Warburger Land: An Rüdiger Zimmermann für seine wertvollen Informationen und an Alfons Holtgreve für das wie immer beglückende Titelbild.

Bibliografische Information Der Deutschen Bibliothek
Die Deutsche Bibliothek verzeichnet diese Publikation in der Deutschen Nationalbibliografie; detaillierte bibliografische Daten sind im Internet über http://dnb.ddb.de abrufbar.

ISBN: 978-3-936867-39-8

Erste Auflage 2011

Verlag und Gesamtherstellung: topp+möller, Detmold
Lektorat: Volker Maria Neumann

*„Hüte dich, deine Feinde zu hassen,
denn es trübt dein Urteilsvermögen."*

Der Pate, Teil 1

1

Der Fahrer des schwarzen Mercedes Kombi reduzierte seine Geschwindigkeit, schaltete das Licht aus und bog vorsichtig von der schmalen Landstraße auf den unbefestigten, im Dunkeln liegenden Parkplatz ab. Aus der von einem schwachen Mond nur unzureichend erhellten Finsternis tauchte diffus der Umriss eines Militär-Geländewagens auf, der dort parkte. Der Mercedesfahrer machte einen Schwenk nach links, fuhr dann langsam rückwärts auf das andere Auto zu und blieb in einem Meter Entfernung davon, Heckklappe an Heckklappe, stehen. Ein nicht großer, aber kräftig gebauter Mann stieg aus, ging zu dem anderen Fahrzeug, neben dem sich die Silhouette eines deutlich längeren und schmaleren Mannes aus dem Dunkel herausschälte. Die beiden nickten sich wortlos zu. Dann gingen sie zusammen zum Heck des Jeeps. Es gab ein pfeifendes Geräusch, als dessen Fahrer die große, hintere Klappe öffnete. Die Innenbeleuchtung des Jeeps ließ nun einen Blick auf den geräumigen und gut gefüllten Kofferraum zu.

Dann beugte sich der Geländewagenfahrer mit dem Oberkörper tief in den Gepäckraum hinein, hob den Deckel einer langen Holzkiste hoch und ließ den anderen einen prüfenden Blick darauf werfen. Es gelang ihm kaum, dabei seine Unruhe zu verbergen. Er atmete erleichtert durch, als der Mercedesfahrer sich ihm wieder zuwandte und durch den senkrecht erhobenen Daumen seine Zufriedenheit signalisierte. Noch immer war zwischen den beiden Männern kein Wort gefallen. Gesten mussten ausreichen, um ihre Handlungen zu koordinieren. Gemeinsam hievten sie die schwere Holzkiste aus dem Heck des Geländewagens und luden sie einen Meter weiter in den geöffneten Laderaum des Mercedes.

Als die Kiste sicher verstaut war, wischte sich der Mercedesfahrer mit einem Jackenärmel den Schweiß ab und fragte den anderen mit einer ungewöhnlich heiseren Stimme:

„Und wann kommt der Rest? Meine Abnehmer verlieren leicht die Geduld. Das alles muss in Zukunft viel schneller gehen. Hast du verstanden?“

Der Fahrer des Geländewagens nickte devot, bevor er leise, etwas eingeschüchtert wirkend, antwortete.

„Es ist schwieriger geworden. An diese Sachen heranzukommen, ist an sich schon vertrackt genug. Zaubern kann ich nicht. Und jetzt habe ich mir auch noch ein paar unangenehme Fragen anhören müssen. Aber keine Sorge, es liegt im Prinzip schon alles bereit. Ende der Woche habt ihr alles, was ihr in Auftrag gegeben habt. Verlass dich drauf.“

„Wir können keinen Tag länger warten. Die Lieferung kommt spätestens am nächsten Wochenende, sonst bist du raus aus dem Geschäft.“

Der Mercedesfahrer wartete nicht, bis sein Gegenüber darauf etwas erwidern konnte, sondern stieg in seinen Kombi. Eine Menge Kies schleuderte hoch, als er das Gaspedal durchdrückte und mit schliddernden Reifen davonfuhr. Er ließ einen verzweifelt dreinblickenden Mann im fahlen Mondlicht zurück.

2

Er ist kein Mensch, er ist kein Tier, er ist ein Panzergrenadier.

Der Stabsunteroffizier Marc Bornemann schmunzelte, als ihm dieser alte, selbstironische Spruch seiner Waffengattung in den Sinn kam, während er sich zum morgendlichen Befehlsempfang aufmachte. In früheren Zeiten mochte das ja gepasst haben, fand er. Aber heute? Heute war der Dienst im Heer doch ein ganz normaler, ja geradezu braver Beruf. Je nach Tätigkeit sogar ein langweiliger Verwaltungsjob, ein stinknormaler Posten in der Fahrbereitschaft oder wie bei ihm, die ewige, einsame Routine in der Waffenkammer.

Der in dem Spruch unterstellte, diffuse Schwebezustand zwischen Mensch und Tier, im Begriff *Kampfsau* besonders markig zusammengefasst, war doch obsolet, fand Bornemann. Wenn bei dir heute die Stiefel ordentlich glänzen, die Haare exakt geschnitten sind, du keine goldenen Löffel klaust und dir einem Vorgesetzten gegenüber nicht aus Versehen mal ein falsches Wort herausrutscht, dann kann dir doch bei der Bundeswehr nichts passieren. Dann hast du einen sicheren Job, bekommst regelmäßig dein Geld und machst dich nicht kaputt. Es gibt wahrhaftig Schlimmeres, dachte er gut gelaunt.

Es war ein wunderschöner Morgen Anfang Mai, und der Befehlsempfang vor der 3. Kompanie des Logistikbataillons ging routiniert über die Bühne. Danach sollte Bornemann noch zum Kompaniechef kommen. Das war zwar nicht alltäglich, auch nicht unbedingt etwas, worauf er sich freute, aber auch nichts ausnehmend Beunruhigendes. So was kam schon mal vor, da musste man eben durch, dachte er und machte sich auf den Weg zum Büro des Chefs.

Freundliche Gefühle hegte er seinem Vorgesetzten gegenüber allerdings nicht. Im Gegenteil. Hauptmann Guido Mannhardt pflegte mit Hingabe sein Image als *harter Hund*. Als Bornemann im vergangenen Jahr nach Augustdorf in Mannhardts Kompanie versetzt worden war, hatte man ihn bereits darauf hingewiesen, dass dort gelegentlich ein rauer Umgangston herrsche. Nicht permanent, zugegeben. Aber wenn Mannhardt *seine Tage* hatte, dann zog man besser den Kopf ein und versuchte, so wenig aufzufallen wie möglich. Besonders gern nahm der sich dann die Neuen vor, die noch den richtigen *Feinschliff* brauchten. Bornemann hatte diesen Feinschliff im vergangenen Jahr mehrfach genießen dürfen und legte keinen Wert auf weitere Sonderbehandlung. Er wollte einfach nur in Ruhe seinen Job machen. In den letzten Wochen war es auch etwas besser geworden, er schien nicht mehr so sehr im Fokus zu stehen.

Bornemann prüfte den exakten Sitz seines Baretts, wischte sich einen Krümel von der Stiefelspitze und räusperte sich, bevor er an die Tür des Kompaniechefs klopfte. Es dauerte ein paar Sekunden, bis eine laute, fast polternde Stimme ihn hereinrief. Bornemann trat ein, machte *Männchen*, stand weiterhin stramm und wartete auf den Befehl, sich *rühren* zu dürfen. Aber sein Chef dachte offenbar nicht im Traum daran, ihn aus dieser wenig entspannten Haltung zu erlösen.

Der Hauptmann legte einen Kugelschreiber zur Seite, wandte sich seinem Untergebenen zu und sprach mit feierlich klingender Stimme:

„Stabsunteroffizier Bornemann, ich darf Ihnen mitteilen, dass Sie zum 1. Juli diesen Jahres eine neue, verantwortungsvollere Position bekleiden werden. Eine Position, die Ihrer Ausbildung entspricht und bei der Sie dem deutschen Heer und insbesondere der Panzerbrigade 21 zur Ehre gereichen werden, da bin ich ganz sicher."

Was war denn jetzt los, dachte Bornemann. Wurde er befördert? Er war doch gar nicht an der Reihe. Warum war der Mistkerl denn so freundlich zu ihm? Sollte der sich tatsächlich für ihn verwendet haben?

Das nun folgende Lächeln des Kompaniechefs ließ Bornemann jedoch nichts Gutes ahnen.

„Das Wehrbereichskommando hat Ihnen die Ehre erwiesen, Sie dort einzusetzen, wo Sie Ihre Fähigkeiten, Ihre Energie und Tatkraft am wirkungsvollsten im Dienste Ihres Vaterlandes einsetzen können. Wie Sie wissen, müssen Deutschlands Grenzen auch am Hindukusch verteidigt werden.

Nur die Besten werden für diese wichtige Aufgabe ausgewählt. Sie können stolz darauf sein, zu dieser Elite zu gehören. Herr Stabsunteroffizier, ab Juli werden Sie der Quick-Reaction-Force im idyllischen Städtchen Mazar-i-Sharif im Norden von Afghanistan zugeteilt. Ich gratuliere Ihnen zu der Auszeichnung!"

Bornemann hätte, selbst wenn er aufgefordert worden wäre, locker zu stehen, kein Glied rühren können. Wie gelähmt stand er vor dem Schreibtisch des Kompaniechefs und hoffte, ganz schnell aus diesem Albtraum zu erwachen. Doch er musste erleben, dass sein Vorgesetzter nun aufstand, um seinen Schreibtisch herumkam und tatsächlich die Hand ausstreckte, um ihm zu gratulieren. Mechanisch, mit totaler Blutleere im Hirn, erwiderte Bornemann die Geste, ohne den festen Druck des anderen zurückgeben zu können.

Kurz darauf stand er, völlig benommen, allein im langen und öden Flur der Kompanie. Es gelang ihm nicht, einen einzigen Gedanken festzuhalten, tausend Ansätze dazu schwirrten wirr durcheinander und verschwanden wieder im Nichts. Allein ein Satz flackerte immer wieder im Rhythmus seines Pulsschlages auf: *Er ist kein Mensch, er ist kein Tier…*

3

Die Nachricht hatte Schulte wie ein Schlag mit dem Hammer getroffen. Die Detmolder Polizeichefin Margarete Bülow würde in Kürze die künftige Leiterin der Abteilung Tötungsdelikte sein. Nach seinem Amtsantritt hatte der neue Innenminister zügig damit begonnen, die ersten Duftmarken zu setzen; im Landeskriminalamt wurde umorganisiert.

Zunächst hielt Schulte diese Hiobsbotschaft für ein Gerücht. Doch dann war die Polizeidirektorin an ihn herangetreten und hatte ihm vorgeschlagen, mit ihr in die Landeshauptstadt zu gehen. Schulte hatte abgelehnt. Er war Ostwestfale. Was sollte er in einem so versnobten Kaff wie Düsseldorf? Nachdem er seiner alten Chefin einen Korb gegeben hatte, unterbreitete sie Braunert das Angebot, der dem Wechsel zugestimmt hatte.

Schulte konnte seinen Kollegen verstehen. Braunert war schwul. Im vergangenen Jahr war er eine Affäre eingegangen, die sein Liebhaber auf unschöne Art und Weise im Internet präsentiert hatte. Seit dieser Zeit war die sexuelle Neigung Axel Braunerts immer wieder Gesprächsthema in der Kreispolizeibehörde Detmold. Die Art und Weise, wie einige Kollegen ihn seitdem behandelten, konnte man durchaus als Mobbing bezeichnen. Daher kam Braunert das Angebot, nach Düsseldorf zu gehen, gerade recht.

Der Weggang der beiden und die Pensionierung Bernhard Lohmanns, bislang ebenfalls Kollege von Schulte, hatten das Personalkarussell in Detmold in Bewegung gesetzt. Es stand sowieso wieder einmal eine Polizeireform ins Haus, diesmal das *Direktionsmodell.* Daher nutzte man die Gelegenheit zur Neustrukturierung. Und noch bevor die Schritte der Umgestaltung stattgefunden hatten, fühlte sich Schulte schon als Verlierer.

Der frisch beförderte Polizeidirektor Erpentrup war also von nächster Woche an sein neuer Chef. Seit dem ersten Zusammentreffen vor vielen Jahren hatte sich Schulte mit diesem Mann schwergetan. Das von Anfang an schon gespannte Verhältnis hatte sich mehr und mehr verhärtet. Doch dann, vor einigen Jahren, war Schulte Erpentrup gleichgestellt worden. Diese vorübergehende Gleichberechtigung und der kluge Führungsstil, den Margarete Bülow praktizierte, hatte Schulte das Polizistendasein sehr erleichtert. Aber die Begegnungen auf Augenhöhe mit Erpentrup würde demnächst Geschichte sein, da war sich Schulte sicher.

„Eine ordentliche Verabschiedung muss es geben! Das sind wir den Kollegen schuldig!“, hatte Erpentrup getönt, als seine Beförderung und all die anderen Veränderungen verkündet worden waren.

Und heute Abend sollte sie sein, die Abschiedsfeier. Schulte hätte sich am liebsten mit einer Flasche Schnaps und einer Kiste Bier in die Abendsonne gesetzt und versucht, sich die Zukunft schön zu saufen. Doch er wusste, dass seine Kollegen und vor allem Margarete Bülow von ihm erwarteten, dass er an der Feier teilnahm.

Missmutig zerknüllte Schulte ein Blatt Papier und warf es in Richtung Papierkorb. Natürlich daneben! Nicht einmal das klappte. Gerade als er die Papierkugel verärgert durch das Büro kicken wollte, klopfte es an der Tür. Im nächsten Moment stand seine Kollegin Maren Köster im Raum.

„Was ist nun, Jupp, willst du hier Wurzeln schlagen? Wir sind spät dran. Die Verabschiedung beginnt gleich."

„Nee, ich bin nur gerade dabei, mich mental auf das Gesülze einzustellen, das Erpentrup gleich von sich geben wird. Allein der Gedanke daran, dass ich mir diese Sabbelei in nächster Zeit fast täglich anhören muss, lässt mich über eine vorzeitige Pensionierung nachdenken."

Maren Köster verdrehte die Augen und dachte ebenfalls an die nervigen Streitereien der kommenden Monate. Schulte seufzte und griff zu seiner abgetragenen Lederjacke.

„Willst du die wirklich zur Verabschiedung von Margarete anziehen?"

Schulte grinste schief.

„Wieso, im Anzug würde sie mich doch gar nicht erkennen."

Als die beiden Polizisten beim Restaurant *Hirschsprung* ankamen, war schon richtig was los. Der Erste, der ihnen über den Weg lief und sie begrüßte, war der Landrat. Dabei wurde Schulte das Gefühl nicht los, dass seine Lederjacke von seinem obersten Chef mehr Aufmerksamkeit bekam als Maren Köster. Und das war ganz und gar ungewöhnlich. Sollte er vielleicht doch nicht angemessen gekleidet sein?

In der Gaststätte drängten sich die Leute. Schulte sah sich nach seinen Kollegen um. Da tippte jemand von hinten auf seine Schulter. Als er sich umdrehte, sah er in das Gesicht der scheidenden Kollegin Margarete Bülow. Wieder einmal wunderte sich Schulte, dass sie, obwohl sie blind war, ihn so zielsicher erkannt hatte.

„Woher hast du gewusst, dass ich es bin, obwohl ich überhaupt noch nichts gesagt habe?"

„Gesagt nicht", entgegnete die Polizeidirektorin, „aber du hast deine Lederjacke an. Die habe ich gerochen. Und ich kenne außer dir keinen Menschen, der zu einer solchen Feierlichkeit in dieser Kleidung kommt."

Schulte wurde verlegen und wollte sich gerade entschuldigen. Doch Margarete Bülow hakte sich bei ihm unter und fragte: „Wo gibt es denn hier was zu trinken?"

Diese Situation berührte Schulte. So etwas wie Trauer machte sich in ihm breit. Verlegen drückte er sich eine kleine Träne weg. Margarete Bülow war die beste Chefin, die er je gehabt hatte. Er würde sie vermissen und auch das so vertraute Unterhaken.

Um über diese etwas unangenehme Situation hinwegzukommen, sah er sich im Raum um und musterte die anwesenden Personen. Bernhard Lohmann schlich schon am noch nicht eröffneten Buffet entlang. Erpentrup wirkte verkniffen, ja geradezu schlecht gelaunt.

Nachdem Schulte alle ihm bekannten Personen gemustert hatte, fiel sein Blick auf zwei junge Leute, die etwas abseits standen. Eine große, blonde, geradezu sinnlich wirkende, junge Frau und ein unendlich langer, schlaksiger, dunkelblonder Mann.

„Die Blonde und der Junge mit den Storchenbeinen, sind das unsere beiden Neuen?", fragte Schulte.

Margarete Bülow nickte. Doch bevor sie etwas zu den zukünftigen Kollegen sagen konnte, gesellte sich Bernhard Lohmann zu ihnen.

„Mensch Jupp, wie lange arbeiten wir jetzt schon zusammen? 18 Jahre? 20 Jahre? So genau weiß ich das gar nicht mehr. Aber seit ich dich kenne, läufst du mit dieser schäbigen Lederjacke rum. Hättest du nicht wenigstens heute, an meinem letzten Arbeitstag, mal einen Anzug anziehen können?"

Bevor Schulte sich dazu äußern konnte, gesellte sich der Nächste zu der kleinen Gruppe. Es war der säuerlich dreinblickende Erpentrup. Noch bevor ihn jemand auf seinen missmutigen Gesichtsausdruck ansprechen konnte, nannte er selbst den Grund seiner Übellaunigkeit.

„Frau Dr. Bülow, ich habe mir so viel Mühe mit Ihrer Abschiedsrede gemacht. Und nun habe ich nicht einmal die Möglichkeit, sie zu halten. Der Landrat wird es sich nicht nehmen lassen, selbst ein paar Worte zu sagen."

Die Polizeidirektorin drückte höflich ihr Bedauern darüber aus, dass sie die sicher wunderbare Rede Erpentrups nun verpassen würde, und bedankte sich für dessen Wertschätzung.

Schulte hingegen grinste süffisant. Glück gehabt, dass dieser Schleimbeutel nicht ans Rednerpult gelassen wird, dachte er.

Erpentrup entging Schultes despektierlicher Gesichtsausdruck natürlich nicht. Die Retourkutsche kam prompt. Er wandte sich an den jetzt wieder Untergebenen und sagte für alle Umstehenden hörbar:

„Herr Polizeirat Schulte, wie alt sind Sie eigentlich? Irgendwann müssten doch auch Sie begreifen, dass man zu bestimmten Gelegenheiten nicht wie ein Rocker aufläuft."

4

Zwei Stunden später hatte Marc Bornemann sich so weit gefangen, dass er wieder denkfähig war. Langsam, ganz langsam reifte in ihm ein Entschluss, der ihm zunächst so ungeheuerlich erschien, dass er sich weigerte, den Gedanken zu Ende zu denken. Doch von Minute zu Minute wurde ihm deutlicher, dass es keine Alternative zu dieser Entscheidung gab. Es würde ein harter und nicht mehr zu reparierender Einschnitt in seiner bisher korrekt und gradlinig verlaufenen Biografie werden.

Aber er hatte keine Wahl.

Nachdem ihm sein Marschbefehl durch den Kompaniechef angekündigt worden war, hatte er einige Zeit stumpf vor sich hinstarrend an seinem Arbeitsplatz in der Waffenkammer gesessen.

Er begann darüber nachzugrübeln, warum er damals den Entschluss gefasst hatte, Soldat zu werden. Die Frage, ob Wehr- oder Zivildienst, war bei ihm schon früh entschieden worden. Die Bundeswehr war für ihn ein wichtiger Bestandteil dieses Staates. Er hatte sich bewusst dazu entschieden, Zeitsoldat zu werden. Im vollen Bewusstsein darüber, dass dann auch ein Einsatz in einer Krisenregion auf ihn zukommen könnte.

Dazu gehörte zum Beispiel der Anti-Pirateneinsatz in Atalanta. Das war für ihn eine wichtig und ureigene Pflicht, der die Bundeswehr nachkommen musste. Nun war er aber nicht bei der Marine, sondern beim Heer. Er fand auch die Aufgaben durchaus wichtig, welche die Bundeswehr im Kosovo wahrnahm.

Aber mit Afghanistan hatte er immer seine Probleme gehabt. Okay, er war Soldat und an bestimmter Stelle galt es einfach zu gehorchen. Das hatte man ihm beigebracht. Aber Bornemann war nicht in der Lage, seinen Kopf abzuschalten und sich zu sagen: Befehl ist Befehl. Das bekam er einfach nicht hin. Für ihn hatte die Bundeswehr in Afghanistan nichts zu suchen.

Er konnte es einfach nicht nachvollziehen, wieso deutsche Soldaten die Interessen der Bundesrepublik am Hindukusch verteidigen mussten. Er hatte nach Gründen gesucht, nach ehrenwerten Gründen. Er hatte sie nicht gefunden.

Leicht hatte Bornemann es sich nicht gemacht. Aber nach langem Grübeln war er zu dem Entschluss gekommen, die deutsche Armee habe in Kundus nichts zu suchen. Anfangs hatte er diese Meinung gelegentlich in der Diskussion mit seinen Kameraden vertreten. Da war ihm aber ein eisiger Wind entgegengeweht.

Auch seinem Hauptmann gegenüber hatte Bornemann diese Meinung vertreten. War der Marschbefehl die Quittung für seine nonkonforme Überzeugung in dieser Frage? War so viel Freidenkertum innerhalb der Bundeswehr nicht möglich?

Solche und ähnlich Gedanken schwirrten ihm durch den Kopf. Er bekam sie nicht gebannt.

Bornemann schaffte es nicht, sich einzureden, dass es seine Pflicht als Soldat sei, dem heutigen Befehl zu folgen.

Er musste mit jemandem reden. Nur mit wem? Katharina, seine Freundin, war die einzige Person, die ihm einfiel. Er griff zum Telefon. Katharina war erwartungsgemäß von der schlechten Nachricht schockiert gewesen. Alles andere hätte ihn auch überrascht. Katharina war so mitgenommen, dass sie ihm etwas verraten hatte, was sie ihm eigentlich erst nach der Diagnose ihres Frauenarztes und vor allem in einem angenehmeren Kontext hatte mitteilen wollen. Sie war schwanger, und Bornemann würde in etwas mehr als einem halben Jahr Vater werden.

„Das Kind braucht einen lebendigen Vater!“, hatte sie empört gerufen, „und keinen toten Helden.“

Diese Reaktion hatte ihm die nötige Energie gegeben, die seinen Gedanken in atemberaubender Geschwindigkeit zum festen Vorsatz anwachsen ließ. Auf keinen Fall würde er sich nach Afghanistan schicken lassen. Auch, wenn seine Weigerung ihn seine berufliche Laufbahn kosten sollte. Selbst wenn ihn dies ins Gefängnis bringen würde.

Er würde desertieren!

Diesen Entschluss hatte er seiner Freundin schon am Telefon sehr lautstark mitgeteilt – in der Hoffnung, sie und sich selbst damit beruhigen zu können. Aber eigentlich hatte er das Gegenteil bewirkt, denn jetzt war es ausgesprochen. Nun würde er tatsächlich handeln müssen. Zu allem Überdruss war sein direkter Vorgesetzter gerade in diesem Moment in den Raum gekommen. Und Bornemann konnte nicht einschätzen, ob der etwas von seinem Gefühlsausbruch am Telefon mitbekommen hatte. Und wenn schon, den Zusammenhang konnte er nicht kennen und würde ihn ohne weitere Informationen auch nicht verstehen.

5

Der Oberfeldwebel Klaus Windmacher war drauf und dran, das komplizierte Formular in ganz kleine Teile zu reißen und in den Müll zu werfen. Was diese Verwaltungshengste immer alles wissen wollten, unglaublich. Doch er seufzte nur resigniert und versuchte, die nächste Frage zu beantworten. Als er hörte, wie sich die Tür zu seinem Büro öffnete, war er dankbar für die Ablenkung. Selbst als er in dem Eintretenden seinen Kompaniechef erkannte. Windmacher war vielleicht der einzige in der Kompanie, der mit Hauptmann Mannhardt klarkam. Die beiden hatten sich schon vor der Bundeswehrzeit gekannt. Sie kamen beide aus einem kleinen Dorf in der Nähe von Delbrück, waren dort zwar nicht unbedingt dicke Kumpel gewesen, aber wie das in so einem Dorf eben ist, gehörte man nun mal irgendwie zusammen. Der Zufall hatte sie nach einigen Jahren Bundeswehrzugehörigkeit in verschiedenen Laufbahngruppen in dieser Kompanie in Augustdorf zusammengeführt. Nun war Guido Mannhardt zwar Windmachers Chef, aber sie waren klug genug, ihre alte Verbindung zu beider Nutzen zu pflegen. Windmacher genoss seinen guten Draht zum Chef, worum ihn viele beneideten, und Mannhardt hatte einen Vertrauten in der Gruppe seiner Unteroffiziere. Windmacher wusste, dass seine Kollegen im Uffz-Heim manchmal hinter vorgehaltener Hand von ihm als

„Agenten des Chefs“ sprachen und vorsichtig mit dem waren, was sie in seiner Anwesenheit über Hauptmann Mannhardt sprachen. Aber das nahm er in Kauf. Die Vorteile seines speziellen Verhältnisses zum Chef überwogen. Vor anderen hieß es „Sie“ und man sprach sich mit dem Dienstgrad an. Wenn sie unter sich waren, prägte das Du die Umgangsform. Wobei Windmacher aber nie völlig vergaß, wer hier Koch und wer Kellner war. Er hielt sich an die Regeln.

Der Hauptmann ließ sich ächzend auf einen Stuhl fallen, streckte die Beine aus und sagte erst einmal nichts. Das war seine Art, die Bedeutung seines Auftrittes zu erhöhen. Windmacher kannte das Ritual und wartete ab.

Dann sagte der Kompaniechef:

„Ich muss mit dir sprechen!“

Nicht mehr und nicht weniger. Aber Windmacher wusste, dass er nun alles liegen und stehen lassen und sich auf das konzentrieren musste, was nun kommen würde.

Es dauerte eine Weile, dann legte Mannhardt los.

„Klaus, hier läuft irgendwas schief!“

Das ungeschriebene Ritual der beiden schrieb vor, dass hier nun eine kleine bedeutungsschwangere Pause entstand, in deren Verlauf Windmacher seinen Stuhl näher an seinen Chef heranzurücken und totale Aufmerksamkeit zu zeigen hatte. Sie hatten dieses Schema im Laufe der Zeit wie einen Pawlowschen Reflex verinnerlicht.

„Ich war gestern zu einer Schießübung für Offiziere. Es sollte mit der Uzi geschossen werden. Ich mag diese Dinger nicht besonders, denn damit kann man zwar eine ganze Kompanie auf einmal plattmachen, aber keine Scheibe treffen. Ich holte mir also vorgestern, als du schon frei hattest, eine Uzi aus deinem Arsenal und brachte sie gestern Abend nach der Schießübung zurück. Auch da hattest du schon Feierabend. Als ich die Verwendung der Waffe ordnungsgemäß in der Liste eintragen wollte, ist mir was Merkwürdiges aufgefallen.“

Wieder eine Kunstpause. Windmacher lauschte beflissen.

„Diese Waffe tauchte in der ganzen verdammten Waffenliste nicht auf. Ich hatte eine Waffe entliehen, die offiziell gar nicht in unserem Arsenal vorhanden ist. Kannst du dir das erklären? Ich bin doch nicht zu blöd, eine Liste richtig zu lesen. Hier ist die Waffennummer“, er übergab Windmacher einen kleinen Zettel mit einer langen Zahl darauf, „überprüf das Ganze doch mal. Oder fällt dir dazu etwas ein?“

Windmacher legte die Stirn in Falten.

„Na ja, ich denke, da hat jemand schlicht und einfach einen Fehler gemacht und bei der Listenführung geschlampt. Und ich ahne auch schon, wer das gewesen sein könnte. Hätte ich mir denken können, der war die ganzen letzten Tage schon so unkonzentriert.“

Die letzten Worte hatte Windmacher mehr zu sich selbst als zu seinem Chef gesprochen. Der wurde nun ungeduldig.

„Wen meinst du denn?“

Windmacher antwortete nicht sofort, nahm dann offenbar seinen ganzen Mut zusammen und sagte mit gedämpfter Stimme: „Ich bin mir nicht sicher und will niemanden anschwärzen, der das nicht verdient hat. Guido, du weißt, dass du mir vertrauen kannst. Gib mir einen Tag Zeit, und ich regele das. Wenn ich dann Näheres weiß, informiere ich dich sofort. Versprochen!“

Der Hauptmann dachte nach und brummte dann etwas unwillig: „So was würde ich bei keinem anderen durchgehen lassen, das ist dir ja wohl klar. Aber okay! Weil du es bist. Sieh zu, dass du mir morgen Abend eine vernünftige Antwort geben kannst. Auch eine alte Freundschaft hat ihre Grenzen. Noch bin ich hier der Chef, vergiss das nicht. Also, morgen zum Dienstschluss will ich dich bei mir auf der Matte sehen. Bis dann!“

Windmacher schluckte noch an dieser Zurechtweisung, als Mannhardt schon längst durch die Tür verschwunden war.

Dann nahm er den Telefonhörer hoch.

6

Der Arbeitstag hatte für den Stabsunteroffizier Marc Bornemann trotz des schockierenden Marschbefehles des Vortags nahezu normal begonnen. Er hatte seinem direkten Vorgesetzten, dem Oberfeldwebel Klaus Windmacher, bereits gestern davon berichtet. Windmacher hatte eine durchaus angenehme Mischung aus Soldatenstolz auf eine aus seiner Sicht so wichtige und ernsthafte Berufung, aber auch Verständnis für Bornemanns persönliche Sorgen und Ängste gezeigt.

Ja, mit dem Mann konnte man vernünftig reden, musste Bornemann anerkennen. Obwohl er im Dienst ein Pedant reinsten Wassers war. Menschlich aber hatte er an Windmacher nicht viel auszusetzen.

Den heutigen Vormittag hatte Bornemann auf dem Schießplatz verbracht und dort Vorbereitungen für eine größere Schießübung getroffen, als ihn ein Anruf Windmachers erreichte. Bornemann solle sofort zur Waffenkammer kommen. Es gäbe einiges zu besprechen.

Auf einem der großen Tische in der Waffenkammer lag eine Maschinenpistole vom Typ Uzi. Windmacher runzelte die Stirn, als er auf die Waffe zeigte, und fragte:

„Wir haben ein Problem. Kannst du mir erklären, wie dieses Ding zu uns gekommen ist? Diese Uzi dürfte es nämlich eigentlich gar nicht bei uns geben. Weißt du irgendetwas darüber?"

Bornemann war vor den Kopf gestoßen. Auf diese Frage war er in keiner Weise vorbereitet.

„Keine Ahnung! Das sagt mir gar nichts. Was ist denn damit?"

Oberfeldwebel Windmacher berichtete nun davon, wie ihr gemeinsamer Kompaniechef sich eigenständig diese Waffe aus dem Depot geholt und bei der Rückgabe festgestellt hatte, dass sie nicht im Bestand aufgelistet war.

„Er ist ziemlich auf dem Baum, das kannst du mir glauben. Wollte gleich das ganz große Rad drehen, die ganze Maschinerie in Gang setzen. Aber ich konnte ihn etwas bremsen. Zumindest für kurze Zeit. Ich habe ihm zugesagt, bis heute Nachmittag Meldung zu machen, was ich herausgefunden habe. Dass er selbstverständlich ganz besonders dich im Verdacht hat, geschlampt zu haben, brauche ich ja wohl kaum zu erwähnen, oder? Ihr seid nun mal nicht gerade dicke Freunde."

„Das kannst du laut sagen", brummte Bornemann zerknirscht und starrte den Fußboden an. Dann blickte er auf und fragte:

„Und du willst jetzt von mir wissen, wie die Knarre hierhergekommen ist, richtig? Ich schwöre, ich habe keine Ahnung. Unsere letzte Inventur war gerade mal vor zwei Wochen. Und da hat alles gepasst, es gab keine Unstimmigkeiten zwischen Bestand und Listen, wie du weißt. Schließlich haben wir die Inventur zusammen gemacht. Ich weiß nichts über dieses Scheißding!"

Nach einer Minute Stille fuhr er wütend fort:

„Aber wenn der Chef unbedingt einen Prügelknaben braucht, dann stehe ich gerne zur Verfügung. Ist doch jetzt sowieso alles scheißegal. In zwei Monaten geht's nach Afghanistan, in spätestens drei Monaten werde ich im Zinksarg wieder zurücktransportiert und komme mit großem Zapfenstreich unter die Erde. Was spielt es da noch für eine Rolle, ob mein ehemaliger Hauptmann mich wie ein Stück Dreck behandelt hat oder nicht? Oder ob ich meine Listen ordentlich geführt habe. Dann bin ich ein Held. Auch wenn ich davon nichts mehr habe."

Plötzlich schüttelte ihn ein Lachanfall.

„Wenn er mir vorwerfen würde, diese MP gestohlen zu haben, okay. So etwas kommt ja vor. Aber dass ich der Einheit eine Waffe unterjubele, die sie gar nicht haben will, ist doch wohl komplett hirnrissig.

Wenn ich eine funktionierende Maschinenpistole finden würde, die es offiziell gar nicht gibt, dann würde ich sie entweder behalten oder verkaufen. Aber ich würde sie nicht der Bundeswehr spenden, da kannst du einen drauf lassen."

Eine Weile schwiegen die beiden Männer sich an.

„Was soll ich denn jetzt dem Chef sagen?", fragte Windmacher leise. „Er wird sich nicht damit begnügen, dass wir beiden erklären, von nichts zu wissen. Er wittert eine ganz große Geschichte. Und er wird alles umkrempeln, um herauszufinden, was hier schiefgelaufen ist. Dafür kenne ich ihn lange genug."

Bornemann gab sich alle Mühe, strukturiert zu denken, aber es fiel ihm schwer. Immer wieder überrollte ihn wie ein Tsunami eine Welle von Wut und löschte jeden klaren Gedanken aus.

7

Mannhardt saß an seinem Schreibtisch und grübelte. Was war hier los? Da lag eine Uzi in der Waffenkammer herum, die es eigentlich gar nicht gab. Irgendetwas war im Busche, das auch für ihn, den Kommandanten der Nachschubkompanie, verdammt gefährlich werden konnte. Wenn es um Waffen ging, kannte sein Dienstherr, die Bundeswehr, kein Pardon. Seit immer wieder irgendwelche Geisteskranken oder sonstige Gestörte bei so genannten Amokläufen reihenweise Menschen umgebracht hatten, waren die Kontrollen in den Waffenarsenalen des Bundes verschärft worden. Höchste Sicherheit war das Ziel. Und jetzt war ihm eine Maschinenpistole in die Hände gefallen, die nirgendwo eingetragen war. In seinem eigenen Laden gab es illegale Waffen. Was hatte das zu bedeuten? Was wurde hier gespielt? Hatte er, Mannhardt, bereits einen schwerwiegenden Fehler begangen? Eigentlich hätte er den Vorfall sofort melden müssen. Wenn Mannhardt seine Offizierskarriere nicht aufs Spiel setzen wollte, musste er handeln. Windmacher hatte ihn eingelullt. Damit hatte er sich als Chef auf dünnes Eis begeben. Doch jetzt war Schluss damit. Zunächst würde er sich diesen Bornemann vornehmen. Denn, wenn er Windmacher glauben durfte, war der Stabsunteroffizier bei der Befragung richtig patzig geworden.

Entschlossen stand der Offizier von seinem Schreibtischstuhl auf und ging zur Waffenkammer. Natürlich war niemand da. *Verpissen* nannten die Soldaten es, wenn sie jemanden aus dem Wege gehen wollten. Nicht mit ihm, nicht mit Hauptmann Mannhardt, er kannte diese Tricks. Entschlossen machte er sich auf den Weg Richtung Waffeninstandsetzungswerkstatt. Als er die Tür zur Halle öffnete, war er innerhalb einer Zehntelsekunde fassungslos. Mitten im Raum stand ein Zivilfahrzeug! In dessen Kofferraum standen drei geöffnete Holzkisten und in jeder lag eine Waffe aus der Reihe *Panzerfaust 3*. Was war hier los?

Ein metallisches Klicken ließ ihn aufhorchen. Er hatte dieses Geräusch hundertfach gehört: das Entsichern einer Waffe.

8

Marc Bornemann hatte Feierabend und schob am späten Dienstagnachmittag einen Einkaufswagen durch die unendlich erscheinenden Regalreihen des Detmolder Real-Marktes. Sein Entschluss war seit gestern immer wieder mal ins Wanken geraten. Er hatte versucht, ganz sachlich das Für und Wider abzuwägen, hatte schließlich Angst vor seiner eigenen Courage bekommen.

Letztlich aber hatte er sich immer wieder aufgerappelt und sich gesagt: Was kann mir schon Schlimmeres passieren, als ein paar Monate Gefängnis? Die Chance, dort körperlich und seelisch unbeschadet herauszukommen, war signifikant höher als in Afghanistan. Irgendwann würde er wieder ein normales Leben außerhalb der Bundeswehr führen können. Mit dem Laden war er fertig! Nur eine Rechnung hatte er noch zu begleichen: Hauptmann Mannhardt. Ein Jahr lang hatte dieser Mann ihn behandelt wie Ungeziefer. Dann, gestern dieser Auftritt, den der Hauptmann sichtlich genossen hatte. Und heute Vormittag die unausgesprochene, aber deutlich im Raum stehende Verdächtigung wegen der aus dem Nichts aufgetauchten Maschinenpistole. Es reichte jetzt!

Für morgen früh war Bornemann zur Wache eingeteilt. Aber er würde den Wachdienst nicht antreten. Morgen früh würde er sich von seiner bürgerlichen Existenz verabschieden und in die Illegalität eintauchen. Bei seiner Freundin konnte er nicht wohnen, da er sie nicht in Schwierigkeiten bringen wollte, aber ein Cousin aus Gütersloh, dem er erzählt hatte, er müsse für ein paar Tage woanders unterkommen, weil seine Wohnung renoviert würde, hatte ihm Quartier angeboten. Da es ihm zuwider war, sich durchzuschnorren, hatte er nun einige Lebensmittel eingekauft und war froh, endlich die lange Schlange an der Kasse hinter sich gebracht zu haben. Er stopfte seinen Einkauf in einen großen Rucksack und ging langsam an den verschiedenen, kleineren Geschäften vorbei zum Ausgang. Ihm war merkwürdig zumute. Würde er jemals wieder als unbescholtener Bürger hier einkaufen können, wenn er den Schritt vollzogen hatte?

Marc Bornemann schüttelte diesen Gedanken ab wie ein lästiges Insekt.

Auf dem Weg zu seinem Auto stellte sich ihm ein verwahrloster, junger Mann, etwa in seinem Alter, in den Weg und pumpte ihn um einen Euro an. Bornemann stutzte, weil ihm das bärtige und verlebte Gesicht plötzlich irgendwie bekannt vorkam.

Schnell wollte er an dem heruntergekommenen Kerl vorbeihuschen, als der ihn, nicht minder überrascht, ansprach:

„Marc? Marc Bornemann?“

Bornemann zuckte zurück, als habe er Angst, sich anzustecken. Dennoch bestätigte er die Frage, konnte sich aber seinerseits nicht an den Namen seines Gegenübers erinnern.

Der half nach:

„Kennst du mich nicht mehr? Alex! Alex Kirschbaum. Wir haben zwei Schuljahre zusammen an einem Tisch gesessen.“

Tatsächlich, dachte Bornemann. Alex, der Streber. Kirschbaum war immer der Klassenbeste gewesen, hatte den Lehrstoff schon inhaliert und verdaut, bevor andere drankamen.

Er war nie beliebt gewesen, aber niemand hatte daran gezweifelt, dass ihm eine große berufliche Karriere bevorstand. Wieso stand der nun hier als Penner vor ihm?

9

Die Böcke waren schon seit mehreren Tagen offen. Doch bisher hatte Christian Plietker nicht die Zeit gefunden, auf die Jagd zu gehen. Heute hatte er Urlaub. Diese Gelegenheit wollte er nutzen.

Nach dem Frühstück packte er seinen Hund Anton in den neuen Geländewagen und fuhr mit dem vierbeinigen Jagdkumpanen in sein Revier. Er wollte das Angenehme mit dem Nützlichen verbinden. Mit Anton wollte er einen langen Spaziergang machen. Auf diesem Wege konnte er dann auch gleich nachsehen, ob irgendwo ein Rehbock gefegt hatte. Er fuhr durch die Lopshorner Allee Richtung Mordkuhle. Fast oben am Kamm des Teutoburger Waldes lenkte er sein Auto auf einen kleinen Schotterplatz, öffnete die Heckklappe und leinte seinen Hund an. Dann machte er sich auf den Weg

Richtung Wasserwerk. Nach ungefähr zweihundert Metern schlug er sich in die Naturverjüngung. Er wollte einen Hauptwechsel abgehen und in dessen Umgebung nach Fegespuren suchen.

Plötzlich fing sein Hund an zu winseln. Aufmerksam beobachtete Christian Plietker die Umgebung. Stand da irgendwo ein Stück Rehwild, das ihn noch nicht wahrgenommen hatte? Er suchte die dicht bewachsenen, jungen Buchenbestände ab. Da vorne war doch was. Stand da etwa ein Auto? Die Sonne brach sich in dessen Windschutzscheibe. Einige der von dort ausgehenden Strahlen trafen Christian Plietker mitten ins Gesicht. Wer in drei Teufels Namen war so dreist und stellte seine alte Karre mitten im Wald ab? Na, dem würde er es zeigen.

Er bewegte sich auf das fremde Auto zu, um sich das Nummernschild aufzuschreiben. Je näher Herr und Hund dem Fahrzeug kamen, umso lauter bellte und winselte Anton. Als sie auf zwanzig Meter herangekommen waren, zerrte Anton an der Leine, als hätte er Wildgeruch in der Nase.

Plietker schwante Übles. Da hatte sich doch nicht etwa jemand …? Er wollte den Gedanken nicht zu Ende denken. Sein Hund wurde immer verrückter. Dann stand er vor dem VW-Passat. Trotz aller Dramatik formulierte sich in Plietkers Kopf eine Frage: Wer um Himmels willen kauft sich einen VW in der Farbe Goldmetallic? Doch was er dann sah, stellte all seine Vorahnungen in den Schatten.

Auf dem Beifahrersitz saß ein Mann, der mit leeren Augen in die Welt starrte. Der hintere Teil seines Kopfes fehlte. In der rechten Hand hielt der Tote eine Waffe. Eine Walther P8, die standardmäßige Faustfeuerwaffe der Bundeswehr. Christian Plietker erkannte das Modell sofort. Mit so etwas kannte er sich aus. Erst jetzt fiel ihm auf, dass der Mann eine Uniform anhatte. Doch diese Tatsache spielte im Moment keine Rolle. Obwohl der Jäger einiges gewöhnt war, musste er alle Konzentration und Körperbeherrschung aufbringen, um sein Frühstück nicht augenblicklich in den Wald zu spucken.

Hastig griff Plietker nach dem Handy und wählte die Nummer 110. Nichts tat sich -- er befand sich mitten in einem Funkloch. Verdammter Mist, dachte Plietker, ich muss die Polizei anrufen.

Er rannte den Weg zurück, den er gekommen war. Sein Hund weigerte sich, ihm zu folgen. Er zerrte ihn hinter sich her. Nachdem er circa fünfzig Meter weit gekommen war, versuchte er wieder zu telefonieren, doch er hatte immer noch keinen Empfang. Der Hund riss heftig an der Leine. Dann schaffte er es, sich zu befreien. Er zog den Kopf aus dem zu weit eingestellten Halsband und rannte kläffend zurück zur Leiche.

„Verdammter Köter!“ Christian Plietker rannte dem bellenden Tier hinterher. Das war bereits wieder an dem Fahrzeug mit dem Toten angekommen. Es kratzte an der Beifahrertür. Dann sprang der Hund auf die Kühlerhaube. Jetzt schrappte er an der Windschutzscheibe. Schweißgebadet erreichte Plietker das Auto. Er bekam den Hund im Nackenfell zu fassen. Hastig riss er ihn von dem Wagen und schnallte ihm wieder das Halsband um. Diesmal zog er es enger. Der Hund wehrte sich mit aller Kraft. Es war geradezu ein Kampf, ihn von der Leiche wegzuzerren.

Nach einer gefühlt endlos langen Zeit erreichte der Jäger seinen Geländewagen. Wieder versuchte er zu telefonieren. Wieder ohne Erfolg. Eigentlich wusste Plietker aus Erfahrung, dass hier schlechter Empfang war. Doch an einigen Stellen funktionierte es manchmal. Warum nur jetzt nicht? Er suchte nach seinem Autoschlüssel und fluchte über die Jacke, die er sich einst wegen der vielen Taschen gekauft hatte. Er kontrollierte sie alle mehrfach. Seine Aufregung war so groß, dass er ihn nicht sofort fand. Dann endlich klimperte es in irgendeiner der Taschen. Christian Plietker griff hinein und zog den Schlüssel heraus. Er bugsierte seinen Hund in den Kofferraum. Dann startete er den Wagen und raste Richtung Hiddesen.

Am Ortseingang versuchte er wieder zu telefonieren. Endlich bekam er ein Freizeichen. In diesem Moment sah er an der Bushaltestelle Sternschanze, wie ein dicker Polizist die Kelle schwang und ihm bedeutete anzuhalten. Christian Plietker ließ sein Fahrzeug auf dem Seitenstreifen ausrollen, sprang aus dem Auto und rief dem Uniformierten zu: „Kommen Sie schnell! Im Waldstück zwischen Lopshorner Allee und Augustdorfer Straße steht ein Auto, in dem eine Leiche sitzt."

„Ja, ja das kennen wir, und der Teufel ist natürlich ein Eichhörnchen. Führerschein und Fahrzeugpapiere! Sie sind 34 km/h zu schnell gefahren und haben obendrein noch während der Fahrt telefoniert. Ich kann mir vorstellen, dass Sie in nächster Zeit erst einmal ein paar Wochen zu Fuß gehen werden."

10

Marc Bornemann hatte gestern weder Zeit noch Lust gehabt, mit seinem ehemaligen Klassenkameraden Kirschbaum gemütlich über alte Zeiten zu plaudern. Es war ihm auch ein bisschen peinlich gewesen, mit dem heruntergekommen Kerl gesehen zu werden. Aber er hatte ihn auch nicht so platt vor den Kopf stoßen wollen. So war das Gespräch zeitlich sehr kurz und inhaltlich absolut an der Oberfläche geblieben. Bornemann hatte einen Zehn-Euro-Schein herausgerückt und war froh gewesen, so glimpflich diesem etwas unwirklichen Zusammentreffen entkommen zu sein.

Die Begegnung wäre unter anderen Umständen für ihn gar nicht so ein Problem gewesen. Aber ausgerechnet an diesem Tag, als er im Begriff stand, seine bürgerliche Existenz aufs Spiel zu setzen, den Schritt über den Abgrund zu wagen, da hatte ihn der unverhüllte Blick auf einen, der ursprünglich einmal sogar bessere Voraussetzung als er selbst gehabt hatte, aber dennoch tief gestürzt war, schlicht und einfach erschüttert.

An diesem Morgen hätte er um sieben Uhr seinen Wachdienst antreten müssen. Aber für ihn gab es keinen Dienst mehr. Weder heute noch in Zukunft. Stattdessen hatte er seine Freundin noch einmal geküsst, war in sein Auto gestiegen und nach Gütersloh gefahren. Damit war sein Schritt auch praktisch vollzogen. Aus dem ehrenwerten Stabsunteroffizier Marc Bornemann war nolens volens ein vogelfreier Deserteur geworden. Von heute an würde sein Leben steil bergab führen.

Nun saß er am frühen Nachmittag bei seinem Cousin in Gütersloh in der Küche und blies in seinen zu heißen Kaffee. Steffen Tönsfeuerborn wohnte in einem Reihenhaus an der Dalker Straße und war neugieriger, als es Bornemann lieb war.

„Was wird denn bei dir renoviert?“

„Ach, die Wände sind durch einen Rohrbruch feucht geworden und mein Vermieter hat mehrere Trocknungsgeräte aufgestellt. Die sollen jetzt ein paar Tage laufen, um die Bude wieder trocken zu kriegen. Wohnen kann man da im Augenblick aber nicht. Ist ja auch gesundheitsgefährdend, so´ne feuchte Wohnung. Ich bin also ganz froh, dass ich ein paar Tage bei dir hausen kann.“

„Klar, kein Problem. Wozu hat man Verwandte, oder?“, grinste Tönsfeuerborn.

Bornemann hatte seinen Cousin lange nicht mehr gesehen und empfand eigentlich wenig Sympathie für ihn. Außerdem gingen ihm im Augenblick ganz andere Themen durch den Kopf. Aber das wollte er seinem Gastgeber nicht zeigen und zwang sich zu einem lockeren Plauderton, der möglichst wenig von seinem zerrissenen inneren Zustand verraten sollte.

„Aber am Freitag muss ich dich rauswerfen", schränkte Tönsfeuerborn seine Gastfreundschaft gleich ein. „Da kommt meine Freundin. Und da will ich ungestört sein, du verstehst?"

Bornemann verstand und dachte an seine eigene Freundin, die in diesem Augenblick schwanger in ihrer kleinen Wohnung saß, deren Zukunftshoffnung auf eine kleine, nette Familie er bereits jetzt zerstört hatte und die spätestens morgen, vermutlich aber schon heute Besuch von den Feldjägern bekommen würde, da er seinen Wachdienst unentschuldigt nicht angetreten hatte. Alles lag in Scherben! Ihn durchzog eine Welle heißer Wut, als nun vor seinem geistigen Auge das Bild seines Kompaniechefs auftauchte. Natürlich hatte Mannhardt nicht diesen Scheiß-Krieg in Afghanistan erfunden, natürlich war nicht er persönlich dafür verantwortlich, dass junge Leute in einem sinnlosen Kriegseinsatz verheizt wurden. Aber für Bornemann stand fest, dass Hauptmann Guido Mannhardt seinen Teil dazu beigetragen hatte, ihn dorthin zu schicken. Ob diese Annahme realistisch war oder nicht, war ihm im Augenblick egal. Er wollte hier und jetzt ein Feindbild, wollte eine Projektionsfläche für seine Wut, wollte hassen.

11

An sich ging Schulte gerne in die Dienststelle. Doch heute verspürte er einen Widerwillen. Es war der Tag eins der Nach-Margarete-Bülow-Ära. Ab jetzt war sein alter Feind und Widersacher Erpentrup sein neuer Chef. Schulte hatte die halbe Nacht wach gelegen und über Umgehensweisen mit diesem Mann nachgedacht. Die Ergebnisse gingen von '*Ich quittiere den Dienst*' bis '*Der kann mir gar nichts*'. Nachdem er Stunden über die für ihn beste Entscheidung gegrübelt hatte, entschied er sich für *'Ich ziehe mein Ding durch und Erpentrup muss damit klarkommen'*. Kooperation bedeutete in diesem Fall Unterwerfung. Kaum hatte er sein Büro betreten und seinen Kaffeeautomaten in Gang gesetzt, da klingelte das Telefon. Es war Hartel, der Quertreiber im Team und Hätschel-Hans von Erpentrup.

„Morgen Schulte, in fünf Minuten sollen wir beim Chef sein. Sei pünktlich!"

Ohne eine Antwort abzuwarten, legte Hartel nach dieser kurzen Nachricht auf.

„Mit Sicherheit nicht!", antwortete Schulte. Doch das hörte Hartel schon nicht mehr.

Der Polizeirat setzte sich an seinen Schreibtisch, trank genüsslich einen Schluck Kaffee und schaltete seinen Computer ein. Mit dem beschäftigte er sich eine Viertelstunde.

Gerade wollte er sich eine weitere Tasse von dem guten Stoff einschenken, da riss Hartel die Tür auf und rief:

„Mensch Schulte, ich habe dir doch gesagt, du sollst pünktlich sein. Der Chef tobt schon."

„Kommissar Hartel, kommen Sie einmal herein und machen Sie die Tür zu. Ich habe Ihnen etwas zu sagen!"

Der Polizist sah Schulte verwundert an. Wieso sagte der Mann, von dem er bislang geglaubt hatte, dass Benimmregeln ein Fremdwort für ihn waren, plötzlich *Sie* zu ihm? Verwundert trat er ins Zimmer und schloss die Tür. Doch kaum hatte er die hinter sich ins Schloss fallen lassen, da wusste er, dass er gerade einen Fehler gemacht hatte.

„Jetzt passen Sie mal auf, Kommissar Hartel! Auch wenn Sie gerne der Laufbursche von Polizeidirektor Erpentrup sind, werden Sie sich in Zukunft an bestimmte Regeln halten.

Erstens: Erfahre ich einmal, dass Sie als Spion des Chefs tätig geworden sind, reiße ich Ihnen den Arsch auf, bis die liebe Sonne reinscheinen kann.

Zweitens: Solange Sie in meinem Dezernat sind, sage ich,

was zu tun und zu lassen ist. Halten Sie sich auch nur einmal nicht an die Regeln, so machen Sie hier nur noch die Drecksarbeiten.

Drittens: Auch wenn Sie zum Ober-Erfüllungsgehilfen von Erpentrup ernannt werden, kommen Sie ja nicht auf die Idee, mich herumzukommandieren oder mir in mein Vorgehen hineinzureden.

Viertens: Wenn ich *Sie* zu Ihnen sage, ist dies eine dringende Empfehlung mit sofortiger Wirkung, so schnell wie möglich Land zu gewinnen. Andernfalls erleben Sie Ihr blaues Wunder.

In nächster Zeit werden Sie situationsbedingt noch weitere Verhaltensregeln von mir bekommen. Und ich rate Ihnen mit Nachdruck, sich strikt an die von mir aufgestellten Anweisungen zu halten. Ende der Ansage."

Hartel klappte den Mund auf und wieder zu.

Schulte trank einen letzten Schluck Kaffee und dann sagte er, so als könnte er kein Wässerchen trüben: „Und jetzt hör auf, hier den Goldfisch zu geben. Komm, schaun wir mal, was der Alte zu sagen hat."

Als die beiden Polizisten Erpentrups Büro betraten, knisterte die Luft. Sie war bis zum Anschlag mit schlechter Energie geladen.

„In diesem Laden hat sich nichts verändert", tobte Erpentrup gleich los. „Wie auch, wenn der Dezernatsleiter es nicht einmal für nötig hält, pünktlich zu sein."

„Entschuldigen Sie mal, Herr Erpentrup, ich hatte keinen Termin mit Ihnen, also kann ich auch nicht unpünktlich sein."

„Hat Kommissar Hartel Ihnen nicht gesagt, dass wir eine Besprechung haben?"

„Doch schon, aber bei aller Spontanität lasse ich doch nicht alle wichtigen Dinge stehen und liegen und eile in Ihr Büro, wenn Sie rufen. Sie müssen mir schon zugestehen, dass ich Dinge, die ich für wichtig erachte, noch zu Ende bringe.“

Erpentrup wedelte abwehrend mit den Händen. Es sah aus, als wolle er imaginäre Fliegen verjagen.

„Lassen Sie uns das an dieser Stelle nicht weiter vertiefen, Schulte. Ich habe Sie in mein Büro gebeten, um unsere beiden neuen Kollegen, Kommissarin Meier zu Klüt und Kommissar Lindemann, vorzustellen. Übrigens, Herr Lindemann, ich habe am Samstag im Golfclub noch mit Ihrem Vater gesprochen. Wenn es Probleme gibt, wenden Sie sich einfach an mich. Ja, und dann wollte ich mir noch etwas Zeit nehmen und Ihnen meine zukünftige Arbeitsweise und Dienstphilosophie näher bringen ...“

Ohne anzuklopfen, wurde die Tür aufgestoßen. Im Eingang stand ein junger, uniformierter Polizist.

„Polizeirat Schulte, unser Kollege Volle hat einen Verkehrssünder angehalten. Der behauptet, dass im Waldstück rechts von der Lopshorner Allee in einem Auto ein Toter sitzt.“

Schulte sprang auf und wandte sich an die junge Kommissarin: „Komm Meier, wir sehen uns da mal um.“ An Maren gewandt sagte er: „Du und Lindemann, ihr setzt euch mit der Spurensicherung in Verbindung. Wenn ich Näheres weiß, rufe ich euch an.

Herr Erpentrup, Sie sind doch auch der Meinung, dass ein Tötungsdelikt zunächst wichtiger ist als eine Dienstphilosophie, nicht wahr. Wir sehen uns.“

Schulte winkte grüßend zu seinem konsternierten Chef hinüber, um dann zu Hartel, der nicht fassen konnte, was gerade geschah, zu zischen: „Sie halten die Stellung im Innendienst!“

Noch bevor irgendjemand etwas erwidern konnte, stand der Polizeirat auf dem Flur. Hier stieß er mit seinem alten Kollegen Lohmann zusammen.

„Ich hatte gedacht, ich komme mal zum Kaffeetrinken.

Hatte ich ja gestern schon angekündigt", sagte dieser.

„Du kennst dich ja noch aus, Bernhard!", rief Schulte im Weggehen und war im nächsten Moment verschwunden.

Bernhard Lohmann wedelte noch halbherzig mit einem Blatt Papier.

„Äh, eigentlich wollte ich auch noch was kopieren."

Winkte dann aber mit beiden Händen ab. Das sind Kollegen, dachte er. Man ist gerade mal einen Tag im Ruhestand, da hat man schon das Gefühl, man stört, wenn man mal auf Besuch in seine alte Dienststelle kommt.

12

Schulte machte sich am Schloss seines Autos, einem alten Volvo Leichenwagen, zu schaffen. Er fluchte heftig, denn die Schließvorrichtung funktionierte wieder einmal nicht. „Verdammte Karre, hoffentlich kriege ich dich noch einmal durch den TÜV", schimpfte er vor sich hin. Die Bemühungen, das Auto aufzuschließen, nahmen Schulte so sehr in Anspruch, dass er das Staunen seiner neuen Kollegin überhaupt nicht bemerkte. Als sie dann endlich im Auto saßen, sagte die Kommissarin:

„Also, eins muss ich ja sagen! Unter einem Polizeirat habe ich mir bisher immer etwas anderes vorgestellt als das, was ich hier gerade erlebe."

„Und, Meier, was dachten Sie bisher? Wie sahen Ihre Vorstellungen von einem Polizeirat so aus?"

„Jedenfalls nicht so, wie Sie ihn verkörpern. Außerdem, wieso sagen Sie immer „Meier" zu mir? Ich heiße Meier zu Klüt."

„Meier zu Klüt, was ist das denn für ein Name?"

„Alter lippischer Bauernstand!"

„Habe ich mir fast gedacht. Und mit Vornamen heißt du wahrscheinlich Pauline."

„Stimmt genau. Woher wissen Sie das?“

„Du weißt doch, alle jungen Frauen aus Lippe, die einem alten Bauerngeschlecht entstammen, heißen so.“

Pauline Meier zu Klüt schwieg einen Moment. Dann sagte sie, „Okay, Herr Polizeirat, Sie dürfen mich Meier nennen.“

„Gut, ich heiße Jupp!“

„In Ordnung, Jupp, ich nenne Sie ‚Herr Polizeirat‘.“

Schulte zuckte mit den Schultern.

„Dann wäre das ja geklärt.“

Er startete seinen Volvo, und sie fuhren Richtung Heidenoldendorf. Plötzlich schrie Pauline Meier zu Klüt erschrocken auf. Etwas Nasses, Kaltes hatte ihre Hand berührt.

Schulte hatte so einen Schreck bekommen, dass er beinahe einen Unfall gebaut hätte.

„Ach ja, richtig, habe ich ganz vergessen, das ist der Hund vom Polizeirat. Du kannst ihn Monster nennen.“

Ein alter, schwarzer Hund mit trüben Augen und einer grauen Schnauze hatte jetzt den Kopf auf die Oberschenkel der Polizistin gelegt und sah sie mit melancholischem Blick an.

„Typisch Polizeirat“, sinnierte die Polizistin, „nennt so einen süßen Kerl wie dich Monster.“

Sie streichelte liebevoll den Kopf des Hundes.

Vor einem Parkplatz standen ein silberner Passat und ein Polizeifahrzeug. Ein circa vierzigjähriger Mann, der schon gewaltig graue Haare hatte, stritt anscheinend mit Volle. Schulte wusste gleich, dass das nichts Gutes bedeuten konnte. Als er ausstieg, wandte sich der Mann gleich an ihn.

„Hören Sie mal, sind Sie der Chef hier? Ich finde eine Leiche und tue mein Bestes als ordentlicher, lippischer Bürger, und was ist der Dank? Die Polizei, dein Freund und Helfer, will mir den Führerschein abnehmen.“

Schulte schien ihn nicht zu verstehen. Er sah ihn fragend an.

„Ist so!“, sagte der Mann. „Ich meine, finden Sie mal eine Leiche, dann fahren Sie auch nicht mit dreißig Stundenkilometer zur Polizei um Bescheid zu sagen. Ich hatte immer gedacht, je schneller Sie am Tatort sind, umso besser. Muss ich mich wohl geirrt haben.“

„Jetzt regen Sie sich mal nicht so auf. Wieso haben Sie denn nicht angerufen?“

„Weil hier ein Funkloch ist!“ Der Mann hielt Schulte demonstrativ ein Telefon entgegen. „Ist so!“

Schulte nickte.

„Was ist nun? Nehmen Sie mir den Führerschein jetzt ab oder nicht?“

Schulte sah zu Volle hinüber.

„Was ist nun, Wachtmeister Volle, nehmen wir ihm den Führerschein ab oder nicht?“

„Kommissar Volle, Herr Polizeirat. Seit dem ersten April Kommissar!“

„Kein Aprilscherz?“

Volle schüttelte den Kopf.

„Gut, also Kommissar Volle! Es wird Zeit, dass wir hier weiterkommen. Zeigen Sie mir bitte die Radaraufnahmen.“

Volle kramte das Gerät aus dem Kofferraum. Er schaltete es an und fluchte.

„Habe ich versehentlich gelöscht, Herr Polizeirat“, gab er kleinlaut zum Besten. „Aber er hat auch noch während der Autofahrt telefoniert. Das habe ich genau gesehen.“

Schulte wandte sich an den zweiten Polizisten.

„Sie auch?“

Der schüttelte den Kopf.

„Also, Herr Plietker, keine Punkte, keinen Führerscheinentzug, wo ist jetzt die Leiche?“

Volle wollte etwas sagen, doch Schulte winkte ab.

„Wir haben jetzt andere Sorgen, Volle! Wenn dir das hier nicht passt, schreib einen Bericht.“

Zehn Minuten später hatte Christian Plietker die Polizisten zu dem Auto mit der Leiche geführt. Zwanzig Meter vor dem Fahrzeug blieb er jedoch stehen. „Ich habe den Toten schon gesehen, das reicht mir für die nächsten Jahre.“ Volle sah die Leiche zuerst, und Sekunden später war er blasser als dieselbige. Schulte und Meier zu Klüt betrachteten das Fahrzeug, die Position der Leiche und die Wunden, die man von außen sehen konnte, genau und lange.

Nach einiger Zeit fragte Schulte seine junge Kollegin: „Na Meier, was meinst du?“

„Der Mann hat sich meiner Meinung nach nicht selbst erschossen. Er ist auch nicht hier vor Ort zu Tode gekommen. Für mich deutet alles darauf hin, dass wir es mit einem Mord zu tun haben. Auch wenn er die Waffe noch in der Hand hält.“

„Und was macht dich da so sicher?“

„Sehen Sie sich einmal den Hinterkopf an, Herr Polizeirat. Der wurde geradezu weggeschossen. Sehen Sie irgendwo die Reste? Blut, Gehirnmasse, Knochensplitter und so weiter? Und dann hätte es garantiert im Autodach oder in der Heckscheibe einen Ausschuss gegeben. Nein, ich lege mich fest, das war Mord!“

„Nicht schlecht, Meier!“, entgegnete Schulte voller Respekt. „Ich sehe es genauso. Mal sehen, was die Spurensicherung sagt.“

Er griff nach dem Handy, da hörte er von hinten Christian Plietker:

„Sie brauchen es gar nicht erst versuchen! Funkloch! Ist so!“

13

Langsam aber sicher wurde Schulte ungeduldig.

„Verdammt noch mal, Meier, wie lange dauert das denn?“

Der Polizist stieg wieder aus seinem Volvo Leichenwagen aus, den er auf einem Besucherparkplatz am Haupttor der General-Feldmarschall-Rommel-Kaserne geparkt hatte. Missmutig ging er jetzt schon zum dritten Mal zu dem Wachlokal, um seinem Anliegen nochmalig Nachdruck zu verleihen.

Der OvD war schon ziemlich genervt, als Schulte den Raum betrat. Kaum hatte der Polizist die Tür hinter sich zugezogen, da legte er auch schon los.

„So, langsam bin ich es leid! Wir stehen hier schon eine halbe Stunde vor dem Tor. Wir haben einen Toten gefunden. Der Mann ist mit ziemlicher Sicherheit ermordet worden, und er ist Soldat. Die Wahrscheinlichkeit, dass er aus dieser Kaserne stammt, ist ebenfalls sehr groß. Aber das scheint Sie offensichtlich überhaupt nicht zu interessieren. Wir müssen einen Mord aufklären und den Verantwortlichen dieses Ladens scheint das völlig egal zu sein. Die spielen einfach weiter Krieg in ihren Sandkästen!“

Dem Soldaten stieg die Zornesröte ins Gesicht.

„Name und Dienstgrad bitte, Herr Polizist. Wenn Sie meinen, Sie könnten hier die Bundeswehr verunglimpfen, dann haben Sie sich aber gewaltig geschnitten. Die Sprüche, die Sie gerade geklopft haben, gehen zum Landrat, darauf können Sie sich hundert pro verlassen.“

„Okay, dann tauschen wir jetzt unsere Personalien aus. Sie kriegen eine Anzeige wegen Behinderung der Polizeiarbeit und eine Dienstaufsichtsbeschwerde werde ich auch noch hinterherschieben.“

Der Soldat wollte gerade zu einer Erwiderung ansetzen, da sagte eine Frauenstimme hinter den beiden streitenden Männern:

„Ich glaube nicht, dass Sie so weiterkommen. Mit der Strategie *Haust du meinen Kasper, haue ich deinen Kasper* ist noch nie etwas erreicht worden, außer vielleicht ein Kriegsausbruch."

Schulte und der Offizier starrten Pauline Meier zu Klüt an. Sie war, von den Streitenden unbemerkt, ins Wachlokal eingetreten.

Einen Moment lang ärgerte sich Schulte über die junge Frau. Dann aber fragte er sie:

„Na gut, Meier, dann jetzt bitte einen Vorschlag, wie ich es schaffe, hier einen Verantwortlichen zu erreichen."

Pauline Meier zu Klüt zückte ihr Handy und ließ sich mit der Kaserne verbinden. Als sie jemanden am Telefon hatte, verlangte sie den S1-Offizier. Ihm berichtete sie von dem Toten und den Schwierigkeiten einer ordnungsgemäßen Durchführung ihrer Ermittlungen.

Keine zwei Minuten später betrat ein junger Soldat den Raum. Er grüßte militärisch und sagte dann, er habe den Auftrag, die ermittelnden Polizisten zum S1-Offizier zu bringen.

Schulte hätte am liebsten noch weiter mit dem Wachhabenden gestritten, ihm zumindest noch eine Retourkutsche verpasst. Doch nachdem ihm seine junge Kollegin gerade eine Demonstration in Sachen souveränes Handeln gegeben hatte, hielt er seine Klappe.

Auf dem Weg zur Kommandantur raunte er seiner neuen Kollegin daraufhin zu:

„Nicht schlecht, Meier! Nicht schlecht!"

14

Katharina Blumenkamp hatte den ganzen Vormittag über keine Ruhe gefunden. Nachdem sich am frühen Morgen ihr Freund Marc bei ihr verabschiedet hatte, war für sie endgültig eine heile Welt zusammengebrochen. Als sie Marc Bornemann im vergangenen Jahr kennen gelernt hatte, stand für sie fest, dass er und kein anderer sie auf ihrem weiteren Lebensweg begleiten würde. Mit ihm zusammen wollte sie leben, arbeiten, eine Familie gründen, ein glückliches, normales Leben führen. Nicht mehr und nicht weniger. Noch in der letzten Woche hatte alles so ausgesehen, als sollten ihre Wünsche bald in Erfüllung gehen. Sie war schwanger und hatte sich darauf gefreut, dies ihrem Marc in einer der Bedeutung dieses Ereignisses angemessenen Atmosphäre zu sagen. Er würde sich freuen, sie würden heiraten und alles würde gut werden.

Dann war am Montag dieser Anruf von ihm gekommen. Bei dem er berichtet hatte, dass man ihn nach Afghanistan schicken wollte. Noch jetzt konnte sie sich an ihr Gefühl dabei erinnern. Als wenn ein liebevoll aufgebautes Haus mit lautem Krachen zusammenbrechen und nur Staub und Schutt übrig bleiben würde. Als Marc ihr versichert hatte, auf keinen Fall nach Afghanistan gehen zu wollen, hatte sie das zuerst beruhigt. Dann war ihr aber sehr schnell klar geworden, welche Folgen diese Verweigerung für ihn und letztlich auch für sie haben würde. Ihr Traum war zerstört!

Sie hatte sich gerade eine Tasse Tee gemacht, als es klingelte. Da sie niemanden erwartete, öffnete sie mit gemischten Gefühlen. Vor der Tür standen zwei hochaufgeschossene Soldaten.

Der Ältere der beiden fragte scharf:

„Frau Blumenkamp?“

Als sie dies zögernd bestätigte, fragte der Feldjäger, denn nur um solche konnte es sich eigentlich handeln, soviel wusste auch sie, weiter: „Ist der Stabsunteroffizier Marc Bornemann bei Ihnen? Wir hätten ihn nämlich gern gesprochen.“

„Nein“, stammelte sie ängstlich. Noch immer hielt sie die Wohnungstür halb geschlossen.

„Dürfen wir kurz hereinkommen und mit Ihnen sprechen?“, fragte nun der Jüngere.

Sie ließ die Feldjäger herein und bot ihnen einen Sitzplatz an. Die beiden Soldaten machten sie nun mit der Meldung vertraut, dass ihr Freund heute unentschuldigt nicht zum Dienst erschienen sei. In seiner Wohnung sei er nicht zu erreichen gewesen, deshalb mache man sich bei der Bundeswehr Sorgen um ihn und wolle herausfinden, was los sei. Dann wollten sie von ihr wissen, ob sie etwas zur Aufklärung beitragen könne.

Sie spulte die Geschichte ab, die sie mit ihrem Freund abgesprochen hatte. So viel leicht überprüfbare Wahrheit wie möglich, aber so wenig echte Informationen wie nötig. Nach ihrem Bericht war Marc Bornemann wie immer Dienstagabend nach Dienstschluss zu ihr gekommen und habe die Nacht bei ihr verbracht. An den anderen Wochentagen schliefe er in seiner eigenen Wohnung. Er sei ganz normal gewesen, ihr sei nichts Besonderes an ihm aufgefallen. Am frühen Morgen habe er sich wie immer von ihr verabschiedet und sei mit seinem Auto, einem älteren Audi A4, zur Kaserne gefahren. Mehr wisse sie nicht.

„Hat er nicht irgendetwas erzählt? Über einen Wechsel des Einsatzortes zum Beispiel?“

Sie überlegte etwas zu theatralisch. Dabei kam ihr selbst der Gedanke, dadurch nicht mehr wirklich glaubwürdig zu sein.

„Nein! Ich habe Ihnen doch gesagt, er war wie immer. Wir haben über unseren Urlaub gesprochen und über dieses und jenes. Wieso überhaupt Wechsel des Einsatzortes? Wie kommen Sie darauf? Ist da was im Busche?“

Die beiden Feldjäger schauten sich an. Einer der beiden zog spöttisch eine Augenbraue hoch. Offenbar glaubten sie ihr kein Wort, wussten aber auch nicht, wie sie weitere Informationen aus ihr herausholen konnten. Sie standen mit nahezu synchronen Bewegungen auf und gingen zur Wohnungstür.

In der Tür drehte der ältere Feldjäger sich noch einmal um.

„Sie wissen schon, was das für Ihren Freund bedeutet, oder? Ich meine, wenn er fahnenflüchtig ist. Das ist nicht so, wie wegen zu schnellen Fahrens geblitzt zu werden.“

Er kam zwei Schritte ins Zimmer zurück, stellte sich direkt vor sie hin und dozierte:

„Fahnenflucht ist in Deutschland nach § 16 Wehrstrafgesetz strafbar. Danach wird mit Freiheitsstrafe bis zu fünf Jahren bestraft, wer eigenmächtig seine Truppe oder Dienststelle verlässt oder ihr fernbleibt, um sich der Verpflichtung zum Wehrdienst dauernd oder für die Zeit eines bewaffneten Einsatzes zu entziehen. Bereits der Versuch der Fahnenflucht ist strafbar. Das sollten Sie wissen, wenn Sie das nächste Mal mit Ihrem Freund sprechen. Das sind keine Peanuts.“

Wieder ging er zur Tür. Und noch einmal drehte er sich in der Tür um und ergänzte:

„Ach ja, was Sie ihm auch noch unbedingt sagen sollten: Übt der fahnenflüchtige Soldat tätige Reue, indem er sich binnen eines Monats stellt, und ist er bereit, Wehrdienst zu leisten, so wird die Höchststrafe auf drei Jahre Freiheitsentzug herabgesetzt. Besser als nichts, oder?“

15

Die beiden Polizisten mussten doch noch einige Zeit in einem Vorzimmer des S1-Offiziers warten. Immerhin brachte ihnen ein junger Wehrpflichtiger eine Tasse Kaffee. Wahrscheinlich auch das nur, weil er hier mit einer ganz ansehnlichen jungen Frau saß, dachte Schulte. So einem alten Sack wie ihm brachte der Bursche doch sonst keinen Kaffee!

Dann kam ein schneidiger Mittdreißiger zu ihnen. Er

bat sie mit ausgesuchter Höflichkeit in sein sauberes, aber durchaus schlichtes Büro. Schulte überließ der Kollegin generös das Wort.

Die Kommissarin fasste kurz und knapp, aber exakt zusammen, was die Polizei über die Leiche im Teutoburger Wald wusste. Danach kramte sie eine Digitalkamera aus ihrer Tasche, klickte einige Male hin und her und zeigte dann dem nun etwas mitgenommen wirkenden Hauptmann einige Fotos der Leiche. Der Soldat zögerte, musste sich offenbar erst überwinden, bevor er einen Blick darauf warf.

Alles militärisch Schneidige war innerhalb weniger Sekunden von ihm abgefallen. Übrig geblieben war ein erschrockener, noch junger Mann, der von einem Moment auf den anderen vom Sandkastenspiel in die Wirklichkeit gefallen war. Er starrte mit weit aufgerissenen Augen auf eines der Fotos, als hätte er nicht die Kraft, sich davon zu lösen.

Endlich riss er sich los, drehte sich zu Schulte um und sagte mit heiserer Stimme:

„Ich kenne diesen Mann gut. Das ist ohne Zweifel Hauptmann Guido Mannhardt, Chef der 3. Nachschubkompanie. Ich habe noch vorgestern mit ihm zusammen Skat im Offizierskasino gespielt. Verdammte Scheiße!"

Pauline Meier zu Klüt musste das Bedürfnis unterdrücken, den nur unwesentlich älteren Mann tröstend in den Arm zu nehmen. Stattdessen notierte sie nur schweigend den Namen und die Einheit des Toten.Schulte dachte bitter über das Missverhältnis von Theorie und Praxis bei der Akzeptanz von Gewalt nach. Aber er ließ einige Minuten vergehen, bevor er sagte: „Offenbar hat hier jemand versucht, die Sache als Suizid erscheinen zu lassen. Aber es spricht eine Menge dagegen. Wir sind noch nicht hundertprozentig sicher, aber wir gehen von einem Tötungsdelikt aus. Herr Hauptmann, können Sie uns irgendetwas über den Toten sagen? Was war er für ein Typ? Womit war er dienstlich befasst? Hatte er sich Feinde gemacht?"

Hauptmann Haberstroh hatte sich wieder unter Kontrolle, war sich aber offenbar unsicher, ob er diese Fragen einfach so beantworten durfte.

„Sie werden sicher verstehen, dass ich hier nicht mal eben Auskunft über die Tätigkeit eines Offiziers geben will. Ich kann aber, stark vereinfacht, so viel sagen, dass er Chef in einer Kompanie ist, die für die gesamte Panzerbrigade die Waffen verwaltet und pflegt."

Dann fiel ihm ein, was er gerade gesagt hatte, hüstelte und verbesserte sich: „Dass er Chef dieser Kompanie war, natürlich. Eine sehr verantwortungsvolle Tätigkeit, können Sie sich ja vorstellen. Wenn Sie tatsächlich mehr wissen müssen, dann würde ich Sie an den Batallionskommandeur verweisen. Hier Auskunft zu geben, übersteigt meine Kompetenzen. Und ob er sich Feinde gemacht hat? Der Mann war Offizier, er war Leiter einer Kompanie. Er hatte eine Menge Leute unter sich. Da kann man nicht immer nur der nette Onkel sein. Da muss man auch mal die Stühle geraderücken. Natürlich ist davon nicht immer jeder begeistert. Kann schon sein, dass der eine oder andere aus seiner Einheit im Laufe der vielen Jahre etwas sauer auf ihn war. Aber Feinde? Nein, das kann ich mir nicht vorstellen. Hauptmann Mannhardt genoss einen vorbildlichen Ruf als anspruchsvoller, aber korrekter und gerechter Vorgesetzter. Das kann ich Ihnen aus eigener Erfahrung sagen. Und seinen Offizierskollegen war er ein ehrlicher und zuverlässiger Kamerad."

Schulte schluckte eine zynische Bemerkung herunter.

„Können wir uns in der Kaserne frei bewegen? Ich möchte mit der Befragung der Leute aus seiner Kompanie anfangen."

Wieder musste der Offizier erst nachdenken. Aber der Schock schien schon nachzulassen, denn er hatte zu seiner zackigen Art zurückgefunden.

„Ich möchte Sie bitten, kurz draußen zu warten. Mein Obergefreiter wird Ihnen gern noch eine Tasse Kaffee bringen. Ich kläre den Sachverhalt in der Zwischenzeit mit dem Standortkommandanten ab. Danke für Ihr Verständnis."

„Der Kaffee hier ist deutlich besser als bei der Polizei!", brummte Schulte, der mit übereinandergeschlagenen Beinen im Vorraum saß. „Diese Offiziere haben es schon immer verstanden, es sich gut gehen zu lassen. Jahrhundertelange Erfahrung zahlt sich doch aus."

Seine junge Kollegin konnte ihm nicht mehr antworten, da in diesem Moment der flotte Hauptmann wieder zu ihnen trat.

„Der Kommandeur hat Ihnen die Berechtigung erteilt, die Männer und Frauen der Nachschubkompanie zu befragen. Er besteht jedoch …"

„Was heißt denn hier Berechtigung erteilt?", rief Schulte erregt, wobei er sich einen Schwall heißen Kaffees über sein Hemd schüttete. „Wir sind doch keine Touristen, sondern immerhin die Mordkommission. Wir kommen doch nicht zum Spaß her!"

Der Hauptmann hatte sich kurz erschrocken, versuchte nun aber, beschwichtigend zu wirken.

„Selbstverständlich! Wir werden voll und ganz mit Ihnen kooperieren. Der Kommandeur legt allerdings Wert darauf, Ihnen zur Unterstützung Ihrer Arbeit einen Feldjäger-Offizier zur Seite zu stellen. Mit dem werden Sie sich gut verstehen, ist ja praktisch ein Kollege von Ihnen."

16

Zehn Minuten später betrat ein fast zwei Meter langer, uniformierter Mann den Vorraum des S1-Offiziers und stellte sich militärisch zackig als Oberleutnant der Feldjäger vor.

Schulte, dem militärische Ehrenbezeugungen suspekt

waren, hob als Antwort einfach nur grüßend die Hand und stellte sich mit „Schulte, Kripo Detmold“ vor.

Seine junge Kollegin war da schon korrekter. Sie salutierte zwar nicht, gab aber in kaum weniger schneidigem Tonfall ihren Namen und Dienstgrad an.

Schulte kam sich vor wie ein Fossil aus alten, weniger autoritätshörigen Zeiten.

Der Feldjäger stakste mit seinen endlos langen Beinen vor den beiden her. Es war ein weiter Weg bis zu dem Gebäude der Nachschubkompanie, dessen Chef nun tot in einer Kühlkammer der Pathologie lag. Schulte hatte sich die Kasernenanlage wesentlich kleiner vorgestellt und schimpfte nun leise darüber, dass sie nicht mit einem Auto zu ihrem Ziel gebracht wurden. Endlich betraten sie das langgestreckte Gebäude.

Die Soldaten dieser Kompanie, fast alles Zeitsoldaten, standen unter Schock. Die Nachricht vom Tod ihres Kompaniechefs hatte wie ein Lauffeuer die Runde gemacht. Es gab im Augenblick in der ganzen Kaserne kein anderes Thema. Doch aus keinem der vielen Männer und wenigen Frauen konnten die beiden Polizisten etwas Interessantes herausbekommen. Alles war prima gewesen: Der Dienst war auszuhalten, der Chef korrekt, vielleicht manchmal ein bisschen streng, aber das musste ja wohl so sein und so weiter. Sonst war alles wie immer, abgesehen davon, dass der Chef nun tot war. Ob die Anwesenheit des Feldjägers dazu beitrug, dass die Leute sich derart bedeckt hielten, konnte Schulte nicht mit Sicherheit sagen. Lieber wäre es ihm auf jeden Fall gewesen, wenn er allein und auf seine Art mit ihnen hätte sprechen können.

Irgendwann stand vor den drei Ermittlern ein gewisser Oberfeldwebel Windmacher, der offenbar der Leiter der Waffenkammer war. Irgendwie passte er selbst schon von der Statur her nicht in diese Militärwelt, dachte Schulte, als er sah, dass dieser Windmacher nicht viel weniger lang und dünn war als der Feldjäger. Na ja, tröstete er sich. Im jetzigen Alter dieser Kerle war er zwar nicht so lang, aber genauso schlank gewesen. Und in zwanzig Jahren würden die auch alle anders aussehen.

Windmacher erwies sich als freundlicher, aber sehr ernster Mann mit einer ruhigen Stimme. Auch er stand sichtbar unter dem Einfluss des schrecklichen Ereignisses.

„Wissen Sie, ich kannte ihn gut. Viel besser als alle anderen hier. Wir beide, also der Hauptmann und ich, stammen aus Westenholz bei Delbrück und kannten uns seit unserer Kindheit. Er war drei Jahre älter als ich und mit meinem großen Bruder befreundet. Er war eigentlich ständig bei uns zu Hause. Wir sind dann gleichzeitig zur Bundeswehr gekommen, da er ja länger auf der Schule war als ich."

Er schwieg kurz, offenbar fiel es ihm nicht leicht, nun so geschäftsmäßig über seinen alten Freund zu sprechen.

„Wir hatten uns beide gleich verpflichtet. In den nächsten Jahren wurden wir natürlich an verschiedenen Standorten eingesetzt. Und es war purer Zufall, dass wir jetzt zusammen in einer Kompanie gelandet sind. Ich war schon über ein Jahr hier, in meiner jetzigen Funktion, als es einen neuen Kompaniechef gab. Sie können mir glauben – erst war ich überhaupt nicht begeistert, als ich hörte, dass dies ausgerechnet Guido sein sollte. Das ist schließlich so ´ne Sache, wenn man sich so gut kennt, man sich immer auf Augenhöhe begegnet ist und dann einer plötzlich der Chef des anderen wird. Wir …"

„Hat es denn Konflikte gegeben?", unterbrach ihn Schulte, der im Stillen darüber nachdachte, wie er in der Rolle von Windmacher mit einer solchen Situation umgegangen wäre. Bei ihm hätte es mit Sicherheit den einen oder anderen größeren Krach gegeben.

„Na ja, natürlich waren wir nicht immer einer Meinung", wiegelte der Oberfeldwebel ab, „aber wir sind hier nicht in der Waldorfschule, sondern bei der Bundeswehr. Er war der Chef, nicht ich. Wenn jeder seine Position kennt und sich daran hält, dann gibt es auch keine Komplikationen. Bei Hauptmann Mannhardt und mir hat jeder die Funktion und die Kompetenz des anderen respektiert."

„Amen", kommentierte Schulte diese Ausführung so leise, dass nur seine Kollegin ihn hören konnte. Er stellte Windmacher die klassische Frage nach möglichen Feinden des Toten.

„Feinde? Nein, Feinde kann ich mir nicht vorstellen. Warum auch? Sicher, der Hauptmann war ein Mann mit Prinzipien und klaren Vorstellungen davon, wie der Laden zu laufen hatte. Und die hat er dann auch durchgesetzt, das können Sie mir glauben. Schlamperei konnte er gar nicht ausstehen. Da hat er schon mal mit eiserner Faust dazwischengehauen. Und wen es dann gerade getroffen hat, der war natürlich erst einmal nicht glücklich. Aber wer hier korrekt seinen Dienst gemacht hat, der hatte nichts zu befürchten. Der konnte hier alt werden."

Schulte bemerkte irritiert, dass der Feldjäger sich immer wieder Notizen machte. Aber noch bevor er dazu etwas einwenden konnte, mischte sich Pauline Meier zu Klüt in das Verhör ein.

„Wenn Sie den Toten schon so lange kennen, dann können Sie uns doch sicher auch etwas über dessen Privatleben erzählen. Hatten Sie auch in Ihrer Freizeit Kontakt miteinander oder beschränkte sich das auf den Dienst?"

Der Oberfeldwebel schaute sie leicht amüsiert an.

„Privat hatten wir natürlich keinen Umgang miteinander. Dazu war der Hauptmann dann doch zu sehr Soldat. Nein, nur wenn wir hier in der Kompanie unter vier Augen gesprochen haben, dann waren wir per Du. In der Öffentlichkeit war unser Umgang so formell wie unsere unterschiedlichen Dienstgrade dies erforderten. Und privat hat keiner von uns die Reviergrenzen des anderen überschritten. Deshalb kann ich auch zu seinem Privatleben nichts sagen. Da müssen Sie schon seine Ehefrau befragen."

„Und sonst? Irgendwelche Auffälligkeiten in der letzten Zeit in der Kompanie? Oder irgendetwas anderes?"

Schulte hatte keine große Lust mehr. Er ging nicht davon aus, dass dieses Gespräch noch etwas von Wert hervorbringen konnte.

Aber der Oberfeldwebel überlegte kurz und antwortete dann zögernd auf die Frage von Meier zu Klüt:

„Auffälligkeiten? Na ja, eigentlich gehört das nicht zur Sache, deshalb habe ich auch nicht von selbst damit angefangen. Aber wenn Sie schon danach fragen: Ein Soldat unserer Kompanie ist heute Morgen unentschuldigt dem Dienst ferngeblieben. Er hätte Wache gehabt, aber er kam nicht. Wir haben dann bei ihm zu Hause angerufen – ohne Erfolg. Dann haben wir uns Sorgen gemacht und es dem S1 gemeldet. Was daraus geworden ist, weiß ich auch nicht. Vielleicht …"

„Das kann ich Ihnen sagen, Herr Oberfeldwebel", ging der Feldjäger dazwischen. „Männer von uns sind zu seiner Wohnung gefahren, haben ihn aber nicht angetroffen. Auch bei seiner Freundin waren sie, aber auch diese wusste angeblich nicht, was mit ihm los ist. Das ist der Stand der Dinge."

Schulte war wieder hellwach geworden. Er stellte dem Oberfeldwebel noch einige Fragen zur Person des Soldaten, der nicht zum Dienst erschienen war.

Windmacher beantwortete diese Fragen sichtbar widerwillig.

„Aber es ist völlig ausgeschlossen, dass da ein Zusammenhang mit Ihrem Fall besteht!", rief er voller Inbrunst. „Stabsunteroffizier Bornemann ist ein ordentlicher Soldat, der sich noch nie etwas hat zuschulden kommen lassen. Wahrscheinlich gibt es eine ganz einfache Erklärung dafür, dass er heute nicht zum Dienst gekommen ist."

Aber Schulte ließ jedoch nicht locker.

„Was für ein Verhältnis hatte dieser Bornemann denn

zum Hauptmann? Gab es irgendwelche Konflikte?"

„Nein! Natürlich nicht!" Auch hier legte sich der Nachschubmann mit Vehemenz für seinen Kollegen ins Zeug. Doch dann wurde er deutlich stiller und nachdenklicher.

„Na ja, der Liebling vom Hauptmann war er nicht gerade. Wenn ich ganz ehrlich sein soll, dann muss ich schon sagen, dass der Chef ihn manchmal sehr hart angefasst hat. Es ist nicht völlig falsch, wenn man sagen würde, dass Bornemann so eine Art Prügelknabe für den Hauptmann war. Manchmal war das schon ein bisschen ungerecht, muss ich zugeben. Aber wie gesagt, das ist hier keine Waldorfschule."

„War denn aktuell irgendetwas zwischen den beiden vorgefallen?"

„Nicht, dass ich wüsste. Aber ich bin ja auch nicht immer und überall dabei. Das kann Ihnen nur der Stabsunteroffizier Bornemann selbst beantworten."

„Stimmt!", brummte Schulte. „Aber dafür müssten wir erst einmal wissen, wo er sich aufhält."

17

Schulte konnte es nicht fassen. Irgendjemand hatte ein Riesenmonstrum von Trecker auf dem Dienstparkplatz der Detmolder Polizeibehörde abgestellt. Das Gerät nahm mehrere Stellplätze für Personenwagen in Anspruch. Für Schultes Leichenwagen gab es an diesem Morgen zum Dienstbeginn keinen Parkplatz mehr. Fluchend stieg er aus und betrachtete das futuristische Gefährt. *Fendt 939 Vario* stand fett auf der massigen Motorhaube.

Sein Vermieter, Anton Fritzmeier, hätte seine Freude an diesem Monstrum gehabt. Doch Schulte ärgerte sich. Welcher Blödmann hatte den wohl hier hingestellt? Frustriert setzte sich der Polizist wieder hinters Steuer und fuhr mit seinem Auto in Richtung der Besucherparkplätze. Auf dem

Weg dorthin kam ihm Maren Köster entgehen.

Schulte stoppte sein Auto erneut und bedeutete der Kollegin, anzuhalten.

„Kannst gleich umdrehen, irgend so ein Idiot hat den größten Schlepper, den ich je gesehen habe, auf unserem Dienstparkplatz abgestellt."

Eine Minute später trafen sich die beiden Kollegen vor dem Polizeigebäude.

„Na, Maren, wie ist der Neue?"

„Tja, wie soll ich es sagen? Der Junge ist der besterzogene Mensch, der mir je begegnet ist. Der ist so höflich, dass ich unsicher werde. Und fachlich scheint er den guten Manieren nicht nachzustehen. Was immer du fragst, er weiß es. Er liefert gleich die Quellen mit, die Auskunft darüber geben, wo er es gelesen hat. Du gibst dem Jungen eine Aufgabe, und er erledigt sie. Kein Lamentieren, keine Nachfragen, was immer du sagst, es wird prompt erledigt. Jupp, der Junge ist mir unheimlich!"

„Und, gar keine Macken?"

„Doch, der Typ hat ´nen Stock im Arsch. Ich habe das Gefühl, er steht sich selbst im Wege. Hinter dieser Fassade von Perfektion verbirgt sich ein sensibler, von vielen Lebenserfahrungen ferngehaltener junger Mann, der alles richtig machen will. Oder irgendjemandem alles recht machen möchte. Was einfach nicht geht. Der Junge tut mir leid. Ich hoffe, er zerbricht nicht an seinen oder an den Ansprüchen anderer."

„Und wie ist es mit deiner schönen blonden Profilerin?"

Schulte runzelte die Stirn.

„Wieso Profilerin?"

„Gib es zu, Jupp, du hast nicht einmal einen Blick in ihre Personalakte geworfen."

„In Personalakten habe ich noch nie hineingesehen. Entweder komme ich mit den Leuten klar oder eben nicht. Und ich glaube, mit Meier komme ich zurecht."

„Mit Meier, wie du sie nennst, haben wir eine der am

besten ausgebildeten Fallanalytikerinnen Deutschlands bekommen. Ausbildung zur Polizistin, anschließend Studium der Psychologie in Deutschland und in den Vereinigten Staaten. Beim FBI hat sie eine Ausbildung in Criminal Investigative Analysis an der Akademie in Quantico absolviert. Sie war beim Bundeskriminalamt und hätte dort Karriere machen können, wie selten jemand. Kein Mensch weiß, warum sie da die Brocken geschmissen hat und zurück nach Lippe gekommen ist."

Schulte pfiff durch die Zähne.

„Jetzt, wo du es sagst! Ich habe mich auch schon gewundert, als sie gestern am Tatort agierte, wie jemand, der schon zwanzig Berufsjahre auf dem Buckel hat. Und auch in einigen anderen Situationen hat sie so souverän gehandelt, dass ich nur gestaunt habe."

So plaudernd erreichten die beiden Polizisten das Besprechungszimmer, in dem schon alle auf sie warteten. Die Spurensicherung, in Person der Leiterin Renate Burghausen, war ebenso vertreten wie ein Pathologe. Selbst Erpentrup hatte sich eingefunden.

„Oh, großer Bahnhof!", spottete Schulte. „Selbst der Chef ist gekommen."

Schulte setzte sich an seinen Platz. Dann wandte er sich an Renate Burghausen.

„Na Kollegin, hat die Spurensicherung ein neues Fahrzeug?"

Die Chefin der SpuSi sah ihn ziemlich verwundert an.

„Wieso neues Fahrzeug?"

Schulte winkte ab.

„War ein blöder Witz. Und was hat Ihre Abteilung herausgefunden?"

„Na gut, dann fange ich mal an", entgegnete Renate Burghausen. „Der Kollege von der Pathologie möge mir verzeihen, dass ich mich kurz in seine Angelegenheiten einmische.

Also der Mann, es handelt sich um einen Hauptmann der Bundeswehr namens Guido Mannhardt, hat sich nicht selbst umgebracht. Vielmehr wurde er aus circa zwei Metern Entfernung erschossen. Anschließend packte der Täter ihn in das Auto und fuhr das Fahrzeug wahrscheinlich in den Wald. Dort hievte er die Leiche vom Beifahrersitz auf den Fahrersitz. Auf diese Aktivitäten weisen diverse Spuren hin. Ob er mit der Waffe erschossen wurde, die er in der Hand hielt, kann nicht mit Sicherheit gesagt werden, denn wir haben kein Projektil gefunden. Diese Tatsache lässt ebenfalls vermuten, dass der Tötungsakt an anderer Stelle stattgefunden hat." Sie machte eine kurze Pause, schaute in die Runde und fuhr fort:

„Nachdem der Täter das Fahrzeug an der Fundstelle abgestellt hatte, ist er zu Fuß Richtung Augustdorf gegangen. Wir haben einige Spuren sichern können, unter anderem Fußabdrücke. Bei dem Sohlenprofil handelt es sich um die Kampfstiefel der Bundeswehr. Wir sind die Spur mit Hunden abgegangen. Sie endet auf der Verbindungsstraße zwischen Lopshorner Allee und Panzerringstraße. Hier ist er vermutlich in ein Auto eingestiegen. Bericht folgt! Die DNA-Analysen brauchen einiges an Zeit. Ach ja, noch etwas: Die Nummernschilder waren geklaut. Sie gehören nicht zu dem Fahrzeug."

Anschließend gab der Pathologe seinen Bericht ab, und die heute abzuarbeiteten Aufgaben wurden verteilt.

Als alle schon auseinanderlaufen wollten, ergriff Meier zu Klüt noch einmal das Wort.

„Leider war das für heute nicht das letzte Meeting. Heute Nachmittag müssen wir noch einmal mit der Bundeswehr an den Tisch. Wir haben den Termin um 15 Uhr angesetzt. Dann sollten wir erneut die Ergebnisse des Tages zusammenfassen.

Ach ja, und dann hat der Kollege von der Pforte angerufen. Sie sollen Ihr Fahrzeug vom Besucherparkpatz entfernen, soll ich Ihnen ausrichten, Herr Polizeirat."

18

Die Aktenführung ging Hartel ziemlich auf den Zeiger. Mit dieser Aufgabe hatte Schulte ihn erst einmal kaltgestellt. Das war ihm sofort klar gewesen, als der Polizeirat ihm diesen Job zugeschoben hatte. Und Erpentrup ließ ihn auch mal wieder hängen. Anstatt ihn aus dieser Abteilung herauszuholen, ließ er es zu, dass er, Hartel, hier die Drecksarbeit machen musste. Auf der anderen Seite war es eben auch ein ruhiger Job. Morgen würde er mal versuchen, sich den Neuen, diesen Lindemann, zu schnappen und ihm ein bisschen auf den Zahn fühlen.

Hartel sah auf die Uhr. Es wurde Zeit. Das Treffen mit den Vertretern der Bundeswehr stand an.

Gerade wollte er sich seine Akten von der Fensterbank nehmen, da hörte er von draußen das Orgeln eines Anlassers. Hartel sah hinunter. Schultes Leichenwagen stand immer noch auf dem Besucherparkplatz. Und der schien sich auch nicht mehr bewegen zu lassen. Denn Schulte versuchte verzweifelt, das Auto zu starten.

Der hat ja wirklich ein dickes Fell, dachte Hartel. Schon heute Morgen hatten die Kollegen damit gedroht, den Volvo abschleppen zu lassen. Jetzt stand die Kiste immer noch da.

Mittlerweile hatte Schulte den Schlüssel mindestens zum zehnten Mal gedreht, um sein Fahrzeug zu starten. Er ließ den Anlasser orgeln, bis die Batterie in den letzten Zügen lag. Doch die Karre rührte sich nicht.

Hartel grinste. Das gönnte er dem Alten. Es sah so aus, als müsste sich sein Polizeirat bald ein neues Auto kaufen.

Kurze Zeit später saßen alle, heute zum zweiten Mal, im Besprechungsraum. Auch die angekündigten Vertreter der Bundeswehr, ein Offizier der Feldjäger und Oberleutnant Hartmann hatten sich eingefunden. Nach einer kurzen

Begrüßung berichteten die einzelnen Gruppen von ihrer Arbeit.

Als alles vorgetragen war, herrschte ratlose Stille.

Schulte fluchte. „Ich kann mich nicht erinnern, mal einen Fall gehabt zu haben, bei dem wir nach mehr als zwei Tagen noch nicht das kleinste Ergebnis haben. Es gibt jede Menge Spuren. Aber keinen einzigen Hinweis auf ein Mordmotiv."

Oberleutnant Hartmann meldete sich. „Wenn ich vielleicht mal darauf hinweisen darf, dass der fahnenflüchtige Stabsunteroffizier Bornemann nicht gut auf den Toten zu sprechen war. Ich gebe zu, es sind nur Gerüchte, die in der Kaserne kursieren. In denen wird jedenfalls behauptet, Bornemann habe damit gedroht, Hauptmann Mannhardt umzubringen, nachdem er erfahren hatte, dass er nach Afghanistan sollte. Sicher, es sind nur Gerüchte, keine Zeugenaussagen. Aber ich halte es für richtig, dieser Sache einmal nachzugehen."

„Das ist in der Tat nur ein vages Gemunkel und keinesfalls ein Hinweis auf einen Mord", entgegnete Maren Köster. „Dennoch gebe ich Herrn Hartmann recht. Wir sollten Bornemann zur Fahndung ausschreiben. Wenn er wirklich was mit dem Mord zu tun hat und wir nicht in seine Richtung ermitteln, haben wir später ein Problem. Jupp, ich finde, du solltest dich mit dem Staatsanwalt in Verbindung setzen und die Presse informieren. Auch wenn es nur eine unsichere Geschichte ist. Wir sollten auf Nummer sicher gehen."

Schulte war von der Idee nicht begeistert. Aber er fand auch keine Argumente dagegen. Immerhin hatte Bornemann mit seiner Fahnenflucht eine Straftat begangen. Das Delikt fiel zwar nicht in den Aufgabenschwerpunkt seiner Abteilung, aber man konnte über diese Tatsache nicht einfach hinweggehen. Und schon gar nicht, wo man jetzt noch einen Toten hatte.

„Okay, wir machen das so. Hartel, kümmere dich darum! Setz dich mit der Staatsanwaltschaft in Verbindung und gib eine Pressemeldung raus."

An Oberleutnant Hartmann gewandt sagte er:

„Können Sie noch ein Foto von Bornemann besorgen? Das kann Kollege Hartel dann auch an die Presse weitergeben."

„Kann das nicht ein anderer machen?", schimpfte Hartel. „Vielleicht einer von den Neuen? Ich habe heute Abend noch was vor!"

„Tut mir leid, Hartel, Dienst ist Dienst und Schnaps ist Schnaps. Das ist dein Job, den musst du heute noch zu Ende bringen."

Die anwesenden Polizisten nahmen wieder ihre Gespräche auf. Stühle wurden gerückt. Die Ersten verließen den Raum.

Da fiel Schulte noch etwas ein:

„Meier, kannst du mich zu Hause vorbeibringen? Mein Auto springt nicht an. Ich hatte meinem Enkel versprochen, heute Nachmittag das erste Mal mit ihm zu den Minikickern zu gehen. Dieses Versprechen würde ich gerne einhalten."

„Natürlich, Herr Polizeirat, kein Problem."

Maren Köster packte gerade ihre Unterlagen zusammen. Dann bemerkte sie schnippisch:

„Bis vor drei Tagen war immer noch ich für solche Aufgaben zuständig."

Dann verließ sie sichtlich verärgert den Raum.

Damit hätte ich jetzt nicht gerechnet, dachte Schulte. Zu Pauline Meier zu Klüt, der diese Bemerkung nicht entgangen war, sagte er:

„In zehn Minuten bin ich soweit. Ich muss nur gerade etwas erledigen."

Schulte traf seine junge Kollegin im Foyer der Kreispolizeibehörde. Gemeinsam gingen sie zum Parkplatz. Während Pauline Meier zu Klüt nach dem Fahrzeugschlüssel in ihrer Handtasche kramte, begann Schulte über den immer noch auf dem Platz stehenden Trecker zu lästern. Da, endlich hatte die Kommissarin gefunden, was sie gesucht hatte. Sie hielt ein schwarzes Plastikkästchen in der Hand. Als sie auf einen Knopf drückte, blinkte die Warnblinkanlage des grünen Traktors dreimal.

Schulte klappte den Mund auf und wieder zu.

„Mensch, Meier, nur weil ich mit einem ehemaligen Leichenwagen durch die Gegend fahre, musst du doch nicht gleich versuchen, das zu toppen und mit einem solchen Monstrum hier aufkreuzen.“

„Jetzt nehmen Sie sich aber etwas zu wichtig, Herr Polizeirat. Ich habe meinem Bruder gestern mein Auto geliehen. Der scheint irgendwo versackt zu sein. Neue Freundin oder so. Na, jedenfalls musste ich doch irgendwie zur Arbeit kommen. Und da nur der Trecker auf dem Hof stand, habe ich den genommen. Der ist auch ganz schön schnell.“

„Wenn wir mit dem Ding bei uns auf den Hof fahren“, grinste Schulte, „macht mein Vermieter Fritzmeier dir einen Heiratsantrag. So ein Fahrzeug wollte der immer schon haben. Dafür würde er nicht nur stehlen oder lügen, sondern auch heiraten.“

„Ich hätte mir ja das Auto von meiner Tochter geliehen, um mit unserem Kurzen zu den Minikickern zu fahren. Aber wenn wir mit dieser Kiste bei uns vorfahren, dann will der garantiert mit dem *Fendt* zum Sportplatz gebracht werden.“

19

Arbeitete sein Cousin Steffen eigentlich ständig? Bornemann sah auf die Uhr. Es war gleich 20.30 Uhr, und sein Gastgeber war immer noch nicht zurück. Den ganzen Tag hatte der Stabsunteroffizier in dieser fremden Wohnung herumgehangen. Er hatte versucht, die Ereignisse der letzten Tage aus dem Kopf zu bekommen. Doch es war ihm nicht gelungen.

Bornemann kam nicht umhin, sich einzugestehen, dass er gerade dabei war, sein Leben zu verkorksen. Aber wie er es auch drehte und wendete, er hatte nur die Wahl zwischen Pest und Cholera. Ginge er nach Afghanistan, würde er es nur machen, weil er den Befehl dazu erhalten hatte. Hinter dem Krieg stand er nicht! Das war ihm in den letzten Tagen deutlicher geworden denn je.

Aber er wusste auch, dass er sich als Soldat so eine Freiheit nicht herausnehmen durfte. Er musste seine persönliche Situation dem großen Ganzen unterordnen. Er hatte es nicht getan. Er hatte sich verweigert. Er war jetzt Deserteur. War straffällig geworden und musste damit rechnen, dass er dafür ins Gefängnis gehen würde.

Früher hatte er selbst in ähnlichen Situationen diesen Standpunkt vehement vertreten: Die Bundeswehr sei nicht die Heilsarmee, da gebe es so etwas wie Befehl und Gehorsam, und das sei notwendig! Wo käme man denn hin, wenn jeder nach seinem Geschmack handelte. Bornemann hatte gegen das System gehandelt, das er bisher für richtig gehalten hatte. Er fühlte sich mies, als schlechter Kerl. Bornemann hatte das Gefühl, ein „Verpisser" zu sein! Und dennoch; es gab für ihn kein Zurück, kein Umdenken. Er wollte nicht in den Krieg nach Afghanistan! Niemals!

Wenn sein Kind geboren würde, wäre er im Knast oder er stände kurz davor einzufahren. Bornemann hatte versucht, sich einzureden, es dem Baby zuliebe zu tun! Das Kind solle einen prima Vater haben. Nicht einen, der traumatisiert ist, und auch keinen, der in einem Zinksarg aus Kundus zurückkam. Doch diese Argumente waren für ihn nicht so schlüssig gewesen, dass er sie vor sich als Ausrede zulassen konnte. Es musste etwas anderes sein, das ihn zu seinem jetzigen Handeln trieb.

In den letzten Stunden hatte er manchmal das Gefühl gehabt, verrückt zu werden. Und dennoch, es gab kein Zurück für ihn. Er würde sich nicht stellen und sagen: Ich habe Scheiße gebaut! Gibt es eine Möglichkeit alles wieder geradezurücken? Nein, das würde er nicht tun! Er würde und wollte nicht länger Soldat sein! Bornemann fühlte sich elendig:

Vielleicht hätten ein paar Gespräche mit Steffen dazu beigetragen, einmal auf andere Gedanken zu kommen. Doch der Kerl kam einfach nicht nach Hause. Missmutig schmierte er sich ein paar Butterbrote, holte sich eine Flasche Bier dazu und fläzte sich auf das Sofa. Fernsehen war sicher eine gute Ablenkung. Er stellte die Flimmerkiste an und biss herzhaft in die erste Schnitte Brot. Doch im gleichen Moment verschluckte er sich auch schon. In den Regionalnachrichten sah er sein Konterfei.

Dann hörte er die Moderatorin sagen:

„In einem Waldstück bei Augustdorf wurde der Hauptmann Guido Mannhardt erschossen aufgefunden. Der Tote war Offizier der Bundeswehr in der General-Feldmarschall-Rommel-Kaserne. Als Hauptverdächtiger gilt der Stabsunteroffizier Marc Bornemann, der ebenfalls dort stationiert war. Der Soldat beging vermutlich Fahnenflucht. Hinweise, die Auskunft über den Aufenthaltsort des Flüchtigen geben, nehmen alle Polizeidienststellen entgegen. Die Polizei mahnt zur Vorsicht, da es sein könnte, dass der gesuchte Soldat bewaffnet ist."

„Verdammter Mist, das gibt es doch nicht!", entfuhr es Bornemann, „ich muss hier weg, aber so schnell wie möglich." Hastig verließ er den Raum und warf seine Utensilien in die Reisetasche, die er erst vor einigen Stunden ausgepackt hatte. Schnell schrieb er seinem Cousin noch einen kurzen Brief und machte sich auf den Weg zu seinem Auto. Er hatte seine Tasche gerade auf die Rückbank gestellt, da hörte er Martinshorn und Blaulicht.

Verdammt, in so einer Reihenhaussiedlung saß man wie auf einem Präsentierteller, dachte Bornemann. Wahrscheinlich hatte ihn schon so ein netter Nachbar angeschissen.

Hastig startete Bornemann seinen Wagen. Er musste

umgehend hier weg. Am besten zur Autobahn. Wenn die Polizei ihn wirklich schon suchte, dann waren die Auffahrten mit Sicherheit längst gesperrt. Langsam fuhr er mit seinem Auto die Straße hinunter Richtung Alte Weberei und sah dabei in den Rückspiegel. Das Polizeifahrzeug hatte vor dem Haus angehalten, und einer der uniformierten Männer klingelte an der Wohnungstür seines Cousins. Aus dem Nachbarhaus kam ein Rentner. Er lief zu den Polizisten hin und deutete auf das davonfahrende Auto.

„Scheiße!“, fluchte Bornemann und gab Gas. Das Polizeifahrzeug musste erst noch wenden. Also hatte er die Chance, einen kleinen Vorsprung herauszuholen. Sein Cousin hatte ihm vor Jahren einmal einen Schleichweg zur Autobahn gezeigt. Man konnte an der Raststätte Gütersloh über einen Zuliefererweg auf die A2 auffahren. Mittlerweile hatte er den Brockweg erreicht. Er trat das Gaspedal seines Audi A4 durch bis zum Bodenblech. Das Auto beschleunigte, und er raste mit 100 km/h die schmale Straße lang. Ein Fußgänger, der gerade einen Zebrastreifen überqueren wollte, rettete sich in letzter Sekunde durch einen beherzten Sprung auf den Gehweg.

Am Stadtring *Kattenstroth* sprang die Ampel gerade auf Rot. Augen zu und durch, dachte Bornemann. Mit hohem Tempo querte er den Stadtring und wäre beinahe mit einem Auto, das von rechts kam, zusammengestoßen. Hinter sich hörte er wütendes Hupen und die Sirene eines Polizeifahrzeuges. Diese Geräusche veranlassten Bornemann lediglich dazu, noch schneller und riskanter zu fahren. Er jagte jetzt mit mehr als 120 km/h über die schmale Landstraße. Ein paar Jogger, die er durch Dauerhupen warnte, versuchten, sich in einem Graben in Sicherheit zu bringen. Wütend drohten sie mit ihren Fäusten. Das alles interessierte Bornemann nicht, er musste zur Autobahn. Dann sah er die Abfahrt in den Feldweg rechts. Mit quietschenden Reifen reduzierte er die Geschwindigkeit seines Fahrzeugs, schoss aber an der

Einfahrt vorbei. Na gut, dachte er, dann fahre ich eben auf der anderen Seite auf.

Wieder gab Bornemann Gas, er überquerte die Autobahnbrücke, riss das Lenkrad herum und fuhr in einen Feldweg. Hoffentlich hatte man an der Einfahrt am Parkplatz noch keine Schranke angebracht. Bornemann hatte Glück. Der Weg war frei. Er beschleunigte wieder und befand sich nur eine Minute später auf der Autobahn.

20

„Ja, sind die denn völlig verrückt geworden?"

Der Feldwebel Patrick Beil hatte gerade seinen Dienst im Waffen- und Munitionsdepot Taubenborn bei Höxter beendet, sich in sein Auto gesetzt und wollte nach Hause fahren, als ihn ein Anruf erreicht hatte. Beil hatte nahezu atemlos zugehört und sich immer mehr aufgeregt. Er hatte versucht, Einwände zu bringen. Aber bevor er seiner Erregung so richtig Luft machen konnte, hatte der Anrufer das Gespräch schon mit den Worten beendet:

„Mach keine Zicken! So etwas will ich von dir nicht noch mal hören. Du steckst viel zu tief mit drin. Du kannst nicht mehr zurück. Nimm dich zusammen und tu, was man von dir verlangt!"

Beil hatte dem Anrufer klarzumachen versucht, dass er auf dem Weg war, die Schraube zu überdrehen und dadurch Kopf und Kragen zu riskieren. Warum konnten diese Leute nicht einfach auf dem Teppich bleiben? Hier mal eine Kleinigkeit wegnehmen und dort mal etwas aussortieren, was eigentlich noch gebrauchsfähig war, dass konnte man noch überschauen. Das konnte man im Griff behalten. Aber nun knallten die anscheinend völlig durch. Wo zum Teufel sollte er bis zum Ende dieser Woche zehn Panzerfäuste vom

Typ 3 herzaubern? Schließlich stand ihm kein geheimes Lager mit diesen Schätzchen zur Verfügung, über das er hätte frei verfügen können. Ganz im Gegenteil, es handelte sich um Waffen, die bestens geschützt und hundertfünfzigprozentig registriert waren. Bundeswehr eben! Da konnte man nicht einfach reingreifen und sich bedienen.

Nein, die kleinen Lieferungen bisher waren für ihn ein gutes Geschäft gewesen. Bislang hatte er noch jede Inspektion souverän überstanden, nichts war aufgefallen. Das hatte er alles im Griff gehabt. Aber seit einiger Zeit wurden die Anfragen immer dreister. Der Gipfel war nun die Bestellung der Panzerfäuste. Das musste auffallen, so etwas konnte niemand vertuschen. Vielleicht, wenn sie ihm ein Jahr Zeit gelassen hätten, okay. Aber bis Ende der Woche? Völliger Wahnsinn.

Schluss! Aus! Vorbei!

Er würde aussteigen, bevor es ihn den Kopf kostete. Sollten die doch sehen, wo sie ihre Waffen herbekamen. Von ihm jedenfalls nicht mehr. Das hatte er dem Anrufer zwar nicht so wörtlich gesagt, aber er hatte es durchblicken lassen.

Gleich morgen früh würde er den ersten Schritt machen. Dann wäre er in Sicherheit.

21

„Jawohl, Linus! Den Ball kriegst du! Schön! Und jetzt die Linie lang! Foul! Foul! Was ist das denn für ein Knochenbrecher?"

Schulte hüpfte und rannte an der Außenlinie auf und ab wie Rumpelstilzchen. Einige andere Zuschauer machten sich schon Gedanken über den Geisteszustand des Polizisten.

Pauline Meier zu Klüt hatte Schulte zu seiner Wohnung

auf dem Fritzmeierschen Hof gebracht. Sie hatte auch angeboten, Schulte mit seinem Enkel zum Sportplatz zu fahren. Zum Dank war sie von Schulte zum Abendessen eingeladen worden.

„Wenn du Lust hast, Meier“, hatte er gesagt, „kannst du nachher noch mit uns zusammen essen. Meine Tochter Ina kocht ganz ausgezeichnet. Und heute ist auch Lena, meine Jüngste, da. Na ja, Jüngste ist vielleicht etwas untertrieben. Ina ist eigentlich nur drei Stunden älter als sie.“

„Oh, Herr Polizeirat“, entgegnete Pauline Meier zu Klüt. „Sie sind Vater von Zwillingen?“

„Zwillingen?“ Schulte druckste herum. „Nee, die beiden sind keine Zwillinge. Jede von ihnen hat eine andere Mutter. Und ich bin eben der Vater.“

„Wie geht das denn?“

Schultes Verlegenheit nahm zu.

„Wie geht das? Wie geht das? Na eben, zwei Frauen in einer Nacht. Wenn man jung ist, macht man manchmal solche Sachen. Kennst du doch auch, oder nicht?“

Pauline Meier zu Klüt hatte ihren Chef einige Sekunden lang angesehen, als sei er von einem anderen Stern. Dann hatte sie geantwortet:

„Eigentlich eher nicht.“

Anschließend konnte sie sich ein Grinsen nicht verkneifen.

„Ach, lassen wir das“, hatte Schulte gesagt. „Komm, fahren wir zum Fußball. Schmeiß deinen Trecker an.“

Und da stand sie nun, neben einem verrückt gewordenen, älteren Mann, der sich gebärdete, als wäre er vom Satan besessen und wartete, dass das Spiel endete.

„Aus dem Jungen wird was, Meier! Das sage ich dir“, grinste Schulte.

„Ja, ganz der Opa“, entgegnete sie und grinste schon wieder.

Eine halbe Stunde später saßen alle bei Fritzmeier in der Küche an einem langen Tisch. Es gab Kartoffelsuppe mit Blutwurst. Dazu Detmolder Bier und Weißwein. Linus hatte eine Apfelschorle vor sich stehen.

„Ihr hättet den Jungen mal sehen sollen. Fußballspielen kann der“, schwärmte Schulte. „Findest du doch auch, oder, Meier?“ Linus strahlte, dass die Mundwinkel fast die Ohren berührten.

„Und das nächste Mal haue ich den Henkemeier einfach weg. Genau, wie du mir heute gesagt hast.“

„Das wirst du nicht tun, Linus! Was erzählst du dem Jungen?“, empörte sich Ina, an Schulte gewandt.

Schulte grinste, zwinkerte seinem Enkel zu und konzentrierte sich dann wieder auf seine Kartoffelsuppe.

Die Fußballbegabung seines Enkels hatte Schulte so verzückt, dass er die nötige Sensibilität für seine Umgebung vorübergehend nicht aufbrachte. Aber jetzt, wo er die Suppe still in sich hineinlöffelte, nahmen seine Außenantennen etwas wahr. Irgendwas lag in der Luft. Normalerweise wurde am Abendbrottisch erzählt, gelacht und über die Arbeiten der nächsten Tage gesprochen. Heute schwiegen alle. Schulte versuchte es erneut mit einem Gespräch. Er wandte sich an seinen Vermieter.

„Anton, hast du den Trecker von Meier da draußen gesehen?“

„Jau, issen feines Ding“, entgegnete der alte Bauer und aß dann schweigend weiter.

„Was ist hier los?“, polterte Schulte jetzt in den Raum. „Habe ich was falsch gemacht? Habe ich den Müll nicht rausgebracht? Habe ich ein Versprechen nicht eingehalten?“

„Nein, du benimmst dich heute fast vorbildlich“, entgegnete seine Tochter Ina. „Anton ist sauer, weil ich einen *Atomkraft? Nein Danke*-Aufkleber auf unsere Hofladen-Tür geklebt habe.“

„Is doch wahr. Wat sollen denn die Leute denken. Nachher meinen die noch, ich wäre auf meine alten Tage bei den Chrünen einchetreten. Ne dat chet einfach nich. Dat Schild muss wieder vonne Tür runter. Nur weil da in Japan son Dingen hoch chechangen is, muss bei uns nich chleich an jede Ecke son Zettel kleben."

„Bist du denn etwa ein Atomkraft-Befürworter?", fragte Ina ziemlich aufgebracht.

„Weiß ich auch nich so chenau. Früher war ich für die Dinger. Saubere Sache habe ich immer chedacht. Als dann aber damals dat in Russland passiert is, da wusste ich nich mehr so chenau. Und dann die Jahre über, da haben die Politiker ihren Mantel doch sowieso in den Wind chehängt. Rein inne Kartoffeln, raus ause Kartoffeln.

Oder chlaubt ihr denn etwa, dat dieser Brüderle der Einzige war, der chesacht hat, dat die Kernkraftwerke nach den Wahlen wieder ancheschaltet werden? Nee, dat haben mindestens dreißig andere von den Brüdern auch chesacht. Dieser Blödmann vonne FDP hat sich eben nur erwischen lassen. Hört mich doch auf! Wenn ich einen Zettel an unsern Hofladen kleben sollte, dann würde ich da, chlaube ich, *Politiker nein Danke* draufschreiben. Und, mache ich dat etwa? Nee, mache ich nich, weil et sich nich chehört!"

Fritzmeier schwieg einen Augenblick, dann fuhr er fort. „Ich weiß et doch auch nich, Ina. Ich will nur nich, dat die Leute über mich reden. Dat Klebeteil muss wech!"

„Das tun die doch sowieso", meinte Ina lakonisch.

„Hasse auch wieder recht. Jä, wat willste maken? Wat willste maken? Ich chlaube, ich hab in der letzten Zeit einfach zu viel chearbeitet. Manchmal merke ich meine 82 Jahre doch schon."

„Vielleicht solltest du mal eine Kur beantragen", meinte jetzt Lena, Schultes jüngere Tochter.

„Ich kann mein Chelt auch zum Fenster rauswerfen oder et verbrennen. Nee, nee, dafür chebe ich keinen Fennich aus und einen Kurschatten brauche ich auch nich. Ab und zu mal Besuch von meine Elvira, dat reicht mich."

„Aber, so eine Kur bezahlt doch meist die Krankenkasse."

„Wie, ehrlich jez? Du meins, wenn Heinz Henkemeier und Franz Tölle und wie se alle heißen bei uns außen Dorf, wenn die in Kur fahren, dann bezahlen die dat nich selber?"

„Nein, das bezahlt meist die Krankenkasse, und wenn du über die gleiche versichert bist, dann bezahlst du das mit deinen Beiträgen sogar noch mit", entgegnete Lena Wiesental.

„Wat, soweit kommt dat noch! Ich bezahle die Kur für den faulen Henkemeier. Da muss ich aber noch mal drüber nachdenken."

Fritzmeier aß seinen Teller leer. Die Welt war wieder in Ordnung. Dann wandte er sich an Pauline Meier zu Klüt.

„Sach mal Mädchen, dein Vatter war doch Albrecht Meier zu Klüt. Den kannte ich chut. Is der nich letztes Jahr chestorben?"

Die junge Frau nickte und musste schlucken.

„War einen feinen Kerl. Einmal hat er mir chesacht, er könnte dat chanich so chut verknusen, dat du zur Polizei chechangen bis. Da hab ich ihn erzählt, dat mein Junge zwar Bauer cheworden is, aber dat der immer Chedichte schreibt.

Albrecht, hab ich zu deinen Vatter chesacht, sei froh, dein Mädchen hat die Rente sicher. Aber mein Junge, der cheht immer zu so Poetenwettbewerbe, in so Studentenkneipen, und sacht da seine selbst cheschriebenen Chedichte auf. Damit musse als Vatter auch ers mal fertich werden, hab ich zu ihn chesacht. So, Mädchen und jez lass uns mal nach draußen chehen und deinen Trecker ankucken."

22

Zu seiner Überraschung stellte er fest, dass sein linkes Bein sich offenbar seinem Kommando entzogen und sich selbstständig gemacht hatte, während er darauf wartete, dass endlich jemand ans Telefon ging. Das Bein zuckte in wildem Stakkato, ohne dass er dies hätte unter Kontrolle bringen können. War er schon so mit den Nerven runter? Kein Wunder, bei all dem, was in den letzten Tagen auf ihn eingeprasselt war. Und warum ging dieser Dreckskerl nicht ans Telefon? Da, endlich!

„Ich bin's!" Als der andere nicht sofort reagierte, nannte er seinen vollen Namen, während er gleichzeitig mit der linken Hand versuchte, sein wildgewordenes Bein stillzuhalten. „Es gibt Riesenärger! Beil macht Probleme. Er will aussteigen. Ich habe eben mit ihm gesprochen, er weigert sich, die Ware zu liefern. Das wäre ihm eine Nummer zu groß geworden, meint er. Von Mannhardt hatte er natürlich auch schon gehört. Die Bundeswehr ist ein Dorf, so etwas ist ruckzuck durch. Und jetzt hat er die Hose voll. Was machen wir?"

Die Stimme seines Telefonpartners war noch heiserer als sonst, als er nach einigem Zögern antwortete:

„Alles hängt von dieser Lieferung ab. Wenn die nicht rechtzeitig kommt, dann sind wir alle raus aus dem Geschäft. Alle, verstehst du? Wir müssen das durchziehen, koste es, was es wolle. Was meinst du, würde Beil zur Polizei gehen?"

Das verrückte Bein schien sich langsam zu beruhigen, als sein Besitzer antwortete:

„Da bin ich mir nicht sicher. Aber er war schon ziemlich durch den Wind – im Augenblick traue ich ihm jede Dummheit zu. Irgendetwas müssen wir unternehmen."

Die heisere Stimme blieb gewohnt ruhig.

„Wenn wir das Problem Beil ruhigstellen würden, sähest du dann Möglichkeiten, auch direkt an die Lieferung ranzukommen?"

„Ja, vielleicht. Ich könnte das nicht gegen Beil durchziehen, wenn er im Dienst ist. Das wäre unmöglich. Aber wenn wir ihn eine Zeitlang vom Dienst entfernen könnten, dann hätte ich vielleicht eine Chance, auch ohne ihn an die Ware heranzukommen. Kannst du das regeln?"

Der heisere Mann schniefte laut. „Ja. Lass das mal meine Sorge sein. Dein Job ist die Lieferung der Waffen. Ich kümmere mich um Beil. Wir sprechen uns morgen."

Bevor er das Gespräch beendete, fiel ihm noch etwas ein:

„Übrigens, was ist nun eigentlich mit diesem Bornemann? Du solltest dich auch um den mal kümmern. So ein kleiner Racker. Legt den großen Hauptmann um und spielt dann mit der Polizei Räuber und Gendarm. Wir sollten die arme Polizei etwas unterstützen, damit sie so schnell wie möglich ihren Mörder hat. Dann haben wir auch wieder Ruhe, klar?"

23

Laut fluchend knallte der Hauptkommissar Markus Sternberg die Kaffeetasse auf seinen Schreibtisch. Er hatte es wieder einmal nicht abwarten können und sich prompt die Zunge verbrannt. Seine Laune wurde auch nicht besser dadurch, dass an diesem frühen Freitagmorgen sein PC schon zweimal abgestürzt war. Na ja, dachte er. Irgendwie würde er diesen Freitag auch noch rumkriegen. Morgen in aller Frühe ging's dann aufs Fahrrad, und dann würde er das Wochenende in aller Ruhe mit seiner Familie in ihrer „Datscha" an einem der *Godelheimer Seen* bei Höxter verbringen. Dort würde er angeln, schlafen, Unmengen Fleisch und Fisch auf den Grill werfen und eine bei Weitem größere Menge Bier trinken. Und sonst nichts. Es wäre ihm fast gelungen, mit dieser Vision als Krücke wieder zu einem ausgeglichenen Seelenzustand zurückzufinden, wenn nicht das Telefon wieder einmal alles wie eine Seifenblase hätte zerplatzen lassen.

„Ich möchte mit dem Leiter Ihrer Dienststelle sprechen. Würden Sie mich bitte verbinden?“, kam es ohne weitere Erklärung aus dem Hörer.

Sternberg mochte solche Wichtigtuer gar nicht. Die wollten sich nur über ihren Nachbarn beschweren, der mal wieder in der Mittagszeit Rasen gemäht hat, hielten sich aber für so wichtig, dass alles unterhalb des obersten Chefs nicht ihrer Würde entsprach. Nicht mit ihm, nicht mit Hauptkommissar Sternberg!

„Da müssen Sie schon mit mir vorliebnehmen, wenn's dem Herrn recht ist“, säuselte er spöttisch. Dann wurde seine Stimme, seiner Laune entsprechend, deutlich grober. „Um diese Uhrzeit ist hier weiter niemand. Aber, ich bin auch nicht der Hausmeister, sondern immerhin der Hauptkommissar. Womit kann ich Ihnen helfen? Mit wem spreche ich überhaupt?“

Der Anrufer schien darüber nicht glücklich zu sein, aber das half ihm nichts.

„Mein Name tut erst einmal nichts zur Sache. Ich kann Ihnen nur so viel sagen, dass ich Bundeswehrsoldat bin und hier in Höxter meinen Dienst tue. Mehr möchte ich zu meiner Person vorerst nicht sagen.“

„So so, vorerst nicht. Um was geht es denn überhaupt? Lassen Sie sich doch nicht alles aus der Nase ziehen.“

Die Stimmlage des Anrufers hatte sich leicht verändert. Der Mann war jetzt ziemlich verärgert. Aber sein Ton blieb geschäftsmäßig sachlich.

„Ich will eine Aussage machen, die von äußerster Brisanz ist und die für mich lebensgefährlich sein kann. Ich habe nicht zum Spaß den Leiter der Behörde verlangt, sondern weil ich eine Zusage von ganz oben brauche, dass meine persönliche Sicherheit gewährleistet wird. Wenn man mir das hier in Höxter nicht zusichern kann, dann will ich mit jemandem verbunden werden, der die nötige Kompetenz dazu hat.“

Der Ärger des Polizisten schlug nun um in Neugier. Der Anrufer klang nicht wie ein Wichtigtuer, sondern wie einer, der tatsächlich etwas mitzuteilen hat.

„Worum geht es Ihnen denn konkret in Bezug auf Ihre Sicherheit?“, fragte der Hauptkommissar und zupfte an seinem mächtigen Schnauzbart.

„Um eine Aussage zum organisierten Verbrechen, aber unter den Bedingungen einer Kronzeugenregelung.“

Sternberg pfiff durch die Zähne. Das war doch immerhin mal eine Hausnummer. Er war jetzt voll konzentriert.

Auch der Anrufer spürte offenbar die zu seinem Vorteil veränderte Lage und entschloss sich zu etwas mehr Offenheit.

„Ich bin Soldat im Waffen- und Munitionsdepot Taubenborn in Höxter. Seit drei Jahren laufen von hier aus illegale Waffengeschäfte. Ich war daran beteiligt, dazu stehe ich. Aber jetzt hat dieses Geschäft Dimensionen angenommen, bei denen ich nicht mehr mitmachen kann. Details dazu werde ich erst nennen, wenn mir glaubhaft zugesichert wurde, in den Genuss einer Kronzeugenregelung zu kommen. Ich will aussteigen, aber ich will den Ausstieg überleben. Sie können mir glauben, dass meine Informationen Insiderwissen und von großer Bedeutung für die Bekämpfung des organisierten illegalen Waffenhandels sind. Aber darüber werde ich nicht am Telefon sprechen, das können Sie sicher verstehen.“

Hauptkommissar Sternberg nickte unwillkürlich, obwohl dies sein Gesprächspartner natürlich nicht sehen konnte. Er nahm geräuschvoll einen Schluck Kaffee, der mittlerweile auf Trinktemperatur war, überlegte kurz und sagte dann:

„Ich bin natürlich nicht befugt, über eine Kronzeugenregelung zu sprechen. Das muss ich weitergeben, denn solche Fragen werden an oberster Stelle entschieden. Aber Sie können sich darauf verlassen, dass ich die Sache auf den Dienstweg bringe. Wie bleiben wir in Kontakt?“

„Sie bekommen von mir keine Telefonnummer, falls Sie darauf spekulieren. Heute Abend um 17 Uhr werde ich noch einmal bei Ihnen anrufen. Bis dahin sollten Sie wissen, ob Sie mir was anzubieten haben oder nicht. Dann machen wir einen Treffpunkt mit einem Ihrer Leute aus."

Hauptkommissar Sternberg lachte nervös.

„Wie stellen Sie sich das denn vor? Ich habe gesagt Dienstweg, nicht Autobahn. So schnell geht das nicht! Vor allem nicht bei so wenig Material. Um welche Art Waffen geht es überhaupt? Um ausgemusterte Kampfmesser oder Bundeswehrtaschenlampen? So etwas bekomme ich in jeden Army-Shop. Da kommt bei uns keine Panik auf."

Der Anrufer war nun hörbar erregt.

„Es geht um eine Lieferung von Panzerfäusten! Falls Sie wissen, was das ist, Sie Hornochse!"

24

Was waren das für Geräusche? Bornemann brauchte einige Minuten, bis ihm klar wurde, dass er gerade vom Klappern seiner eigenen Zähne wach geworden war. Jetzt spürte er auch die Kälte, die sich um ihn gelegt hatte. Direkt unter seiner Jacke, mit der er versucht hatte, sich notdürftig zuzudecken, war es einigermaßen warm.

Doch insgesamt fror er jämmerlich. Sämtliche Knochen taten ihm weh. Die Liegesitze seines Audi A4 waren nicht unbedingt dafür geeignet, dass man mehrere Stunden auf ihnen schlief.

Bornemann versuchte wach zu werden und sich zu orientieren. Langsam setzten sich seine Erinnerungsfetzen zu einem konkreten Bild zusammen. Gestern Abend war er Hals über Kopf aus Gütersloh geflüchtet, weil nach ihm gefahndet wurde. Nur knapp war er der Polizei auf die Autobahn entkommen. Auf die neue Situation, die durch seine hektische

Flucht entstanden war, war er in keiner Weise eingestellt gewesen. Er wusste nicht, wohin er sollte. Nachdem er lange Zeit planlos durch die Gegend gefahren war, bekam er etwas Klarheit.

In Ostwestfalen brauchte er sich nicht zu verstecken. Hier würde heute in jeder Zeitung sein Bild zu sehen sein. Das Gleiche, das er gestern in der *Aktuellen Stunde* gesehen hatte. Also war es sinnvoll, erst einmal im Niedersächsischen zu bleiben. Ein Hotel als Zufluchtsort war keine gute Idee. Da würde man seine Daten gleich routinemäßig weitergeben. Dann wäre es nur eine Frage der Zeit, bis er festgenommen würde.

Irgendwann hatte ihn die Müdigkeit übermannt, und er war auf den nächsten Parkplatz gefahren. Hier an der Raststätte *Allertal* hatte er noch einen Kaffee getrunken und eine Currywurst gegessen. Dann hatte er sich in sein Auto gelegt, um hier zu übernachten. Reisende, die auf einer Autobahnraststätte ein paar Stunden schliefen, bevor sie ihre Fahrt fortsetzten, waren kein ungewöhnliches Bild. Bornemann hatte sich überlegt, dass dieses alltägliche Handeln eine gute Tarnung sei. Diese Vermutung schien aufgegangen zu sein. Kein Mensch hatte ihn kontrolliert.

Das war aber auch der einzige Lichtblick an dem heutigen Morgen. Bornemann hatte sich noch nie in seinem Leben so planlos gefühlt wie in diesem Moment. Wo sollte er hin? Konnte er es wagen, seine Freundin anzurufen, oder würde er mit einem Telefonat seinen Standort preisgeben? Doch alle diese Fragen spielten nur eine untergeordnete Rolle.

Würde seine Freundin überhaupt noch mit ihm reden wollen? Jetzt, wo alle Welt in dem Glauben war, er, Bornemann, habe jemanden umgebracht? Verzweifelt vergrub Bornemann das Gesicht in seinen Händen, die zugleich feucht wurden. Was sollte er tun?

Wäre er doch nie Soldat geworden. Jeden anderen Job konnte man einfach kündigen. Diesen nicht! Wenn man diesen Beruf ergriff, dann verkaufte man seine Seele. Diese schmerzliche, bittere Erkenntnis hatte Bornemann in den letzten Tagen unmissverständlich begriffen. Niemals zuvor hatte er sich bewusst gemacht, auf was er sich da eingelassen hatte. Es gab Zeiten, da hatte er sich auf die Manöver gefreut. Das war fast so etwas wie Abenteuerurlaub gewesen. Blau kämpfte gegen Rot. Die Roten, das waren immer die Feinde. Wahrscheinlich ein Relikt aus der Zeit des kalten Krieges. Die Roten waren die Russen, die Kommunisten. Okay, die gab es im Moment nicht. Jetzt hießen die Gegner Taliban. Bei denen war es schwieriger mit der Farbenlehre.

Manöver, das war ein wenig so wie früher, als er noch ein Junge war, wenn die Beckerbande gegen die von der Hauptstraße kämpften. Und nachher wurden Geschichten erzählt. Damals wie heute.

Bornemann dachte an seine letzte Übung. Eine Truppe von der ersten Kompanie hatte die Aufgabe sie anzugreifen. Die sollten sozusagen die Partisanen spielen. Na, denen hatte man es besorgt. Und dem Fähnrich erst. Diesem Milchbubi, der eigentlich noch an der Bundeswehrhochschule studierte, hatten sie gezeigt wie das wahre Soldatenleben aussah. Den hatten seine Jungs gleich gefangen genommen und mit seinem eigenen Parka gefesselt an einen Baum gesetzt.

Bornemann musste in Erinnerung daran schmunzeln. Leider hatte man den Fähnrich dann vergessen. Das war aber erst aufgefallen, als abends beim Bier über die Aktion gesprochen wurde und alle ihren Spaß daran hatten. Plötzlich stellte jemand sich die Frage, wo der Bubi von der Uni denn nun sei.

„Wahrscheinlich sitzt der noch an seinem Baum“, bemerkte einer der Soldaten trocken und alle lachten. Dann ging das große Suchen los. So genau wusste keiner der Beteiligten mehr, wo man den Offiziersanwärter abgesetzt hatte. Nach Stunden wurde er gefunden. Der Mann war völlig unterkühlt und steif, aber er lebte noch.

25

Vielleicht war es auf lange Zeit das letzte Mal, dass der Feldwebel Patrick Beil so unbefangen an der Weser spazieren und den schönen Maientag genießen konnte. Vielleicht das allerletzte Mal. Selbst wenn morgen tatsächlich sein Wunsch erfüllt würde, in eine Kronzeugenregelung, also auch in ein damit verbundenes Zeugenschutzprogramm schlüpfen zu können, würde sich sein Leben radikal verändern. Auch wenn ihm vielleicht der Knast erspart bliebe, würde er seinen Beruf aufgeben und wegziehen müssen, um woanders mit einer komplett neuen Identität weiterzuleben. Keine schönen Aussichten, aber alle anderen Perspektiven waren deutlich schlechter. Manchmal hatte man eben nur die Wahl zwischen Pest und Cholera.

Langsam stieg die noch nicht allzu starke Sonne höher und wärmte ihm angenehm den Rücken. Das gleißende Licht ließ alle scharfen Schwarzweiß-Kontraste verblassen und tauchte die Flusslandschaft in weiche, helle Farben und Formen.

Beil bummelte gemächlich den schmalen Weg am Flussufer entlang. Er hatte den kleinen, stillen Weserhafen bei Corvey hinter sich gelassen und folgte der großen Linkskurve des Flusses. Die Flusswiesen standen in sattem Grün. Alles machte einen sauberen, ja geradezu lieblichen Eindruck. Beil musste daran denken, wie es hier noch im Januar ausgesehen hatte, als das Weserhochwasser diese Wiesen überflutet hatte. Vor ihm erschien eine eiserne Brücke, auf der die Bahn die Weser in Richtung Holzminden überquerte und die ebenfalls einen Rad- und Fußweg überspannte.

Hinter der Brücke tauchte eine hohe Bruchsteinmauer auf, die im weiteren Verlauf des Wanderweges treu an dessen linker Seite blieb und das Gelände des ehemaligen Klosters Corvey zum Fluss hin abgrenzte. Hundert Meter weiter sah Beil am Flussufer einen schmalen Steg, der zu einem kleinen Ponton führte: Die Anlegestelle Corvey der Weser-Dampfer.

Beil setzte sich auf den Ponton und starrte gedankenlos ins grün-grau-braune Wasser.

Es war Mittag. Alles war ruhig. In spätestens zwei Stunden würden hier Jogger und Radfahrer Unruhe verbreiten. Eigentlich hätte er schon längst wieder auf dem Weg zurück sein müssen. Er hatte zwar heute dienstfrei, aber es gab eine Menge zu erledigen. Wer wusste schon, was die nächsten Tage bringen würden.

Aber er konnte noch nicht loslassen. Er war weit und breit der einzige Mensch. Das musste er einfach ausnutzen, viel Ruhe würde es für ihn in der nächsten Zeit nicht mehr geben, wenn erst alles ins Rollen gekommen war. Er würde zum ersten Mal in seinem Leben Feinde haben, richtige Feinde. Leute, die nicht mal vor einem Mord zurückschreckten. Als er am Vortag gehört hatte, dass der Hauptmann Mannhardt aus Augustdorf tot aufgefunden war, vermutlich ermordet, da war ihm schlagartig klar geworden, dass er selbst jetzt besser den Kopf einziehen und verschwinden sollte. Aber mit seiner Flucht wären seine eigenen Vergehen sofort erkennbar gewesen. Er hätte dann die Polizei gegen sich gehabt und hätte außerdem ständig Angst um sein Leben haben müssen, da seine Geschäftspartner im Fall Mannhardt gezeigt hatten, wie sie mit Leuten umgingen, die zu viel von ihnen wussten. Nein, dann lieber die Version mit der Kronzeugenregelung. Auch wenn ihm das keine komplette Straffreiheit bringen würde, war das allemal besser, als mit dem Gesicht nach unten in der Weser zu schwimmen.

Patrick Beil drehte verärgert den Kopf, als er hinter sich ein Geräusch hörte. Warum, dachte er. Warum liefen überall Leute herum, warum konnte er nicht mal für kurze Zeit allein auf dieser Welt sein? Einfach nur seine Ruhe haben?

Vom Wanderweg her kam auf dem schmalen Holzsteg zum Ponton ein breitschultriger, dunkelhaariger Mann auf ihn zu. Warum hatte er den nicht schon vorher gehört, fragte sich Beil. Offenbar hatte das Geräusch des schnell dahinfließenden Wassers ihn so eingelullt, dass er alle anderen Geräusche nicht mehr wahrgenommen hatte. Er wollte sich aufrichten, um diesen vorher so idyllischen Platz zu verlassen, denn an Gesellschaft hatte er kein Interesse. Doch der andere bedeutete ihm mit einer besänftigenden Handbewegung, dass er sich keine Mühe machen sollte.

„Bleib ruhig sitzen, mein Freund“, sprach der Fremde dann mit auffällig heiserer Stimme. „Im Sitzen kann man sich besser unterhalten.“

26

Schulte hatte schlecht geschlafen. Der Fall begann ihn mehr als nötig zu beschäftigen. Er hatte das Gefühl, dass sie bisher nicht den kleinsten Schritt vorangekommen waren. Sie standen immer noch am Anfang. Und er wusste nicht, wo er ansetzen konnte. Diese Bundeswehr war wie ein Sofakissen. Man piekste hinein, ein weiches Etwas verformte sich, und wenn man den Finger wieder herauszog, war alles so wie vorher. Die einzige Chance, die er sah, war die, dass irgendjemand irgendwann einen Fehler machte.

Umständlich ordnete er alle Unterlagen, die er auf seinem Schreibtisch hatte, und versuchte dann, sich auf einem Blatt Papier die Zusammenhänge noch einmal zu verdeutlichen. Kaum hatte er damit begonnen, da klopfte es an seine Tür. Es war Maren Köster. Schulte grinste sie an. Sie hatte er auch noch auf seiner Agenda. Denn er hatte sich vorgenommen, noch einmal mit ihr über ihre Bemerkung zu reden, die sie gemacht hatte, nachdem er die Kollegin Meier gebeten hatte, ihn nach Hause zu bringen. Doch das ganze Auftreten seiner Kollegin signalisierte ihm, dass es jetzt um dienstliche Belange ging. Also stellte er sein privates Anliegen zurück und wartete, was die Hauptkommissarin zu sagen hatte.

„Jupp, ich habe eben einen Anruf von einem Kollegen aus Höxter bekommen. Der hat mich gefragt, wie man eine Kronzeugenregelung schafft."

„Die haben Sorgen", entgegnete Schulte. „Nicht nur, dass diese Hinterwäldler uns Lippern gerne unterstellen, wir könnten kein Auto fahren. Jetzt wollen sie auch noch Persilscheine an irgendwelche Kleinkriminellen verteilen."

„Jupp, jetzt hör bitte einmal eine Minute mit diesem Kirchturmdenken auf. Der Kollege, Sternberg hieß er, glaube ich, hat einen Anruf bekommen, in dem ein Bundeswehrsoldat ihm Informationen über illegalen Waffenhandel angeboten hat. Doch bevor er plaudert, will er in ein Zeugenschutzprogramm aufgenommen werden. Dieser Sternberg hat so eine Maßnahme noch nie eingeleitet. Daher hat er sich an uns gewandt und mich jetzt gefragt, wie er da am besten vorgeht.

Ich habe ihn an die Paderborner Staatsanwaltschaft verwiesen. Ich glaube, die ist für Höxter zuständig.

Allerdings hat der Sternberg mir eine Geschichte von einem illegalen Waffenhandel erzählt, die bei mir alle Alarmglocken zum Läuten gebracht hat. Dieser Mannhardt, das war doch der Chef der Versorgungskompanie. Und zu den Aufgaben dieser Versorgungskompanie gehört auch die Waffenbeschaffung oder wenigstens Teile der Waffenbeschaffung. Die Reparaturarbeiten an Waffen werden ebenfalls dort durchgeführt oder zumindest organisiert. Und mit Sicherheit wird es noch weitere Aufgaben zu dem gesamten Komplex Bundeswehrbewaffnung geben."

„Und die Geschichte?", fragte Schulte ungeduldig.

„Da bekommt jemand den Stellungsbefehl nach Afghanistan, und das nur, so glaubt der versetzte Soldat, weil der Hauptmann, der für diesen Marschbefehl verantwortlich ist, eine Antipathie gegen ihn selbst hegt – das mag ja noch stimmen. Dass der Mann aber, der in den Krieg geschickt wird, den dafür Verantwortlichen anschließend umbringt, kann ich mir beim besten Willen nicht mehr vorstellen. Ich sehe da kein Mordmotiv. So schnell bringt man keinen um. Illegaler Waffenhandel aber, das ist ein handfestes Motiv. Wenn da wirklich was dran ist, Jupp, dann wissen wir, wo wir suchen müssen."

Schulte schwieg einen Moment. Dann antwortete er:

„Maren, ich glaube, du hast da den richtigen Riecher. Nachher kommt ja noch dieser eine Oberfeldwebel, Windmacher oder so ähnlich heißt der. Den knöpfe ich mir vor. Und den Sternberg rufe ich auch an. Wir müssen diesen Soldaten schnappen, Kronzeugenregelung hin oder her. So viele Personen wird es in Höxter ja wohl nicht geben, die die Möglichkeit haben, Waffen zu verschieben. Wir werden uns jeden Einzelnen vornehmen und verhören. Wir werden jeden ausquetschen wie Zitronen. In Höxter und in Augustdorf, an beiden Standorten werden wir jedes Blatt umdrehen. Wenn es eine Waffenschieberei gibt, dann werden wir eine Schwachstelle finden. Verlass dich drauf!" Kurz besann er sich, dann fuhr er fort:

„Dich bitte ich, nimm dir diesen S1-Offizier vor. Wenn der uns etwas verschwiegen hat, dann kann er was erleben. Spiel den bösen Bullen! Von wegen Männchen machen und hier einen Kaffee, Herr Polizeirat und da einen Kaffee, Herr Polizeirat. Der Höflichkeiten sind genug ausgetauscht. Jetzt werden Nägel mit Köpfen gemacht.

Wenn ihr in der Kaserne fertig seid, stellt noch einen Bericht über das private Umfeld von dem Toten, dem Hauptmann Mannhardt, zusammen. Ich finde, da haben wir bisher noch zu wenig hingesehen. Vielleicht finden wir da noch Hinweise.

Ach, und schick den Hartel zum Staatsanwalt! Ich will einen Durchsuchungsbefehl für beide Kasernen. Ich will alle Akten haben, die Auskunft über den Warenbestand, über Waffentransfers, Waffenreparaturen und so weiter geben. Nur zur Sicherheit, falls die Bundeswehr Schwierigkeiten macht und die Klamotten nicht rausrücken will."

In Schulte war der Fahnder erwacht. Das Stochern im Nebel hatte ein Ende. Endlich hatten sie einen Ansatz. Diese eine neue Information hatte viele lose Fäden zusammengeführt.

Beide Polizisten hatten das Gefühl, dass sie einen gangbaren Weg gefunden hatten. Maren Köster erhob sich, um zu gehen, da sprach Schulte sie noch einmal an: „Maren, wie wäre es heute Abend mit einem kleinen Feierabend-Bier?"

Maren grinste: „Ich hatte auch schon daran gedacht. Wer zuerst mit seiner Arbeit fertig ist, meldet sich."

27

Hätte er nur im Winter und im Frühling etwas mehr Zeit im Fitnessstudio verbracht!

So war der vierzigjährige Mann doch schneller an die Grenzen seiner Leistungsfähigkeit gekommen, als er vermutet hatte. Aber es war ja auch ein ordentliches Stück Flussweg vom Bootsanleger im kleinen Dörfchen Wehrden, an Höxter vorbei bis nach Corvey. Bereits in Höxter hatte er mit dem Gedanken gespielt, den dortigen Anleger anzupeilen und auszusteigen. Ihm taten die Arme weh, die Beine waren eingeschlafen und Durst hatte er auch. Aber irgendwie war er ja auch Sportler, sagte er sich, biss die Zähne zusammen und paddelte weiter. Ließ die Doppeltürme der *Kilianikirche* an sich vorbeiziehen, tauchte wieder und wieder das Paddel in das noch eiskalte Wasser. Mal links, mal rechts. Mit Schrecken malte er sich aus, was passieren würde, wenn er kentern sollte. Wie die eisigen Fluten über ihm zusammenschlagen würden, wenn … er riss sich zusammen. Sicher, es war noch reichlich früh, die Paddelsaison hatte noch nicht richtig angefangen, aber er hatte schon häufiger in dieser Jahreszeit diese Tour gemacht. Immerhin tat die Sonne von Süden her ihr Bestes, um seinen Rücken und sein Herz zu erwärmen.

Und die kräftige Strömung war als Partner auch nicht zu verachten.

Als voraus endlich die ihm gut bekannte Eisenbahnbrücke sichtbar wurde, grinste er zufrieden. Gleich würde er es geschafft haben. Direkt hinter dieser Brücke lag der Schiffsanleger Corvey, die Scheitelstation der Oberweserdampfschifffahrt. Bis hier fuhren die Dampfer und auch wieder zurück, flussaufwärts bis nach Bad Karlshafen. Und mit genau diesem Dampfer wollte er wieder zurück nach Wehrden fahren. Laut Fahrplan würde der kleine Dampfer hier um 13.10 Uhr abfahren, viel Zeit blieb also nicht.

Der Kajakfahrer huschte völlig geräuschlos unter der Eisenbahnbrücke hindurch und konnte Sekunden später bereits den Anleger sehen. Darauf saß offenbar ein Mann. Ein anderer Mann ging gerade über den schmalen Steg, der zu dem Anleger führte, in Richtung Wanderweg. Plötzlich drehte dieser Mann sich um, schien überrascht zu sein und sich zu erschrecken, als er das schnell näherkommende Boot sah. Er machte ein paar rasche, große Schritte, erreichte den Wanderweg, lief im Sprinttempo ein paar Meter nach Norden und überkletterte dann in Windeseile eine Stelle, an der in der sonst so mächtigen Mauer ein nicht sehr hohes, rostiges Eisentor eingelassen war. Und fast im selben Moment war er aus dem Blickfeld des Kajakfahrers verschwunden.

Der staunte über diese merkwürdige Reaktion, verband aber nichts damit. Seine größere Sorge war es zurzeit, trotz der starken Strömung sein schmales, sensibles Wasserfahrzeug an diesen nicht sehr großen Anleger zu zwingen und dort so anzulanden, dass er bei dem Versuch nicht ins Wasser fiel.

Eigentlich hatte er erwartet, dass der auf dem Anleger sitzende Mann aufspringen und ihm helfen würde. Ein bisschen ärgerte er sich sogar, dass dieser Kerl so teilnahmslos blieb. Aber ihm blieb keine Zeit, sich den Mann genauer anzuschauen, zu sehr war er mit dem Landungsmanöver beschäftigt.

Endlich hatte er es geschafft, das Kajak ganz nahe an den Anleger heranzubringen, es parallel dazu auszurichten und zu fixieren, indem er das Paddel quer über Boot und Anleger legte. Nun erst wagte er einen Blick auf den Mann, der da so direkt vor seiner Nase saß und keinen Finger gerührt hatte, um ihm zu helfen. Der Kerl saß auch nicht. Eigentlich lag er mehr, seitlich, in einer wenig entspannten Position, irgendwie unnatürlich. Der Kajakfahrer vergaß vor Schreck alles, was er jemals über das Aussteigen aus einem Kajak gelernt hatte, als er erkannte, was los war. Er presste beide Hände auf den Ponton, drückte sich hoch und stieß dadurch mit den Füßen, ohne es zu wollen, das Kajak von sich und dem Anleger weg. Nur mit großer Mühe gelang es ihm, nicht abzurutschen und ins Wasser zu stürzen. Er konnte sich mit letzter Kraft auf den Anleger ziehen. Zwei, drei Sekunden brauchte er, um durchzuatmen. Untenherum war er klatschnass, aber das spielte jetzt keine Rolle. Mit großen Augen und banger Erwartung betrachte er den neben ihm liegenden Mann, der sich nach wie vor nicht rührte.

In diesem Moment hupte hinter ihm, vom Wasser her, eine Schiffssirene. Das Dampfschiff war da und begann mit dem Anlegemanöver. Der Wassersportler verzog schmerzhaft das Gesicht bei dem knirschenden Geräusch, als der Dampfer sein führerlos dahindümpelndes Kajak gegen den Anleger presste und zerquetschte. Egal! Hektisch fuchtelte er mit den Armen, um dem Schiffsführer klarzumachen, dass er sich beeilen solle.

„Hier braucht jemand Hilfe!“, rief er zu einem Matrosen hoch, der eben eine kleine Landungsbrücke zum Anleger herunterlassen wollte.

„Schnell, dieser Mann hier muss sofort zu einem Arzt!“

Dann drehte er sich wieder zu dem Liegenden um und murmelte mit zunehmender Verzweiflung:

„Obwohl ich nicht glaube, dass hier ein Arzt noch helfen kann."

28

Schulte knurrte der Magen. Er hatte Hunger. Welcher Idiot hatte den Zeugenbefragungstermin auf 13.00 Uhr gelegt? So richtig klappte das mit Hartel noch nicht, wenn es um Koordinationsfragen ging. Aber jetzt war nichts mehr zu ändern, denn im nächsten Moment kündigte der Kollege von der Zentrale Oberfeldwebel Windmacher an.

„Der soll kurz warten!", kam die knappe Antwort. Schulte wollte, dass die Kommissarin Meier zu Klüt bei der Befragung dabei war. Er rief sie kurz an.

Wenig später stand der Soldat im sogenannten „kleinen Dienstanzug" bei Schulte im Zimmer. Der Mann grüßte militärisch.

Schulte hingegen nickte nur und wies dem Soldaten einen Stuhl zu.

„Sie wissen, warum Sie hier sind, Herr Windmacher?"

„Jawohl, Herr Polizeirat!", kam die Antwort kurz, knapp und knackig.

„Schön, dann erzählen Sie mal, warum wurde Hauptmann Mannhardt Ihrer Meinung nach umgebracht?"

„Wenn ich das wüsste, Herr Polizeirat, dann hätte ich mich längst gemeldet. Ich kann es Ihnen wirklich nicht sagen."

„Wie war das Verhältnis zwischen Stabsunteroffizier Bornemann und Ihnen?"

„Ich habe Ihnen das doch schon vor ein paar Tagen gesagt", antwortete Windmacher selbstbewusst.

„Und jetzt fragen wir Sie noch einmal", kam es ziemlich cool von Schulte.

„Also gut“, maulte der Oberfeldwebel. „Nicht gut, nicht schlecht, ich würde sagen, wir hatten ein vernünftiges Arbeitsverhältnis.“

„Und wie stand Bornemann zu Hauptmann Mannhardt?“, fragte Schulte.

„Na ja, der Stabsunteroffizier hat dem Hauptmann übel genommen, dass er einen Marschbefehl nach Afghanistan bekommen hat.“

„Wie sehen Sie das, Herr Windmacher?“

„Ich denke, das ist ein völlig normaler Prozess. Die Armee in Afghanistan braucht Nachschubleute. Bornemann ist so ein Nachschubmann. Er ist gut ausgebildet und als Zeitsoldat musste er damit rechnen, dass er irgendwann dort zum Einsatz kommen würde.“

„Wie sieht es mit Ihnen aus, Herr Windmacher? Werden Sie auch noch nach Afghanistan gehen müssen?“

„Ich glaube nicht“, entgegnete der Oberfeldwebel, der zunehmend nervöser wirkte und anfing, mit seinem Schlüsselbund zu spielen. „Ich habe noch ein Jahr. Dann werde ich die Bundeswehr verlassen müssen. In dieser Zeit werde ich Strukturen schaffen, um mein Aufgabengebiet hier in Augustdorf vernünftig übergeben zu können.“

„Was ist Ihr Aufgabengebiet?“

„Ich bin für den gesamten Bereich Waffen und Munition organisatorisch verantwortlich.“

„Und gibt es schon einen Nachfolger?“, schob Schulte gleich die nächste Frage nach. „Genau weiß ich das natürlich nicht. Aber bislang hätte das Bornemann sein können. Wenn der in Afghanistan einen einigermaßen vernünftigen Job gemacht hätte, dann wäre das seiner Karriere bei der Bundeswehr sicherlich nicht hinderlich gewesen.“

„Herr Windmacher, Sie sagten eben, dass Sie die Bundeswehr verlassen müssen. Wie soll ich das verstehen?“, schaltete sich jetzt Pauline Meier zu Klüt ein. Sie erhob sich und drehte einige Runden im Raum.

„Ganz einfach, mein Zeitvertrag läuft aus, und ich bekomme keine Verlängerung. Der Bund hat mir, als ich meine nähere berufliche Zukunft plante, lapidar mitgeteilt, dass für mich keine Planstelle als Berufssoldat vorgesehen sei."

„Haben Sie denn schon eine Vorstellung von Ihrer Zeit nach der Bundeswehr und Ihrem zukünftigen Tätigkeitsfeld?", fragte wieder Schulte.

„Ehrlich gesagt, nein, ich hatte ja immer gehofft, Soldat bleiben zu können. Wie Sie sich denken können, war diese Absage für mich erst einmal mit einem kleinen Schock verbunden. Jetzt läuft es ja mit der Bundeswehrreform nicht so, wie sich das der ehemalige Minister zu Guttenberg vorgestellt hatte. Es melden sich zu wenig Freiwillige. Vielleicht hat das zur Folge, dass ich etwas länger bleiben oder doch noch Berufssoldat werden kann. Momentan gibt es insgesamt zu viel Unklarheit bei der Bundeswehr."

„So wie ich es verstanden habe", fragte jetzt wieder Meier zu Klüt, „war Bornemann ebenso für den Bereich Waffen und Munition zuständig, wie Sie."

Windmacher nickte.

„Was meinen Sie, Herr Windmacher?", fragte nun wieder Schulte. „Heute Morgen rief mich ein Kollege aus Höxter an und berichtete mir, dass es anonyme Hinweise gebe, in Ihrer Kompanie würden illegal Waffen verschoben."

„Kann ich mir nicht vorstellen!", entgegnete Windmacher sofort. „Hauptmann Mannhardt war in Verwaltungsfragen ein Millimeterpisser, wenn ich das so sagen darf. Er hat wirklich jedes Formular geprüft. Wenn da auch nur die kleinste Unregelmäßigkeit aufgetreten wäre, der hätte das gemerkt."

„Vielleicht hat er es ja bemerkt?", entgegnete Schulte. „Vielleicht war das ja der Grund, weshalb Mannhardt sterben musste."

„Ich kann mir das nicht vorstellen", antwortete Windmacher wieder sehr schnell. „Wer hätte das machen sollen? Das könnte dann ja nur Bornemann gewesen sein. Es fällt mir schwer, das zu glauben. Dann müsste ich mich gewaltig in dem Stabsunteroffizier getäuscht haben. Aber man sieht den Menschen natürlich nur vor den Kopf. Wenn jedoch Bornemann Waffen verschoben hat, dann kann er das nur über Höxter gemacht haben. Bei uns in Augustdorf ist alles sauber, da lege ich meine Hand für ins Feuer."

„Hoffentlich verbrennen Sie sich da nicht", entgegnete Schulte lapidar. „Wie wäre es denn mit Ihnen? Haben Sie Waffen verschoben?"

„Und mit Ihnen, Herr Schulte? Verschieben Sie Waffen?", kam die prompte Antwort von Windmacher.

„Was soll das jetzt heißen?", fragte Schulte verärgert.

„Das soll heißen, Herr Polizeirat, dass ich immer ein korrekter Staatsdiener war und mit Waffenschieberei nun wirklich nichts zu tun habe. In dieser Richtung brauchen wir gar nicht weiterzudenken. Im Übrigen habe ich ein wasserdichtes Alibi. Das können Sie jederzeit überprüfen. Ich war an besagtem Tag bis 19.30 Uhr in Höxter-Taubenborn. Dazu gibt es einen Fahrbefehl und einen Zeugen. Ich war die ganze Zeit mit Feldwebel Beil zusammen. Den können Sie jederzeit fragen. Wir haben Waffen und Munition für ein Übungsschießen zusammengestellt. "

„In welche Richtung wir denken, Herr Windmacher, das müssen Sie schon uns überlassen. Im Übrigen können Sie sicher sein: Wir werden Ihr Alibi überprüfen."

Der Oberfeldwebel zuckte mit den Schultern und schwieg dann.

„Hast du noch Fragen, Meier?", wandte sich Schulte an seine Kollegin.

Die schüttelte den Kopf.

„Na, dann können Sie gehen, Herr Windmacher. Halten Sie sich aber zu unserer Verfügung."

Als der Soldat Schultes Büro verlassen hatte, wandte sich der Polizeirat erneut an seine Kollegin.

„Wie ist dein Eindruck, Meier?"

„Schwer zu sagen. Als er kam, war er sehr selbstbewusst. Ich hatte geradezu das Gefühl, der wollte sich präsentieren. Seine Souveränität kam ihm in dem Moment abhanden, als Sie ihn mit der anonymen Information aus Höxter konfrontierten. Die Antworten, die er dann gab, kamen wie aus der Pistole geschossen. Vielleicht hatte er sich vorher überlegt, wie er in einer solchen Situation reagieren wollte. Jedenfalls kam er in einen gewissen Verteidigungsdruck. Schließlich scheint er ja dienstliche Verbindungen nach Höxter zu haben. Der Aufenthalt dort gibt ihm allerdings ein hieb- und stichfestes Alibi. Vorausgesetzt natürlich, er sagt die Wahrheit.

Das heißt aber nicht, dass er selbst an Waffengeschäften beteiligt war. Es könnte auch bedeuten, dass er sich bei der Bundeswehr noch eine Chance ausgerechnet hat, die durch die geplante Bundeswehrreform möglich wäre. Die aber nicht zustande käme, wenn unter seiner Ägide, auch ohne sein Zutun, Waffen verschoben worden wären. Für mich ist auf jeden Fall klar, dass er eine erhebliche Zukunftsangst hat. Der Mann steht unter Druck. Der Stress, dem er unterliegt, muss aber nichts mit dem Tod von Mannhardt zu tun haben."

„Nicht übel, Meier", brummte Schulte anerkennend. „Wirklich nicht übel."

29

Enrico Brocelli hatte keine Zeit, an seinen eigenen Fähigkeiten zu zweifeln, obwohl er dazu allen Grund gehabt hätte. In seinem Selbstverständnis war er ein Profi, ein ausgewiesener Fachmann, der alle Facetten seines Fachs beherrschte. Normalerweise erledigte ein Mann seiner Qualität seinen Job geräuschlos und effektiv, ohne irgendwelche Spuren zu hinterlassen.

Diesmal war alles schiefgegangen.

Er hatte vorgehabt, sich in aller Ruhe neben den Mann auf dem Anleger zu setzen, mit ihm zu plaudern und ihm im geeigneten Moment sein Messer zwischen die Rippen zu stechen. Niemand hätte das gehört, niemand hätte das gesehen. Den Wanderweg hätte er gut im Blick gehabt, jeder Radfahrer oder Wanderer wäre schon von Weitem zu erkennen gewesen. Danach hatte er zu seinem Auto zurückkehren und verschwinden wollen, in aller Seelenruhe.

Auf die Idee, dass ihn jemand vom Wasser aus sehen konnte, war er nicht gekommen. Klar, dass der Dampfer kurz darauf erscheinen würde, war ihm bekannt. Aber der kam ja nicht aus dem Nichts, den konnte man lange vorher sehen und hören. Aber so ein verdammter Kajakfahrer! Völlig geräuschlos war der gekommen und zu absolut unpassender Zeit.

Und ob das Messer dem Soldaten zwischen die richtigen Rippen gefahren oder ob es leicht abgerutscht war, da war er sich auch nicht ganz sicher. Das Gefühl war anders gewesen als sonst. Heute war nicht sein Tag. Aber egal, nun musste er sehen, dass er Land gewann. So schnell wie möglich.

Brocelli überstieg hastig das rostige Eisentor, sprang auf der anderen Seite herunter und landete knöcheltief im feuchten Erdreich eines Ackers, der bis zu den großen Wirtschaftsgebäuden des ehemaligen Klosters und der heutigen Domäne Corvey reichte. Brocelli kannte die Örtlichkeit zwar nicht sehr gut, wusste aber genug, um eine ungefähre Vorstellung davon zu haben, wohin er zu laufen hatte. Der Ackerboden war zu feucht und zu klebrig, um richtig darauf rennen zu können. Es war mehr ein ständiges Stolpern, ein sich wieder Aufrichten und ein Weiterstolpern. Nicht mehr die Kraft, die ihn schon nach den ersten zehn Metern verlassen hatte, nein, allein der Wille trieb ihn nach vorn.

Brocelli arbeitete sich keuchend diagonal nach links durch

den Acker. Zum Glück konnte ihn niemand sehen, denn auf der einen Seite waren die fast fensterlosen Wirtschaftsgebäude, auf der anderen Seite die hohe Begrenzungsmauer. Als er an der südöstlichen Ecke des uralten Gebäudekomplexes angekommen war, gab es ein neues Problem. Hier stieß die Mauer direkt an das Gebäude und riegelte seinen Fluchtweg ab. Er hatte keine Wahl. Da musste er drüber. Aber wie? Die Mauer war hier mannshoch. Hektisch schaute er sich um. Nirgendwo stand eine Leiter. Aber eine Schubkarre lehnte an der Fassade des Wirtschaftsgebäudes. Brocelli hastete hin, schob die Karre zur Mauer und legte sie dort so an, dass die Blechwanne auf dem Boden stand und die Griffe nach oben ragten. Das war alles andere als perfekt, aber besser als nichts. So hatte er immerhin ungefähr einen Meter Höhe gewonnen. Vorausgesetzt, die Karre rutschte nicht weg, wenn er draufstieg. Aber das tat sie nicht. Brocelli konnte sich nun mit beiden Händen an den tiefen Fugen der Bruchsteinmauerkrone festkrallen, fand auch eine große Fuge für den Fuß und konnte sich hochziehen. Seinem Anzug gab dies den Rest, aber das durfte ihn jetzt nicht interessieren. Zeit, auf der anderen Seite vorsichtig herunterzuklettern, hatte er nicht. Die Gefahr, dabei beobachtet zu werden, war einfach zu groß. So schloss er die Augen und sprang.

Ein Schmerz wie von einem Stromschlag durchzuckte ihn, als er auf dem Wiesenboden aufschlug. Er rappelte sich hoch und wollte weiterlaufen. Aber sofort war da dieser Schmerz im rechten Fuß. Verstaucht? Bänderriss? Brocelli hatte nicht die Zeit, sich darüber Gedanken zu machen.

Die etwa fünfzehn Meter breite Wiese wurde durch eine lichte Baumreihe von einem schmalen Wirtschaftsweg getrennt, der zu dem Wanderweg an der Weser führte, den er bereits kannte. Zu Brocellis Entsetzen liefen dort zwei Jogger Richtung Fluss. Knapp hinter ihnen folgte ein Radfahrer. Sportler haben ja immer genug mit sich selbst zu tun, hoffte er. Vielleicht würden sie ihn gar nicht zur Kenntnis nehmen. Obwohl es schon ungewöhnlich war, dass ein Mann in einem ursprünglich schicken Anzug über eine große Mauer kletterte und mit schmerzverzerrtem Gesicht hinkend eilig durch eine Wiese lief.

Alle Spekulationen halfen nichts, er musste hier weg. Wenn nur dieser Schmerz im Fuß nicht wäre. Jeder Schritt war für ihn eine Ohrfeige und fuhr wie ein Elektroschock durch den ganzen Körper.

Vierzig Meter weiter war die Baumreihe unterbrochen, und er konnte auf den Wirtschaftsweg einbiegen. Dessen harter Boden machte die Schmerzen nicht geringer, im Gegenteil. Wieder kamen ihm Menschen entgegen, die zum Fluss wollten. Hatten die alle nichts zu tun? Noch hatte er das Messer nicht entsorgt, noch steckte es blutbefleckt in einem Futteral an der rechten Wade. Er musste den heftigen Impuls niederringen, das Messer herauszureißen und alle abzustechen, die ihn bei seiner Flucht sahen. Diese Idioten! Warum liefen die auch hier herum? Plattmachen, ausschalten, das war immer seine Devise gewesen, wenn ihm jemand im Weg gestanden hatte. Nur ein Toter konnte nichts mehr verraten, konnte ihm nicht mehr gefährlich werden.

Der Schmerz trieb ihm Tränen in die Augen. Aber er biss die Zähne zusammen und hinkte so schnell wie möglich weiter. Sein Auto hatte er in der Nähe eines kleinen Bahnwärterhäuschens neben einer hellblauen Ente geparkt, vor einem verwilderten, aber mit einer Menge fantasievoller Statuen belebten Garten. Er versuchte trotz allem, seine Schritte zu beschleunigen, wollte schnellstmöglich ins Auto. Starten, abfahren, sich aus dem Blickfeld der Zeugen bringen. Es konnte einfach nicht gutgehen, mit den ganzen Leuten hier. Irgendeiner würde der Polizei Hinweise geben. Je länger er hier herumlief, desto größer wurde die Gefahr. Er musste schnell sein!

Als er endlich auf die Straße kam, die nach links zum Hafen führte, stand eine ganze Busladung alter Leute im Weg.

Rücksichtslos mit den Ellenbogen arbeitend rempelte und stieß er sich durch die Gruppe entsetzter Senioren. Achtete nicht auf ihre lautstarke Empörung, nicht auf die alte Dame, die er zu Boden gestoßen hatte. Er sah nur, wie sich zehn Meter vor ihm gerade die Bahnschranke absenkte, der Metallständer der Schranke klirrend auf den Asphalt knallte und ihm seinen Fluchtweg versperrte.

Fast wäre ihm vor Entsetzen und Wut die Luft weggeblieben.

Vor ihm die Schranke, hinter ihm die wütenden Rentner. Er konnte unmöglich hier brav vor der Schranke stehen bleiben. Die Alten würden sich mit ihm anlegen. Mit denen würde er zwar fertig werden, aber zu viele von ihnen würden sich später an ihn erinnern. Nur rund dreißig Meter trennten ihn von seinem Auto und seiner rettenden Flucht. Wenn da nicht diese verfluchte Schranke wäre.

Brocelli verlor keine weitere Sekunde. Zum wachsenden Schrecken der Seniorengruppe lief er weiter zur Schranke, ergriff sie mit beiden Händen, stemmte sich hoch und schwang das Bein mit dem verletzten Fuß darüber. In diesem Augenblick ließ das mark- und beinerschütternde Warnsignal einer Lokomotive alle Anwesenden erstarren.

Nur Brocelli nicht, der war bereits auf der anderen Seite der Schranke und nahm alle noch verbliebende Energie zusammen, um mit zwei, drei schnellen Schritten die Schienen zu überwinden.

Der Aufprall der gewaltigen Maschine auf den kleinen, weichen, menschlichen Körper war nicht zu hören. Der Lärm eines in vollem Tempo fahrenden Zuges war einfach zu groß. Das Kreischen der Bremsen übertraf die entsetzten Schreie der alten Leute.

30

Als Manuel Lindemann aus seinem VW Golf ausstieg, lief ihm der Kollege Hartel über den Weg.

Der grüßte jovial und schlug vor, gemeinsam einen Kaffee zu trinken. Lindemann wollte eigentlich die letzten Berichte noch einmal studieren, damit er Maren Köster später gut informiert gegenübertreten konnte. Auf der andern Seite wollte er Hartel auch nicht düpieren.

„Viel Zeit habe ich nicht, aber ein Kaffee ist okay."

„Wenn du es eilig hast, ziehen wir uns einfach einen bei Schulte. Der hat so eine Maschine. Ist zwar nicht legal, so ein privater Kaffeeautomat im Büro, aber unseren Polizeirat interessieren Gesetze sowieso nicht."

Lindemann mochte es nicht, wenn man in Abwesenheit über Dritte redete und schon gar nicht so despektierlich, wie Hartel das gerade tat.

„Du meinst, wir könnten einfach so in das Büro des Chefs marschieren und uns einen Kaffee ziehen?"

„Klar, das macht hier jeder."

Lindemann konnte es nicht glauben. Sicher, Schulte war ein seltsamer Kerl. Alles andere als die Type von Polizeirat, wie er sie sich immer vorgestellt hatte. Aber er konnte sich nicht vorstellen, dass alle Welt sich am Kaffeeautomaten des Chefs bediente.

Hartel war jedoch schon auf dem Weg zu Schultes Büro, und Lindemann lief wie ein treuer Hund hinter ihm her. Als sie dort ankamen, war die Tür nicht geschlossen. Jetzt wurde Hartel doch unsicher. Vorsichtig spähte er in das Zimmer hinein. Auf Schultes Stuhl saß der Pensionär Lohmann. Gemütlich las er in der Zeitung und trank Kaffee. Lindemann konnte es nicht fassen. Hatte Hartel doch nicht gelogen? Ging hier wirklich jeder in das Büro des Chefs und gönnte sich ein Tässchen?

Und dieser Lohmann, der letzte Woche in Pension gegangen war, der erlaubte es sich sogar, auf dem Platz des Polizeirats seinen Kaffee zu trinken.

Als der ehemalige Polizist die beiden jungen Kollegen sah, grüßte er verlegen.

„Ich warte auf Schulte. Da dachte ich, so ein kleiner Kaffee, der müsste ja wohl noch drin sein, nach vierzig Dienstjahren.

„Ach Oliver, gut, dass ich dich sehe. Ich muss noch was kopieren.“ Lohmann zog vier Blatt Papier aus einem bunten Einkaufsbeutel. „Irgendjemand hat das Passwort geändert, aber du kennst es ja sicher.“ Er drückte dem Kommissar die Vorlagen in die Hand, als sei das das Selbstverständlichste der Welt.

Hartel wollte protestieren, doch dann überlegte er es sich. Vielleicht hatte Lohmann wieder irgendeine Absprache mit Schulte, die er nicht kannte. Und wenn Hartel nicht nach dessen Pfeife tanzte, dann wäre er es, dem man wieder eine drübergab. Also machte er sich auf den Weg.

Lindemann stand jetzt verlegen im Türrahmen.

„Komm rein Junge, eine Tasse ist noch sauber. Hartel kann sich später eine spülen.“

„Nee, lassen Sie mal, Herr Lohmann. Ich habe noch einiges zu tun. Vielleicht sieht man sich mal wieder.“

Lindemann drehte sich auf dem Absatz um und war froh, dieser seltsamen Situation entgangen zu sein.

Eine halbe Stunde später stand Hartel dann wieder in Lindemanns Büro und versuchte erneut, ein Gespräch mit ihm zu beginnen. Doch auch dieses Mal wurden sie gestört. Kaum hatte der sich auf den einzigen freien Stuhl gesetzt, da erschien Maren Köster.

„Hartel, gut, dass ich dich hier treffe. Setz dich bitte einmal mit der Staatsanwaltschaft in Verbindung und besorg uns einen Durchsuchungsbefehl für sämtliche Büroräume der Stabskompanie. Sowohl in Augustdorf wie auch in Taubenborn bei Höxter."

Hartel konnte es nicht fassen: „Was soll ich tun? Einen Durchsuchungsbefehl für Bundeswehrgebäude besorgen? Ist das mit Erpentrup abgesprochen?"

„Nein, wieso?"

„Das war nur so eine Idee von mir. In Ordnung, ich kümmere mich darum."

Im nächsten Moment war Hartel aus dem Büro verschwunden.

„So, Lindemann, gibt es bei Ihnen was Neues?"

Der Kommissar schüttelte den Kopf.

„Ich habe aber einiges. Kommen Sie mit, ich erzähle Ihnen alles im Auto. Wir müssen nach Augustdorf."

Eine halbe Stunde später saßen die beiden Polizisten bei dem S1-Offizier Hauptmann Haberstroh.

Galant hatte er Maren Köster den Stuhl hingeschoben, und eine Ordonnanz, ein Obergefreiter, bediente die beiden Polizisten mit Kaffee und Kuchen. Von der Wand des pedantisch aufgeräumten Büros lächelte der smarte, jugendlich wirkende Verteidigungsminister, der vor einiger Zeit schon sein Amt hatte aufgeben müssen. Offenbar hatte man vergessen, das Bild auszuwechseln.

Nachdem der junge Soldat das Büro verlassen hatte, kam Maren Köster zur Sache. „Herr Haberstroh, ich will nicht lange um den heißen Brei herumreden. Uns liegen anonyme Hinweise vor, dass es im Verantwortungsbereich des Toten, Hauptmann Mannhardt, mit ziemlicher Wahrscheinlichkeit illegale Waffengeschäfte gegeben hat. Wenn das wirklich stimmt, dann haben wir natürlich ein handfestes Motiv für einen Mord."

Der Offizier war sichtlich geschockt.

„Illegale Waffengeschäfte, hier bei uns, bei der Bundeswehr, das kann ich mir nicht vorstellen."

„Das heißt also, dass Sie noch keine Kenntnis von solchen Ereignissen haben?“

„Ich schwöre Ihnen, Frau Hauptkommissar, das ist das Erste, was ich höre. Ich bin fassungslos.“

„Ich gehe mal davon aus, Herr Haberstroh, dass Sie wie wir ein Interesse daran haben, dass alle Verbrechen und Straftaten, ob Mord oder Waffenschieberei, bedingungslos aufgeklärt werden. Daher bitte ich Sie, mir sämtliche Unterlagen zusammenzustellen, die darüber Auskunft geben, welche Waffentransaktionen hier insgesamt stattgefunden haben. Darüber hinaus bitte ich Sie, falls Sie dazu in der Lage sind, die Transporte zwischen Höxter und Augustdorf noch einmal gesondert zu kennzeichnen.“

„Natürlich werden wir kooperieren, Frau Köster. Aber Sie können verstehen, dass ich mich, bevor ich Ihre Wünsche erfülle, erst einmal mit meinem Kommandeur in Verbindung setze und mich mit ihm abstimme.“

„Sicher habe ich für dieses Vorgehen Verständnis. Ich weise Sie aber an dieser Stelle schon einmal darauf hin, dass wir uns schon vorsorglich mit der Staatsanwaltschaft in Verbindung gesetzt haben. Nur damit wir im Zweifelsfalle keine Zeit verlieren, um die nötige Hausdurchsuchung durchführen zu können. Es könnte ja sein, dass Sie sich nicht dazu in der Lage sehen, schnellstmöglich zu handeln. Wir kommen langsam unter Zeitdruck. Da können wir uns keine langen Verwaltungsakte leisten.“

Der S1-Offizier schnappte nach Luft.

„Frau Köster, Sie können uns doch nicht die Pistole auf die Brust setzen. Zwei Behörden wie die unseren müssen doch emanzipiert miteinander umgehen. Die Detmolder Polizei muss doch auch die Belange der Bundeswehr berücksichtigen.“

„Herr Haberstroh, die Zeit der Diplomatie ist vorbei. Es geht um Mord und nicht um irgendwelche Verwaltungsvorgänge. Wenn Sie uns helfen wollen, stellen Sie schon alle nötigen Dateien zusammen und packen Sie die Ordner in Umzugskisten. Ich könnte mir vorstellen, dass es auch die Möglichkeit gibt, die Unterlagen in der Kaserne zu sichten. Voraussetzung dafür ist natürlich, dass Sie uns geeignete Büroräume zur Verfügung stellen. Diese Variante müsste ich dann jedoch erst mit meinem Chef absprechen. Sollten wir auch nur ansatzweise das Gefühl bekommen, dass Sie versuchen, uns etwas vorzuenthalten oder uns sonst wie hinters Licht zu führen, machen wir es auf die wirklich harte Tour."

„Frau Köster", Haberstroh zwang sich zur Höflichkeit, „ich habe das Gefühl, Sie drohen mir."

„Nennen Sie es, wie Sie wollen, aber erfüllen Sie meine Bedingungen."

Auf dem Weg zu den Autos konnte sich Lindemann ein anerkennendes „Mein Gott, Frau Köster, dem haben Sie es aber besorgt" nicht verkneifen.

31

Und das alles kurz vor dem Wochenende!

Dabei war die Woche bislang eine der ruhigsten in diesem Jahr gewesen. Das Wetter war schön, die Menschen gut gelaunt und friedfertig, wenig Arbeit für die Polizei in Höxter. Bis zum Freitagmorgen, als dieser seltsame Anruf eingegangen war. Dieser Wichtigtuer mit seiner Kronzeugenregelung. Hauptkommissar Sternberg hatte lange gezögert, das Ansinnen an eine höhere Stelle weiterzuleiten. Er wusste so gut wie nichts über den Anrufer, und er hatte wenig Lust, sich lächerlich zu machen. Der Anruf war von einer öffentlichen Telefonzelle gekommen, daraus ließen sich keine Erkenntnisse ziehen. Zwischenzeitlich hatte er sogar eine Kollegin in Detmold angerufen und die Sache mit ihr besprochen. Dann hatte er doch die Anfrage des Anrufers an die Staatsanwaltschaft weitergeleitet. Alles Weitere war ihm nun aus der Hand genommen – und das war auch gut so. Sollten das doch die Leute entscheiden, die dafür besser bezahlt wurden als er. Irgendwie mussten die ihr Einkommen ja auch mal rechtfertigen. Sternberg fühlte sich jedenfalls bereit für das Wochenende.

Und dann war es Knall auf Fall gegangen. Um 13.10 Uhr war ein Notruf sowohl beim Notarzt als auch bei der Polizei eingegangen. Der Anruf kam vom Weserdampfer, an dessen Anleger ein schwerverletzter Mann gefunden worden war. Den Mann hatte Sternberg nicht mehr zu Gesicht bekommen, da er sofort ins St.-Ansgar-Krankenhaus gebracht worden war. Sternberg saß nun gerade in einem Warteraum der Intensivstation und wartete auf den Oberarzt. Ungeduldig drehte er eine Locke in seinen Walrossschnauzbart.

Nur wenige Minuten später war der nächste Notruf eingegangen. An der Bahnschranke in Corvey war ein Mann vom Zug erfasst und getötet worden. Sternberg war sofort hingefahren, konnte sich aber nur mit Grausen abwenden, als er sah, was von dem Mann übriggeblieben war. Mittlerweile war eine kleine Truppe von Spurensicherern aus Detmold eingetroffen, die nun die ganze Umgebung durchkämmten. Direkt nach dem Gespräch im Krankenhaus musste Sternberg nach Corvey fahren und mit der Chefin der Spurensicherung sprechen.

Der Oberarzt stöhnte, als er sich in den Schreibtischstuhl fallen ließ. Ob das nun ein Zeichen von Erschöpfung war oder mehr ein Ausdruck seines Wohlbefindens, weil er endlich sitzen durfte, konnte Sternberg nicht herausfinden.

„Der Mann ist schwer verletzt, er hat aber eine Chance durchzukommen. So viel schon mal vorab“, begann der Halbgott in Weiß das Gespräch. „Die Verletzung ist durch einen Messerstich hervorgerufen worden. Es sieht so aus, als hätte dieser Stich zum Herzen führen sollen. Aber das Messer ist vermutlich nicht richtig geführt worden und an einer Rippe abgerutscht. Der Mann hat zwei Rippen gebrochen, und es wurden einige mittlere und kleinere Gefäße verletzt. Das bekommen wir hoffentlich wieder hin. Ich muss Ihnen aber gleich jede Hoffnung nehmen, dass Sie den Mann heute oder morgen befragen können. Er ist so geschwächt, dass wir noch nicht entschieden haben, wie wir weiter verfahren werden. Möglich ist auch, dass wir ihn heute noch in ein künstliches Koma legen werden. Aber da warten wir noch ein bisschen ab."

Für Sternberg bedeutete dies Samstagsarbeit. Aber mehr als ein innerlicher Seufzer als Protest war nicht drin.

„Hatte der Mann Papiere bei sich, als er eingeliefert wurde?", fragte er den Arzt.

„Ja!" Der Arzt schob eine dicke Klarsichthülle zu ihm rüber.

Sternberg entnahm ihr ein Portemonnaie, in dem neben etwas Bargeld und zwei EC-Karten, ein Truppenausweis der Bundeswehr und ein Führerschein steckten. Laut Truppenausweis handelte es sich um einen Patrick Beil, Feldwebel, geboren 1980 in der Gemeinde Marienmünster. Dann schoss dem Hauptkommissar ein Gedanke durch den Kopf.

„Wenn das mal nicht der Kerl ist, der mich wegen der Kronzeugenregelung angerufen hat!", murmelte er vor sich hin und winkte ab, als der Arzt meinte, ihn nicht richtig verstanden zu haben. Wenn dem so sein sollte, dann bekam dieser Anruf natürlich eine ganz andere Dimension. Vielleicht war der Mann ja doch kein Wichtigtuer.

Zehn Minuten später war Sternberg auf dem Weg nach Corvey. Ihm graute vor dem, was sich ihm gleich als Anblick bieten würde. Dabei war schon viel von der Routinearbeit, die in solchen Fälle abzulaufen hatte, erledigt worden. Es war ja nicht nur der völlig zerstörte Körper des Menschen, der vom Zug mitgerissen wurde, mit dem man fertig zu werden hatte. Es gab, zumindest in diesem Fall, eine ganze Gruppe von Augenzeugen, die alle unter Schock standen und zum Teil ärztlich behandelt werden mussten. Und es gab in solchen Situationen auch immer einen in höchstem Maße bedauernswerten Lokführer, der sehenden Auges alles auf sich hatte zukommen lassen müssen, der aber nicht die Spur einer Chance gehabt hatte, das Unglück noch abzuwenden. Auch um den musste man sich kümmern. Ein aufgeregter Kajakfahrer hatte viel zu erzählen. Dann galt es stets, einen schnell anwachsenden Pulk von Schaulustigen vom Unglücksort fernzuhalten. Natürlich war auch das Sache der Polizei. Und und und …

Die Leiterin der Detmolder Spurensicherung war eine in jeder Hinsicht erstaunliche Frau. Renate Burghausen überragte die meisten Männer ihres Trupps um einen halben Kopf, hatte Schultern wie ein Türsteher und einen Händedruck, der Begegnungen mit ihr unvergesslich machte. Sternbergs Kollege Jupp Schulte bezeichnete sie gern als „westfälisches Kaltblut". Diese Walküre hatte nun seit fast zwei Stunden eine Arbeit verrichtet, um die sie kaum jemand beneiden würde. Aber das hinderte sie in keiner Weise daran, gut gelaunt den Höxteraner Kommissar zu begrüßen. Sie zog ihre Handschuhe aus und gab ihm die Hand. Sie griff so kräftig zu, dass Sternberg kurz aufstöhnte. Als der Schmerz abgeklungen war, hörte er sich ihren Bericht an.

Es war tatsächlich nicht viel Zusammenhängendes von dem Verunglückten übrig geblieben. Der Zug war noch über die Eisenbahnbrücke gerauscht und erst auf der anderen Weserseite zum Stehen gekommen. Ein riesiges Gebiet also, um nach Fundstücken zu suchen. Frau Burghausens Leute hatten viel zu tun.

„Der Mann selbst war nicht mehr identifizierbar. Natürlich sind schon Gewebeproben unterwegs ins Labor. Aber wir haben auch einige Gegenstände gefunden, die ihm gehören könnten. Das muss allerdings noch untersucht werden. Ja, und gerade bevor sie kamen, hat ein Mitarbeiter von mir in diesem herrlichen, verwilderten Garten mit den vielen Skulpturen einen Autoschlüssel gefunden, der nachweisbar zu einem Auto gehört, das an diesem Gartengrundstück, dreißig Meter von der Schranke entfernt, geparkt steht. Zurzeit nehmen sich meine Leute gerade dieses Auto vor."

Sternberg starrte sie bewundernd an. Unfassbar, was diese Leute für eine Gemütsruhe haben, dachte er. Aber ihm war schon klar, dass selbst so stark erscheinende Personen wie Renate Burghausen ihre ganz persönlichen schwarzen Momente hatten, in denen sie derart schockierende Erfahrungen verarbeiten mussten.

„Das heißt, wir werden in Kürze wissen, wer dieser Mann war. Das ist ja schon mal ein Anfang. Die Umstände des Unglücks müssen wir nicht groß recherchieren, denn dafür gibt es ja eine Menge Augenzeugen. Apropos Augenzeugen, da muss ich jetzt hin. Die armen alten Leute sitzen alle im Schlossrestaurant hier in Corvey und werden von einem Priester und einer Psychologin betreut. Mal schauen, ob sie schon so weit sind, dass ich mit ihnen sprechen kann. Wir hören voneinander."

Renate Burghausen zog sich wieder ihre Latexhandschuhe an und begab sich an ihren ungewöhnlichen Arbeitsplatz.

Dem Hauptkommissar Sternberg ging alles Mögliche durch den Kopf, als er die rund zweihundert Meter bis zum Schlossrestaurant zu Fuß ging. Hing das tatsächlich alles zusammen oder war er so durcheinander, dass er nicht mehr klar denken konnte? Vor dem Eingang zu Schloss und Kloster setzte er sich auf eine kleine Mauer, um vor seinem Besuch bei den alten Leuten noch einmal Luft zu holen.

Wenn dieser Patrick Beil wirklich der Anrufer vom Morgen war, dann war der Zusammenhang zwischen seinem

Anruf und dem Mordversuch an ihm zur Mittagszeit kaum noch zu übersehen. Was bislang an verwertbaren Zeugenaussagen vorlag, deutete darauf hin, dass der Tote an der Schranke derjenige war, der vom Schiffsanleger an der Weser über das Domänengelände bis zum Bahnübergang gelaufen war. Ihn auch als denjenigen anzusehen, der mit dem Messer auf Beil eingestochen hatte, war alles andere als abwegig. Es war gewiss nur eine Frage der Zeit, bis diese gewaltige Frau Burghausen auch das Tatwerkzeug, also das Messer, finden würde. Das Opfer der Messerattacke war vermutlich sogar jener Bundeswehrsoldat, der bei seinem Anruf Andeutungen über Waffenschiebereien gemacht hatte.

Da kam ihm ein neuer Gedanke: Auch in Höxter hatte man mitbekommen, dass zu Wochenbeginn im Lippischen ein Hauptmann der Bundeswehr ermordet worden war. Gab es da vielleicht einen Zusammenhang? Warum eigentlich nicht?

Er stand auf, dehnte sich und ging langsam die paar Schritte bis zum Restaurant. Gleich morgen früh, Samstag hin, Samstag her, würde er bei den Kollegen in Detmold anrufen.

Besser, ich benachrichtige sie sofort, dachte er und zückte das Telefon.

32

Die Tür wurde aufgerissen. Erpentrup stürzte in Schultes Büro, als sei er auf der Flucht. Als er dann jedoch schrie: „Mann, Schulte, sind Sie wahnsinnig!“, war klar, dass seine Wut eine andere Quelle hatte.

Der Polizeidirektor registrierte nicht, dass außer Schulte auch Pauline Meier zu Klüt anwesend war. Oder es interessierte ihn nicht. Erpentrup kochte vor Wut, und Schulte war im nächsten Augenblick kalt wie eine Hundeschnauze.

„Nee, warum?“, entgegnete er so gelassen wie möglich.

„Sie wollen in der Kaserne in Augustdorf eine Hausdurchsuchung veranstalten? Wie können Sie so einen wichtigen Schritt in die Wege leiten, ohne das vorher mit mir abzusprechen?“

„Das muss ich nicht, Herr Erpentrup. Ich bin der Leiter dieses Dezernats und damit Herr des Geschehens.“

Die Ruhe, die Schulte an den Tag legte, verdreifachte Erpentrups Wut.

„Schulte!“, schrie Erpentrup, und seine Wutadern traten auf seinen braun gebrannten Schläfen deutlich zutage. „Sie blasen diese Aktion sofort ab! Oder ich funke Ihnen dazwischen!“

„Können Sie tun, Herr Polizeidirektor. Wenn ich es mir so recht überlege, brauche ich überhaupt keinen Hausdurchsuchungsbefehl. Ich bin mir sicher, es besteht Gefahr im Verzug.“

„Schulte, wenn Sie das tun ...!“

Das Bürotelefon klingelte. Der Polizeirat ging, als sei Erpentrup nicht im Raum, zu seinem Schreibtisch und nahm ab. Er meldete sich und hörte zu. Hin und wieder stellte er eine Frage. Dann sagte er:

„Sternberg, wir müssen uns treffen. Am besten, Sie kommen nach Detmold. Aber seien Sie vorsichtig, Sie wissen ja LIP – Landwirt in Panik.“ Dann legte er auf und wandte sich an Erpentrup. „Sage ich doch, Gefahr im Verzug. Ein weiterer Toter und ein Schwerverletzter in Höxter. Der Schwerverletzte ist wiederum ein Bundeswehrsoldat. Komm Meier, den Laden in Augustdorf mischen wir jetzt so richtig auf.“

„Schulte, sagen Sie mir, was los ist! Sagen Sie, was Sie vorhaben! Ich bin immer noch der Chef, Schulte!“

„Bericht kommt“, entgegnete der. Schnappte sich seine speckige Lederjacke und verließ mit seiner jungen Kollegin das Büro.

„Wo geht's denn hin, Herr Polizeirat, und was ist los?", wollte Meier zu Klüt wissen, als sie alleine auf dem Flur waren.

„Es geht zu *Daniele* nach Hiddesen, in eine Eisdiele. Übrigens die beste in ganz Detmold. Was los ist, erzähle ich dir bei einem Kaffee oder einem Eis."

Schulte grinste.

„Wenn ein cholerischer Chef versucht, einem den Tag zu versauen, dann muss man einfach gegensteuern und sich was Gutes tun. Ich gebe einen aus."

„Danke für den Tipp, dann wissen Sie ja, wo Sie mich zukünftig finden, Herr Polizeirat."

Pauline Meier zu Klüt lächelte ebenfalls.

33

Wütend warf der uniformierte Mann sein Handy auf den Tisch.

„Wo steckt dieser verdammte Idiot nur?", rief er zum wiederholten Male. Für 14.00 Uhr hatte er mit Enrico Brocelli ein Telefongespräch vereinbart. Mittlerweile war es später Nachmittag. Fünf Mal hatte er nun schon versucht, seinen Geschäftspartner anzurufen. Nichts. … *is not available..*, blablabla. Immer dasselbe.

Hatte der Kerl sein Handy nicht eingeschaltet? Und das soll ein Profi sein? Lächerlich! Wenn er weiter mit solchen Versagern zusammenarbeiten musste, würde sein eigener Untergang nicht mehr lange auf sich warten lassen. So viel war sicher. Immer große Klappe. Aber wenn man diese Typen mal braucht, dann sind sie nicht erreichbar. Wahrscheinlich liegt der Kerl mit irgendeiner Nutte im Bett und hat das Handy abgeschaltet, um nicht gestört zu werden. Drecksack, der!

Vor zwei Stunden hatte er über die wie immer zuverlässig und schnell arbeitende Bundeswehr-Buschtrommel vom Mordversuch an seinem Kollegen Beil in Höxter erfahren. Eine solche Nachricht hatte er erwartet, das war nicht sein Problem. Aber er war davon ausgegangen, diese Nachricht von Brocelli zu bekommen, und davon, dass es nicht beim Versuch geblieben, sondern erfolgreich bis zum Ende durchgeführt worden war. Aber Beil war nicht tot – Beil lag im Krankenhaus. Beil konnte in Kürze wieder vernehmungsfähig sein. Beil konnte auspacken. Und Beil wusste zu viel, viel zu viel. Es gab wenig Grund, entspannt ins Wochenende zu gehen. Noch einmal wählte er Brocellis Nummer.

Wieder nichts. Wo steckte der nur?

34

Feierabend! Windmacher sah auf die Uhr. Es war jetzt halb fünf. Normalerweise wäre er an einem Freitag wie diesem längst auf dem Heimweg. Doch die jüngsten Ereignisse hatten dafür gesorgt, dass er immer noch in der Kaserne war.

Jetzt aber nichts wie weg, dachte er.

Da klopfte jemand an die Tür. Ein Obergefreiter trat ein. Der Soldat nahm Haltung an, grüßte ordentlich und machte dann Meldung:

„Hauptmann Haberstroh bittet Sie, dass Sie noch einmal zu ihm ins Büro kommen. Er lässt Ihnen ausrichten, es sei außerordentlich wichtig.“

Windmacher nickte gedankenverloren. Zu dem Soldaten sagte er: „Wegtreten!“

Der Obergefreite grüßte noch einmal, drehte sich um und war in der nächsten Sekunde verschwunden.

Windmacher grübelte, was konnte der S1 nur von ihm wollen? Seltsam, auch der war in der Regel um diese Zeit schon nicht mehr in der Kaserne.

Der Oberfeldwebel suchte nach seinem Barett und klopfte fünf Minuten später bei Haberstroh an die Bürotür. Jetzt machte er ähnlich Männchen, wie es vorhin der Soldat in seinem Büro getan hatte. Doch der Hauptmann wartete die Prozedur nicht ab.

„Lassen Sie es gut sein, Windmacher, und setzen Sie sich. Möchten Sie eine Tasse Kaffee?"

Windmacher lehnte dankend ab.

„Haben Sie an diesem Wochenende schon etwas vor, Herr Oberfeldwebel?"

„Nein, Herr Hauptmann! Wieso fragen Sie?"

„Ich brauche Sie! Wie Sie vielleicht schon erfahren haben, vermutet die Detmolder Polizei, dass es bei uns in der Kaserne zu Waffenschiebereien gekommen ist. Ich kann mir das zwar nicht vorstellen, aber haben wir da die Wahl? Wir müssen uns den Zwängen, die uns die Detmolder Polizei diktiert, beugen.

Vorhin war diese Hauptkommissarin Köster bei mir. Eine unfreundliche Person. Sie war in keinerlei Hinsicht zur Kooperation bereit. Vielmehr hat sie mir die Pistole auf die Brust gesetzt. Bis Montag will die Polizistin alle Unterlagen zu unseren Waffenkammern, Schießübungen und so weiter haben. Das ganze Programm eben. Sowohl die Akten von Augustdorf, als auch die von Höxter. Ich habe schon versucht, Feldwebel Beil zu erreichen. Der ist aber wohl schon im Wochenende. Jedenfalls müssen wir den ganzen Krempel jetzt zusammentragen. Hier aus Augustdorf sind Sie der Einzige, der sich in Taubenborn einigermaßen auskennt. Schnappen Sie sich ein Auto, fahren Sie dorthin und packen Sie alles, was Sie an Ordnern finden können, in Kisten. Schaffen Sie den ganzen Krempel her. Das Gleiche muss dann auch hier in Augustdorf passieren. Das können wir beiden morgen zusammen machen. Darüber hinaus muss ein Aktenplan erstellt werden, damit wir die Übersicht behalten. Mein Obergefreiter wird Ihnen helfen. Können Sie das bewerkstelligen?"

„Jawohl, Herr Hauptmann."

Haberstroh nickte.

„Ich werde mich an anderer Stelle dafür erkenntlich zeigen."

„Wenn ich eine Anmerkung machen dürfte, wir haben doch die ganzen Unterlagen auch in elektronischer Form. Wäre es für die Polizei nicht einfacher, wenn man ihnen eine Festplatte mit den ganzen Daten gäbe? Unterlagen in dieser Form wären doch viel einfacher auszuwerten."

„Da haben Sie zwar recht, Herr Oberfeldwebel. Aber nachdem mich diese Hauptkommissarin so dermaßen angegangen ist, mache ich der das Leben so schwer wie irgend möglich. –

Noch eine Frage, Oberfeldwebel Windmacher. Was glauben Sie, gab es bei den Waffen Unregelmäßigkeiten?"

„Kann ich mir eigentlich nicht vorstellen. Hauptmann Mannhardt war einer der penibelsten Verwaltungsleute, die ich je bei der Bundeswehr kennen gelernt habe. Dem ist, so wie ich ihn erlebt habe, nie etwas durchgegangen.

Es hat allerdings, kurz bevor Stabsunteroffizier Bornemann fahnenflüchtig wurde, noch eine heftige Auseinandersetzung zwischen ihm und dem Hauptmann gegeben. Die Inhalte sind mir jedoch nicht bekannt."

„Sie meinen, dieser Bornemann könnte Dreck am Stecken haben?"

„Schwer zu sagen, Herr Hauptmann. Ich muss gestehen, so langsam bin ich mir unsicher, wenn es um eine Beurteilung des Stabsunteroffiziers geht. Ich habe den Mann immer für zuverlässig gehalten. Davon bin ich jetzt nicht mehr ganz überzeugt."

Hauptmann Haberstroh wirkte sehr nachdenklich.

„Wir müssen diesen Bornemann kriegen, schnell, und möglichst vor der Detmolder Polizei. Ich will wissen, was da im Busche ist."

35

Ina Schulte staunte nicht schlecht, als ihr Vater vor dem Abendessen angekündigt hatte, sich vorher noch duschen und fertigmachen zu wollen. Das war so gar nicht seine Art. Als er dann tatsächlich blitzsauber und für seine Verhältnisse ordentlich gekleidet am Tisch saß, konnte sie feststellen, dass er frisch rasiert war und reichlich Aftershave verwendet hatte. Ina schmunzelte innerlich, war aber klug genug, dies alles nicht zu kommentieren.

Anders ihr kleiner Sohn Linus, der gleich fröhlich plärrte:

„Opa, du riechst ja komisch. Gleich kommt bestimmt ein Schmetterling und setzt sich auf dich drauf!"

Schulte brummte etwas Unverständliches und widmete sich demonstrativ seinem Abendessen.

Das ging eine Zeitlang gut, bis die Tür aufsprang und Anton Fritzmeier hereinplatzte. Er setzte sich an den Tisch, stützte die Ellenbogen auf die Tischplatte und schaute verschwörerisch in die Runde.

„Schmeckt´s?"

Die drei Schultes murmelten mit vollen Backen Zustimmung und aßen weiter. Es war nicht ungewöhnlich, dass Anton Fritzmeier „rein zufällig" beim Essen erschien. Der alte Mann wohnte schließlich allein und hatte nicht immer Lust, sich selbst zu bekochen. Er bekam dann in der Regel ohne weiteren Kommentar einen gut gefüllten Teller hingestellt und aß mit. Da er meist ein gut gelaunter und unkomplizierter Tischgenosse war, fanden Schulte und seine Tochter das so in Ordnung. Linus kannte es gar nicht anders und fand dies selbstverständlich. Für ihn galt sowieso die Devise, je mehr Leute am Tisch sitzen, desto spannender das Abendessen.

Fritzmeier schaufelte seine Mahlzeit in sich hinein und schob dann zufrieden den Teller auf die Mitte des Tisches. Während Vater und Tochter den Tisch abräumten, plauderte

Fritzmeier munter drauflos. Er hatte ihnen irgendetwas mitzuteilen, das war deutlich erkennbar.

„Wir hatten ja chestern drüber chesprochen, dat ich schon ´n alter Knochen bin und eigentlich mal ´ne Kur brauche. Aber ich zeichs euch, ihr jungen Höpper. Von wegen alter Knochen“, rief er triumphierend. „Morgen Abend chehen Elvira und ich innen Tanzkurs. Jawoll, ihr habt richtig chehört.“

Schulte staunte nicht schlecht. Das konnte er sich gar nicht vorstellen. Er musste ein Schmunzeln unterdrücken, als er in gespielter Sorge fragte:

„Hat man dich gezwungen? Womit haben sie dir gedroht? Anton, ich bin dein Nachbar, dein Freund und dein Beschützer. Mir kannst du alles sagen.“

Fritzmeier verdrehte die Augen.

„Was redest du denn? Chezwungen? Nee, Elvira hat sich das einfallen lassen, war ´ne Überraschung für mich. Das iss auch kein Tanzkurs so für alle. Iss extra für ältere Leute mit guten Vorkenntnissen.“

Nun war Schulte völlig platt.

„Aber du hast doch keine Vorkenntnisse. Ich habe noch nie gehört, dass du getanzt hast.“

Fritzmeier lachte polternd. Dann wischte er sich die Lachtränen aus den Augen.

„Jupp, du hass doch keine Ahnung, watte sachs. Ich war mal der Rudolfo Valentino Lippes, ham jedenfalls alle chesagt. Wenn ich beim Schützenfest auffe Tanzfläche kam, dann ham sich alle anderen Männer traurig anne Theke verzogen, weil se sonst alt auschesehen hätten. Aber die Frauen, die ham vor Freude chekreischt, wenn ich se herumchewirbelt hab. Mann, das waren Zeiten.“

Schulte und Ina schauten sich sprachlos an.

„Wann war das denn?“, fragte Ina vorsichtig.

Fritzmeier musste nicht lange überlegen. Er schwelgte in Erinnerungen.

„Schützenfest 1949 habbich sogar ´nen Preis chekriegt. Da war ich im Hofstaat und se ham mich zum besten Tänzer vom chanzen Hofstaat chewählt."

„Gab es da noch Dinosaurier?", stellte Linus in voller kindlicher Unschuld die Frage an Schulte.

Der zuckte mit den Achseln.

„Keine Ahnung, mein Junge. Da gab es mich ja auch noch nicht. Kann aber gut sein, dass da noch ein paar von denen rumliefen. Aber nicht hier in Lippe, mehr so im Höxterschen, denke ich."

„Du quatschst manchmal ´nen Käse zusammen", brummte Fritzmeier, um gleich darauf fröhlich zu erzählen:

„Der Kurs iss in Detmold, in irgendeine Tanzschule, keine Ahnung, wo die iss. Elvira meint, dass ich mich schick machen soll. Jupp, kannse mir vielleicht ´ne Krawatte leihen? Ich hab nur eine und da issen Fettfleck drauf."

Anton Fritzmeier hätte noch lange begeistert weitergesprochen, aber Schulte hatte es eilig.

„Sei mir nicht böse, Anton. Aber ich habe heute noch einen wichtigen Termin."

„Mit seiner Freundin!", krähte Linus so laut, dass niemand es überhören konnte.

Schulte fehlten vorübergehend die Worte.

„Quatsch!", brummte er. „Ein rein dienstliches Treffen mit der Kollegin Maren Köster. Wir haben zurzeit furchtbar viel Arbeit. Das schaffen wir tagsüber nicht alles."

36

Was für ein widerliches Geräusch. Schulte tastete, ohne die Augen zu öffnen, nach seinem Wecker. Nicht so ein billiges elektronisches Teil, sondern ein handfester Chronometer, weinrot und in einem dicken Blechgehäuse. Ein Erbstück von seiner Mutter. Immer, wenn diese Uhr ihrer Erfüllung nachkam, hätte Schulte sie an die Wand werfen können. Aber der Wecker wurde seiner Aufgabe immer gerecht. Wenn er rappelte, erschrak sich Schulte jedes Mal so dermaßen, dass Adrenalin in Unmengen durch seine Blutbahnen gepumpt wurde. An Schlaf war nach so einer Attacke nicht mehr zu denken.

So also erging es dem Polizeirat auch heute. Doch er fühlte sich noch hundemüde. Das gestrige Feierabend-Bier mit Maren Köster hatte länger gedauert als vermutet. Es war ein schöner Abend gewesen und verdammt spät geworden.

Schulte quälte sich aus dem Bett. Das Wetter war wunderbar. Genau richtig, um mal wieder ausgiebig zu bummeln. In Detmold auf dem Markt einkaufen. Bei Rudolf eine Bratwurst essen und anschließend in der Braugasse oder im Paraplü eine Kleinigkeit trinken. Das Leben hätte so schön sein können, wenn diese verdammte Arbeit nicht gewesen wäre. Um 9.00 Uhr wollte sich sein Team zu einer großen Besprechung treffen. Der Kollege aus Höxter sollte auch dazukommen. Vielleicht würde man heute ja den großen Durchbruch schaffen.

Eine Stunde später betrat Schulte sein Büro. Was er sah, verschlug ihm die Sprache. Hinter seinem Schreibtisch saß Bernhard Lohmann und trank Kaffee.

Noch bevor der Polizeirat sich über die Anwesenheit seines alten Kollegen wundern konnte, lieferte der schon die Antwort:

„Ach, Jupp, die alten Gewohnheiten sind doch stärker als man glaubt. Ich werde morgens wach, und dann liege ich in meinem Bett und denke, was war das doch früher schön, als ich noch jeden Tag zur Arbeit gehen konnte. Ja, und da dachte ich heute Morgen so bei mir, besuch doch mal den Jupp. Ist zwar Samstag, aber der, der ist bestimmt im Büro, schließlich hat er ja einen Mordfall vor der Brust. Vielleicht, so habe ich gedacht, kannst du ihm ja ein bisschen helfen.

Kopieren oder die Aktenführung auf Vordermann bringen. Das kann der Hartel doch bestimmt noch nicht so richtig. Ja, Jupp, jetzt bin ich hier. Teil mich ein!"

„Weißt du was, Bernhard? Du trinkst jetzt deine Tasse Kaffee in aller Ruhe zu Ende. Dann kaufst du Brötchen und frühstückst gemütlich mit deiner Frau.

Wir jedenfalls müssen arbeiten, und du kannst da leider nicht dabei sein. Für dich ist der Polizeidienst zu Ende. Bernhard, tut mir leid, da musst du dich dran gewöhnen."

Der alte Kollege sah Schulte traurig an.

„Ist wohl so, Jupp. Aber es ist verdammt schwer, das kannst du mir glauben."

Plötzlich hätte Schulte eine Idee.

„Eine Frage, Bernhard, hast du nicht früher mal Fußball gespielt?"

„Nicht nur gespielt, ich war auch lange Zeit Trainer, warum?"

„Das ist ja prima, mein Enkel spielt jetzt in Heidental bei den Minikickern. Aber es gibt keine richtigen Betreuer. Ein paar Leute liegen mir schon die ganze Zeit in den Ohren, ich solle es machen. Aber ich habe jetzt noch keine Zeit dazu. Bernhard, na, wie wäre es?" Lohmann grinste.

„Wann kann ich anfangen?"

Schulte wollte ihm gerade mehr über seine neue Aufgabe erzählen, da tauchte ein fremder Mann in seinem Büro auf.

„Polizeirat Schulte?" Ein kleiner etwas untersetzter Kerl, der einen zerknitterten Anzug trug, sah die beiden Männer mit einem fragenden Gesichtsausdruck an."

„Ja, wie kann ich Ihnen helfen?"

Der Fremde stellte sich als Hauptkommissar Martin Sternberg vor. Schulte begrüßte ihn und verabschiedete sich anschließend von Bernhard Lohmann. Dann nahm er den Gast mit ins Besprechungszimmer. Auf dem Weg dorthin konnte er sich eine kleine Spitze gegen den Höxteraner nicht verkneifen.

„Na Kollege, unfallfrei durch das Lippische gekommen?"

„War, ehrlich gesagt, kein so großes Problem wie befürchtet. Heute ist Samstag, da sind nicht so viel Einheimische, also low intelligent people, wie LIP bei uns übersetzt wird, auf der Straße unterwegs."

Die beiden Männer grinsten. Schulte hatte ein gutes Gefühl mit Sternberg. Er war sicher, mit dem konnte er zusammenarbeiten.

In den nächsten fünf Minuten trudelten alle Kolleginnen und Kollegen ein. Der Mann aus Höxter wurde vorgestellt. Dann bekam Renate Burghausen das Wort.

Mit präziser Systematik präsentierte sie ihre Ergebnisse.

„Patrick Beil, wohnhaft in Marienmünster, wurde von Enrico Brocelli niedergestochen. Mit letzter Sicherheit wissen wir das noch nicht, aber ich persönlich habe keinen Zweifel mehr daran. Wir hatten ja einen Autoschlüssel bei dem Toten in Corvey gefunden und das dazugehörige Auto kurz darauf. Die Gewebeproben von der Leiche passten zum Besitzer dieses Autos. Also hier bin ich mir ziemlich sicher, dass wir die richtige Person haben. Auch den Mordversuch an Patrick Beil können wir noch nicht hundertprozentig Enrico Brocelli zuordnen. Hier müssen wir die Aussage Beils abwarten. Aber alles spricht dafür. Bei dem Mordversuch wurde Brocelli mit ziemlicher Sicherheit von einem Kanufahrer gestört, der ausgerechnet während der Tat mit seinem Boot an dem Poller anlegen wollte. Brocelli hatte seine Aufmerksamkeit meiner Meinung nach zu sehr auf sein Opfer gelenkt. Dadurch hatte er das Kommen des Bootes nicht bemerkt. Wahrscheinlich hatte er sich nur zur Landseite abgesichert. Aber die Möglichkeit, dass auch jemand von der Wasserseite kommen konnte, hatte er außer Acht gelassen. Dieser Fehler rettete Beil vermutlich das Leben. Brocelli blieb nichts anderes übrig, als Hals über Kopf die Flucht zu ergreifen. Dabei machte er weitere Fehler. In meinem Bericht nachzulesen.

Um sein Auto zu erreichen, musste er einen Bahnübergang queren. Leider kam just in dem Moment, als er die Schienen erreicht hatte, ein Zug. Er versuchte noch, vor dem Schienenfahrzeug herzukommen, unterschätzte aber die Geschwindigkeit. Sämtliche Details der gefundenen Spuren bekommen Sie in den nächsten Stunden in einem Bericht. Falls noch irgendwelche Fragen sind, stehe ich selbstverständlich zur Verfügung. Die Identität aller Männer, sowie deren Wohnorte konnten wir feststellen. Beil erlitt einen Schock. Er wurde in ein künstliches Koma gelegt und wird die nächsten Tage nicht vernehmungsfähig sein. Die Leiche von Brocelli sieht ziemlich verheerend aus. Wir nehmen einige Routineuntersuchungen vor, und die Pathologie macht noch einige DNA-Tests. Dann kann die Leiche freigegeben werden."

Es wurden noch einige Fragen an die Frau von der Spurensicherung stellte. Dann gab Hauptkommissar Sternberg seinen Bericht ab. Anschließend wurden wieder Aufgaben verteilt. Eine Hausdurchsuchung bei dem toten Brocelli wurde auf Montagmorgen datiert.

Schulte rauft sich die Haare. „Was meinen Sie, Sternberg, der Mann, der Sie anonym angerufen hat, und das Opfer, wie heißt es doch gleich? Richtig, Feldwebel Beil! Glauben Sie, dass es sich hierbei um ein und dieselbe Person handelt?"

„Schwer zu sagen, so aus dem Bauch heraus würde ich sagen, ja. Aber festlegen will ich mich noch nicht."

„Die nächste Frage, die sich mir stellt", dachte Schulte laut weiter, „hat dieser Brocelli auch Hauptmann Mannhardt umgebracht? Was meint ihr?", raunte er die Frage in die Runde.

Keiner wollte sich festlegen.

„Ist ja auch nur eine Spekulation", sprach Schulte weiter. „Ich würde sagen, wir gehen in kleinen Schritten vor.

Im Moment stellt uns die Bundeswehr alle nötigen Akten

zusammen, die wir brauchen. Dann können wir überprüfen, ob es in der Waffenkammer, bei der Waffenbeschaffung oder sonst wie Unregelmäßigkeiten gegeben hat.

Dies ist eine Aufgabe für Hartel und Lindemann. Ihr beiden nehmt euch gleich Montag die Unterlagen vor, die wir aus Augustdorf bekommen."

Hartel schien dieser Job gar nicht zu gefallen. Lindemann nahm die Zuweisung mit Gleichmut.

„Maren und Sternberg, ihr befragt noch einmal die Zeugen, die bei dem Mordversuch in Höxter anwesend waren.

Aber als Erstes müssen wir uns Montagmorgen um die Wohnung von Brocelli kümmern. Das ist natürlich Ihre Aufgabe, Frau Burghausen. Maren und Lindemann, ihr solltet ebenfalls dabei sein. Danach kann Maren dann nach Höxter fahren und du, Lindemann, stößt später zu Hartel. Der dann auf direktem Wege nach Augustdorf fährt.

Wie sieht es mit dem Umfeld von Mannhardt aus? Ist das gecheckt worden?"

„Da sind Lindemann und ich dran", entgegnete Maren. „Bisher gibt es aber nichts Spektakuläres. Bis Montag hast du den Bericht. Oder, Lindemann?"

Der nickte.

„Gut, dann machen wir für heute Feierabend."

37

Jupp Schulte rieb sich den Schlaf aus den Augen, als er zusammen mit seinem alten Hund am Sonntagvormittag aus seiner Wohnung auf den weiten Fritzmeier´schen Hof trat. Es herrschte diese unvergleichlich wohltuende Sonntagvormittagsruhe. Schulte atmete tief durch, machte seine Lunge und seine Seele weit. Herrlich, so war es auszuhalten. Bis nebenan die Wohnungstür aufknallte und Schultes Enkel Linus herausstürmte. Er hatte durchs Fenster gesehen, dass sein Opa endlich aufgestanden war, und nutzte die Gunst der Stunde. Schulte seufzte, weil seine Ruhe dahin war, genoss aber auch die Lebensfreude des Bengels. Als Anton Fritzmeier über den Hof schlurfte, legte Linus den Zeigefinger auf seine Lippen, um anzuzeigen, dass sie ganz still sein sollten.

„Der hat heute schlechte Laune“, flüsterte er Schulte verschwörerisch zu.

Als Schulte ihn fragte, woher er das denn wisse, erzählte Linus, dass er schon ganz früh am Morgen draußen gewesen sei und Fritzmeier getroffen habe. Und der sei brummig gewesen, habe kaum mit ihm gesprochen, was sonst nicht seine Art war. Linus war regelrecht eingeschüchtert. Da der Junge viel von Schultes Mentalität geerbt hatte, wollte das schon was heißen.

Um diesen erstaunlichen Sachverhalt zu klären, ging Schulte direkt auf Fritzmeier zu.

„Moin Anton!“, rief er fröhlich. „Na, wie war es gestern Abend?“

Fritzmeier schaute ihn lange wortlos an, offenbar unschlüssig, was er antworten sollte.

„Wieso? Was war denn chestern Abend?“

„Was war? Ich denke, du warst tanzen, mit Elvira. Du hast uns doch erzählt von deinem Tanzkurs. Ist der ausgefallen?“

„Auschefallen? Warum sollte der auschefallen sein?“, blaffte Fritzmeier Schulte an, der immer neugieriger wurde.

„Weil sich das so anhört. Du hattest dich doch so darauf gefreut, und jetzt erzählst du gar nichts.“

„Es chibt auch nix zu erzählen!“ Fritzmeier wurde immer ärgerlicher.

Schulte wusste genau, dass er von nun an auf dem direkten Weg bei Fritzmeier nichts mehr erreichen würde. Also musste er es indirekt versuchen.

„Na ja, ist ja auch nicht so wichtig. Komm, Linus! Wir gucken mal, was die Hühner so machen.“

Schulte nahm seinen Enkel an die Hand. Die beiden waren noch keine fünf Schritte gegangen, da rief Fritzmeier hinter ihnen her:

„Die ham doch ´nen Knall! Die mit ihrem 1-2-3 und Wiegeschritt und so. Können einem ja alles kaputt machen.“

Schulte und Linus bummelten gemächlich wieder zu ihm zurück. Als hätte Fritzmeier einen Stöpsel gezogen, floss es nun aus ihm heraus.

„Iss doch wahr“, polterte er. „Das ching schon chleich so blöd los. Wir mussten uns inne Runde aufstellen. Ich hatte mich richtig schick chemacht. Und Elvira erst mal. Die war echt ´ne Wucht. Ich war richtig stolz auf sie. Die Tanzlehrerin war so ein langes, dünnes Ding, sonne Jesus-Frau, und die …“

„Was ist denn eine Jesus-Frau?“, fragte Schulte.

„Kennsse das nicht? Ausse Bibel? Jesus ching inne Wüste und eine lange Dürre folgte ihm. Ja, so eine war dat. Vorne nix und hinten nix. Jedenfalls standen wir so inne Runde und dann hat sie chefragt, wer denn Vorkenntnisse hätte. Also so richtig Vorkenntnisse und nich nur son bisschen. Ja, und da hab ich die Hand chehoben und chesagt: Ich! Und dann sachte sie, ich und Elvira sollten doch mal in die Mitte vonne Runde kommen und den anderen zeigen, wie man das macht. Elvira iss richtig rot cheworden.

Aber ich hab sie einfach beim Arm chepackt und mitchezogen. Ja, und dann standen wir beiden Hübschen da mitten innen Kreis von lauter älteren Leuten. Dann hat die Dürre Musik anchemacht. Schneewalzer. Und dann habbich losgelegt und hab Elvira übers Parkett cheschoben. Wie früher, `n paar Leute ham auch cheklatscht. Chanz stolz war ich. Aber dann hat dieser Hungerhaken von Frau alles kaputt chemacht.“

Schulte bohrte ganz vorsichtig nach, als Fritzmeier an dieser Stelle nicht weitersprach. „Wieso? Was hat sie denn gemacht?“

Der alte Bauer brummte und kickte wütend einen Kieselstein weg.

„Sie hat sich bedankt und chesagt, das wäre schon mal chanz nett chewesen. Aber es wäre auch chleich ein schönes Beispiel dafür chewesen, was man alles falsch machen könnte. So für´n Schützenfest wär das ja in Ordnung, aber hier wollte man doch lernen, wie man es richtig macht. Und das würde sie uns chetz beibringen. Ich sach dir, wenn es nich wegen Elvira chewesen wäre, dann hätte ich Kehrtmarsch chemacht und wär nach Hause chegangen. Sonne blöde Ziege."

Wieder musste ein Kieselstein herhalten.

„Aber Ihr seid dageblieben, oder?"

„Klar! Schießlich hatte Elvira den Kurs ja schon bezahlt. Nee, wir sind dacheblieben und ham mitchemacht. Wär ja schade ums schöne Cheld. Aber Spass hat es nich chemacht. War mehr so wie inne Schule. Immer Schritte mitzählen und gucken, dasse alles richtig machs. Anstrengend war das. Und wenn ich mal ´nen falsche Schritt chemacht habe, dann isse gleich chekommen, hat mich chepackt und mit mir chetanzt. Hab gar nich chewusst, wo ich hinpacken sollte, so dürre wie die war. Und denn auch noch ´nen halben Kopf chrößer als ich. Und dabei wollte sie mir eigentlich nur zeigen, was ich alles falsch chemacht hab. Ich hab vorher gar nich chewusst, dass man beim Tanzen überhaupt was falsch machen kann. Ich dachte immer, das soll einfach nur Spass machen."

„Macht ihr denn trotzdem weiter?"

„Natürlich! Aber dieser Frau zeige ich´s, Jupp. Darauf kannsse dich verlassen. Wenn die noch ´n paar Mal mit mir tanzt, dann will die das char nicht mehr anders haben. Dann tanzt die chenau so, wie wir früher inne Schützenhalle. Und hat Spass dabei. Wenne willst, kannse auch zum Abschlussball kommen. Jedes Tanzpaar darf noch ein anderes Paar einladen. Was meinsse?"

Schulte fühlte sich etwas überrannt.

„Ich kann doch überhaupt nicht tanzen. Außerdem wüsste ich gar nicht, mit wem ich dahingehen sollte. Ich bin doch Single."

Fritzmeier winkte lässig ab.

„Tja, iss dein Problem, wenne mitte Frauen nich zurechtkomms."

Mit diesen Worten wendete er sich von Schulte ab und schlurfte zurück zu seinem Haus.

Schulte konnte es kaum fassen, als er hörte, wie Fritzmeier dabei leise und schief sang: *Ich brech' die Herzen der stolzesten Frauen, weil ich so zärtlich und so leidenschaftlich bin...*

38

Netter Mann, dachte Katharina Blumenkamp, als ihr der Kollege ihres Freundes an der Haustür einen wunderschönen Blumenstrauß überreichte.

Klaus Windmacher hatte zwei Stunden vor seinem Besuch angerufen und höflich angefragt, ob sein Besuch am Sonntagnachmittag genehm sei. Sie war froh, in diesen schwierigen Tagen mit jemandem sprechen zu können, der ihren Freund Marc gut kannte und ihn mochte.

Als der Kaffee serviert war, fragte Windmacher lächelnd:

„Und wie geht´s dem Nachwuchs?"

Sie war überrascht, dass Windmacher von ihrer Schwangerschaft wusste.

„Marc hat mir davon erzählt, an seinem letzten Arbeitstag. Herzlichen Glückwunsch übrigens noch. Ich hoffe, es ist alles in Ordnung, trotz der ganzen Aufregung."

Als sie dies bestätigt hatte, fragte sie ungeduldig:

„Haben Sie eine Ahnung, wo Marc sein könnte? Ich mache mir solche Sorgen."

Er lächelte resigniert.

„Eigentlich bin ich in der Hoffnung hierhergekommen, dass Sie mir das sagen könnten. Ich mache mir nämlich auch Sorgen um ihn. Offen gestanden denke ich, dass er einen Riesenfehler gemacht hat. Er hätte nicht desertieren dürfen. Das macht alles nur noch schlimmer."

„Aber was hätte er denn sonst machen sollen?", rief sie empört. „Hätte er sich einfach nach Afghanistan schicken und sich totschießen lassen sollen? Die spinnen doch alle. Besonders dieser Hauptmann, Mannheim oder wie der hieß. Dass den einer erschossen hat, wundert mich gar nicht!" Dann merkte sie wohl, dass sie etwas zu weit vorgeprescht war, und ruderte schnell zurück. „Also, verstehen Sie mich nicht falsch, natürlich will ich so einen Mord nicht gutheißen. Nur, verstehen kann ich das ein bisschen. Nach dem, was Marc mir über den erzählt hat, muss es ein widerwärtiger Kerl gewesen sein."

Windmacher machte einen besorgten Eindruck, als er nach einer kurzen Pause vorsichtig fragte:

„Können Sie denn ganz sicher ausschließen, dass Marc der Täter ist?"

Wie von einer Tarantel gestochen, sprang sie auf und blitzte ihn wütend an.

„Was soll denn das? Wie kommen Sie dazu, Marc zu verdächtigen? Ich dachte, Sie kennen ihn so gut."

Abwehrend hob Windmacher beide Hände.

„Moment! Ich will doch nur helfen. Ich habe doch nicht gesagt, dass ich ihn für den Mörder halte. Und ich wünsche mir wirklich nichts mehr, als dass sich seine Unschuld schnell herausstellt. Aber ich war auch um mehrere Ecken mit dem Hauptmann befreundet. Ich will einfach nur herausfinden, wie alles abgelaufen ist. Der Polizei traue ich das nicht zu."

Da sich ihre Empörung immer noch nicht richtig gelegt hatte, fuhr er nachdenklich fort:

„Marc selbst hat dummerweise durch seine Flucht dafür gesorgt, dass nun ganz viel gegen ihn spricht. Lassen Sie uns doch mal überlegen: Jeder in der Kompanie wusste, das Marc so was wie das Lieblingsopfer des Kompaniechefs war. Marc hat nie ein Geheimnis daraus gemacht, dass er den Hauptmann verabscheut. Die Versetzung nach Afghanistan hat ihm wahrscheinlich den Rest gegeben. Zumindest werden das die meisten Leute so sehen und sich ihren Teil denken. Und was werden diese Leute unter Umständen für Schlüsse ziehen? Sie werden sich wahrscheinlich Folgendes vorstellen: Marc rasselt ganz zum Schluss noch mal unter vier Augen mit dem Hauptmann zusammen. Möglicherweise wegen dieser dummen Geschichte mit der nicht registrierten Maschinenpistole. Marc hatte nun mal viel mit Schusswaffen zu tun. Vielleicht lag gerade eine geladene Waffe herum und Marc wurde plötzlich alles zu viel, und er war nicht mehr Herr seiner Sinne. Wie gesagt, so denken die Leute. Ich hoffe, es war nicht so und der Mörder von Guido Mannhardt kam nicht aus der Kaserne, sondern von außen. Das könnte ich wesentlich besser ertragen."

Beide tranken schweigend ihren Kaffee.

Nach mehreren Minuten erst sprach Katharina Blumenkamp trotzig und mehr zu sich als zu ihrem Gast:

„Ich kenne Marc. Er ist oft oberflächlich, er ist ungeduldig, und er neigt zu vorschnellen Entscheidungen. Aber er würde niemanden umbringen. Da bin ich mir ganz sicher."

„Dann sollten wir zusammen überlegen, was wir für ihn tun können", schlug Windmacher vor und fuhr fort, als von ihr dazu kein Vorschlag kam:

„Wir sollten ihn überreden, sich der Polizei zu stellen!"

Wieder sprang sie empört auf. Es hätte nicht viel gefehlt und sie hätte ihm ihre Kaffeetasse ins Gesicht geschleudert.

Noch bevor sie losschreien konnte, hob er wieder beschwichtigend die Hand.

„Tatsache ist doch, dass er durch seine Flucht allen Verdacht auf sich gezogen hat. Und er kann ja nicht ewig auf der Flucht bleiben. Irgendwann wird er erwischt, das ist so sicher wie das Amen in der Kirche. Und dann hat er ganz schlechte Karten. Also können wir feststellen, dass seine Flucht ein Fehler war. Aber diesen Fehler kann er wenigstens zum Teil wieder ausbügeln, wenn er sich freiwillig stellt. Dann können auch wir erst was für ihn tun. Zum Beispiel ihm einen guten Anwalt besorgen und so weiter. Außerdem ist er erst dann in Sicherheit."

„Wieso in Sicherheit? Ist er jetzt nicht in Sicherheit?", fragte sie verstört.

„Nun, wenn wir beide sagen, dass er nicht der Mörder von Mannhardt war, dann gibt es zwangsläufig einen anderen. Und der läuft noch frei herum. Und der ist überhaupt nicht daran interessiert, dass Marc zurückkommt und seine Version der Ereignisse erzählt. Der wird alles dransetzen, dass Marc für immer und ewig von der Bildfläche verschwindet. Sehen Sie die Gefahr nicht auch?"

Sie dachte eine Weile nach.

„So habe ich das noch nicht gesehen. Aber es leuchtet mir ein. Was kann ich denn tun? Ich habe doch keinen Kontakt zu Marc."

„Tja, da müssen wir wohl Geduld haben. Aber er wird sich melden, da bin ich sicher. Dann sollten Sie ihm klarmachen, dass er keine andere Wahl hat und dass er sich auf die Hilfe seiner Kameraden von der Bundeswehr verlassen kann. Halten Sie mich auf dem Laufenden? Ach ja, noch was: Ich will Ihnen keine Angst machen, aber auch Sie sollten in den nächsten Tagen sehr vorsichtig sein. Sie sind leider nicht nur für Marcs Freunde der einzige Kontakt zu ihm, sondern auch für den Mörder von Hauptmann Mannhardt. Wenn Ihnen irgendwas komisch vorkommt, dann zögern Sie nicht und rufen mich an. Versprochen?"

39

Anton Fritzmeier hatte sich seit dem Gespräch über seine erste Tanzstunde nicht wieder auf dem Hof blicken lassen. Jupp Schulte saß auf einer Holzbank vor seiner Wohnung und blinzelte träge in die Sonne. Unter der Bank stand schattig kühl eine Flasche Bier, die er immer wieder mal zur Hand nahm.

Um kurz vor fünf rauschte ein silberfarbener VW Passat auf den Hof, wirbelte viel Staub auf und stoppte direkt vor Schultes Bank. Heraus kletterte mühsam ein älterer Herr von kleiner, fast kugelrunder Statur. Schulte freute sich, als er seinen Besucher erkannte, stand auf und begrüßte ihn.

Hermann Rodehutskors war ein gern gesehener Gast auf diesem Hof. Schon oft hatte der pensionierte Journalist, der im Ruhestand einen kleinen, privaten Pressedienst unterhielt, Schulte bei seiner Arbeit unterstützen können. Manchmal haben kleine dicke Männer im Großvater-Alter einen Zugang zu anderen Menschen, der einem Polizisten im besten Alter immer versperrt bleiben wird.

Schulte bot ihm ein Bier an, aber das lehnte Rodehutskors mit dem Hinweis darauf ab, noch fahren zu müssen. Das hätte sehr solide klingen können, hätte Schulte nicht gewusst, dass Rodehutskors einfach kein großer Biertrinker war. Er bevorzugte Edleres, Hochprozentigeres. Schulte hatte aber nichts Passendes anzubieten, und so einigten sie sich auf eine Tasse Kaffee.

Sie plauderten eine Weile über die Welt an sich, über die sich nach Rodehutskors´ Meinung viel zu rasant verändernde Medienlandschaft, über Anton Fritzmeier, den auch Rodehutskors gut kannte, über Schultes Familie, bis sie nach einer halben Stunde zu dem kamen, was den Besucher hierher geführt hatte.

„Dieser Bundeswehrfall ist ja sehr interessant", eröffnete Rodehutskors vorsichtig das Thema. „Sie wissen darüber natürlich viel mehr als ich, klar. Aber ist es völlig abwegig zu vermuten, dass alles irgendwie zusammenhängt?"

Schulte wollte nicht freiwillig mit Informationen aus seinem Dienstbereich herausrücken. Nicht, bevor er wusste, wie der Kenntnisstand des in der Regel gut informierten Ex-Journalisten bereits war. Also fragte er dreist zurück:

„Was meinen Sie denn, was da zusammenhängen soll?"

Rodehutskors schmunzelte. Auch ihm war klar, warum Schulte eine derart überflüssige Frage stellte. Schulte wartete auf seine Vorlage.

„Na ja, in Augustdorf wird ein Hauptmann der Bundeswehr ermordet. Der Mann war Chef einer Kompanie, die sich ausschließlich mit Waffen befasst hat. Am selben Tag verschwindet unter mysteriösen Umständen ein Soldat aus seiner Einheit, der eigentlich nach Afghanistan versetzt werden sollte. Schon klar, dass die Polizei jetzt nach ihm sucht. Und dann ein Mordversuch an einem Soldaten in Höxter, der ausschließlich für die Lagerung und Instandhaltung von Waffen zuständig ist. Man muss schon beide Augen zudrücken, um da keinen Zusammenhang herzustellen."

Schulte drückte seine Anerkennung über den exzellenten Kenntnisstand von Rodehutskors aus. Er war mal wieder voll im Bilde.

„Viel mehr kann ich Ihnen auch nicht erzählen. Nicht, weil ich das nicht will oder darf, sondern weil wir tatsächlich auch nicht wesentlich mehr wissen."

Rodehutskors gab aber so schnell nicht auf. „Über den Mann, der versucht hat, diesen Soldaten in Höxter zu töten, weiß ich allerdings so gut wie gar nichts. Nur, dass er wohl bei seiner Tat gesehen wurde und panisch geflüchtet ist. Dabei ist er unter einen Zug gekommen und ist tot. Gibt es denn da schon ein paar Hintergründe?"

Schulte lachte. „Das ginge jetzt doch ein bisschen zu weit. Keine Chance."

Rodehutskors wusste auch, wann er nicht weiterkam, und gab Ruhe. Die beiden Männer plauderten noch über dieses und jenes, auch noch über weitere Einzelheiten des Bundeswehr-Falles, soweit Schulte dies verantworten konnte. Als Schulte einmal die Freundin von Bornemann erwähnte, hakte Rodehutskors nach.

„Kann man über diese Frau nicht herausbekommen, wo Bornemann sich aufhält?"

„Nun, das versuchen wir natürlich auch. Ich habe da eine junge Kollegin, fast im gleichen Alter wie diese Frau Blumenkamp, die wird sich noch einmal ihrer annehmen. Aber ich vermute, dass sie tatsächlich keine Ahnung hat, wo sich ihr Lover herumtreibt. Und wenn sie es wüsste, wäre sie so loyal zu ihm, dass sie uns zu allerletzt davon erzählen würde."

Rodehutskors grübelte. Dann entspannte er sich und lachte.

„Um herauszufinden, wo dieser Bornemann sich aufhält, braucht man entweder die Möglichkeiten des Polizeiapparates oder die unvergleichliche Findigkeit eines alten Journalisten. Ich werde mal schauen, was ich machen kann. Danke für den Kaffee!"

40

Das Spurensicherungsteam von Renate Burghausen war schon im Einsatz, als Maren Köster mit ihrem jungen Kollegen Manuel Lindemann am Montagvormittag die Wohnung von Enrico Brocelli an der Detmolder Südholzstraße betrat. Die zierliche Kommissarin nickte der massigen Renate Burghausen freundlich zu. Die beiden so ungleichen Frauen kannten und verstanden sich gut.

„Habt ihr schon was Interessantes gefunden?", fragte Maren Köster und schaute sich in dem vermeintlichen Chaos um, das die Spurensicherer hier veranstaltet hatten. Auf dem Fußboden lagen Elektrogeräte und Aktenordner, Schubladen waren herausgezogen und stapelten sich in einer Ecke des Appartements, der Küchentisch war mit diversen Kleinigkeiten übersät.

Das scheinbare Durcheinander war nur auf den ersten Blick chaotisch. Maren Köster wusste, dass Renate Burghausens Team erfahren war und stets äußerst effektiv vorging. Alles hatte seinen Platz. Maren Köster versuchte erst gar nicht, dieses System zu durchschauen.

„Nein, aber wir sind ja auch noch nicht fertig", brummte Renate Burghausen in einer Stimmlage, auf die mancher Mann stolz gewesen wäre. „Aber eines kann man schon sagen, die Wohnung eines kleinen Kellners habe ich mir anders vorgestellt."

Das konnte auch Maren Köster feststellen, als sie in die Runde schaute. Die Einrichtung des Appartements war in einer Preisklasse, die sich eine Polizistin wie sie nicht hätte leisten können. Als sie Manuel Lindemann darauf ansprach, reagierte der aber ganz anders.

„Wieso, das ist doch eine ganz normale Einrichtung. Vielleicht ein bisschen überladen, aber sonst guter Durchschnitt."

Der Junge kommt doch aus einem ganz anderen Stall als du selbst, dachte Maren Köster. Sie wusste, dass Lindemanns Familie väterlicherseits eine Dynastie von Richtern war, bei der jede Generation ein klein wenig zum Familienwohlstand beigetragen hatte.

Lindemann war ein netter Kerl, fand Maren Köster. Aber wieder einmal beobachtete sie schmunzelnd, wie unbeholfen dieser lange Schlacks zwischen den emsigen Spurensicherern herumwuselte, jedes Mal zusammenzuckend, wenn ihn einer zurechtwies, weil er wieder einmal ihre Ordnung durcheinandergebracht hatte. Ein kluger Kopf, der aber noch viel über das Leben an sich und den Umgang mit anderen Menschen lernen musste.

Sie selbst war nicht mit leeren Händen gekommen. Maren Köster hatte eine kleine Metallkiste dabei, in der verschiedene Artefakte lagerten, die man in der Umgebung des Unglücksortes an der Bahnschranke bei Corvey gefunden hatte. Und von denen man annahm, oder zumindest hoffte, dass sie zum Verstorbenen Enrico Brocelli gehörten. Ein Portemonnaie, ein dickes Schlüsselbund und einige andere Gegenstände.

Der Mann, der sich vornehmlich um die Aktenordner gekümmert hatte, rief irgendwann laut in den Raum:

„Im nächsten Leben werde ich auch Kellner! Der Kerl hat ja wirklich auf großem Fuß gelebt."

Maren Köster ging zu ihm und schaute dem Mann über die Schultern. Fein säuberlich waren hier Rechnungen abgeheftet. Darunter Hotelrechnungen, deren Höhe oft für Maren Köster ebenso schwindelerregend war wie für den Mann von der Spurensicherung. Auch sonst zeigte sich hier ein Lebensstil, der absolut nicht mit einem Kellner-Einkommen zu erklären war.

Maren Köster kümmerte sich wieder um anderes. Aber schon nach ein paar weiteren Minuten rief der Spurensicherer ihr zu:

„Kommen Sie mal bitte, ich habe hier was Interessantes gefunden!"

Er war auf die Mietabrechnung für eine Garage gestoßen. Interessiert schaute sich Maren Köster die Unterlage an. Es handelte sich um eine Doppelgarage in der Arminstraße in Detmold. Nicht gerade in der Nachbarschaft von Brocellis Wohnung. Sie rief quer durch den Raum zu Lindemann:

„Bring mir doch mal bitte den Schlüsselbund!"

Lindemann war bemüht, mit seinen Stelzenbeinen nicht auf irgendetwas Wichtiges zu treten, als er ihr den Schlüsselbund brachte.

Sie betrachtete ihn nachdenklich und fragte dann Renate Burghausen: „Könnte das hier ein Garagenschlüssel sein?“

„Sicher! Sieht ganz so aus.“

Maren Köster überlegte nicht lange.

„Los, Lindemann. Das schauen wir uns mal an.“

Fünf Minuten später standen die beiden Polizisten vor einer schäbigen Doppelgarage an der Südseite der Arminstraße. Die Garage gehörte zu einer großen Industriebrache. Nachdem Manuel Lindemann erfolglos versucht hatte, das Garagentor mit dem Schlüssel am Bund zu öffnen, und schon aufgeben wollte, schnappte sich Maren Köster das Schlüsselbund und hatte keine Probleme, das Schloss zu entriegeln. Etwas beschämt hob Lindemann das große Metalltor an und schob es hoch.

Die Garage war durch eine Zwischenwand in zwei Bereiche unterteilt. Der linke Teil war weitgehend frei, hier hatte Brocelli vermutlich immer geparkt. Darauf wiesen auch zwei kleine Ölflecken auf dem Fußboden hin. Als sie die Tür zur rechten Garage ebenfalls geöffnet hatten, standen sie vor etlichen, fein säuberlich gestapelten, meist länglichen, olivgrünen Metallkisten. Alle mit Vorhängeschlössern gesichert.

„Wir müssen Frau Burghausen anrufen, die hat bestimmt passendes Werkzeug, um die Schlösser zu knacken“, schlug Manuel Lindemann vor.

Maren Köster konnte sich ein ironisches Lächeln nicht ganz verkneifen.

„Mag schon sein. Aber, Lindemann, wir sind schließlich in einem Polizeiauto hierhergekommen, auch wenn es zivil aussieht. Und darin gibt es auch einen Kasten mit diversem Werkzeug für den Fall, dass man mal keine Zeit hat, Spezialisten zu rufen. Unter anderem hat dieser Kasten auch einen

Seitenschneider. Bring mir am besten mal die ganze Kiste her. Ich suche mir dann schon das Passende raus."

Kurz darauf konnte sie den Deckel der ersten Kiste anheben. Vorsichtig schauten die beiden Polizisten hinein. Maren Köster pfiff durch die Zähne, als sie erkannte, was hier gelagert war.

41

Immer hatte er die Arschkarte. Hartel war gleich heute Morgen nach Augustdorf in die Kaserne gefahren. Hier war er von einem Oberfeldwebel namens Windmacher empfangen worden. Das war ein netter Kerl. Der Soldat hatte ein bisschen mit ihm gequatscht. Dann hatte der Mann ihn herumgeführt und ihm einige Telefonnummern gegeben, die er anrufen konnte, falls er Fragen hatte. Anschließend hatte er ihn mit sechs Umzugskisten voller Akten und Hängeregistern allein gelassen.

Der Kommissar stand nun vor der zu bewältigenden Aufgabe wie ein Ochs vor dem Berg. Wo sollte er anfangen? Wonach sollte er suchen? Hartel packte die Kisten aus und bemühte sich, eine Systematik zu erkennen, die darauf hinwies, was in welchem Ordner wie abgeheftet war.

Nach zwei Stunden ergebnisloser Versuche gab er auf. Dieser Neue, Lindemann, der hatte bestimmt wieder eine spannende Aufgabe vor der Brust. Und ihn hatte man, wie schon so oft, kaltgestellt. Jetzt war er am Tiefpunkt angekommen. In einem düsteren Büro, vollgestopft mit verstaubten Akten, war er auf sich gestellt. Isoliert von sämtlichen Kollegen.

Es hatte ihn schon verwundert, dass Schulte ihn sich nicht zur Brust genommen hatte. Schließlich war er am Freitag zu Erpentrup gegangen. Hartel wollte sich ein zusätzliches Okay abholen, bevor er sich wegen der Hausdurchsuchung in der Kaserne an die Staatsanwaltschaft wandte.

Erpentrup hatte natürlich getobt. Aber anstatt sich strategisch zu verhalten, war der gleich zu Schulte gerannt und hatte so richtig den Hermann gemacht. Doch der Polizeirat hatte ihm einfach die kalte Herzspitze gezeigt. Natürlich brauchte Schulte anschließend nur eins und eins zusammenzählen, um zu wissen, von wem Erpentrup die Information hatte. Und natürlich hatte er, Hartel, prompt die Quittung bekommen. Akten abstauben!

Die Neuen hatten alles richtig gemacht. Bei Schulte und Köster backten sie kleine Brötchen. Erpentrup gingen sie aus dem Wege, und ansonsten zogen sie ihr Ding durch. Er hingegen hatte sich seinerzeit dazu entschieden, seinem obersten Chef gegenüber loyal zu sein.

Bis heute bekam er täglich die Quittung dafür. Obendrein nutzte Erpentrup selber seine Dienste gerne, ließ ihn aber im Regen stehen, wenn es darauf ankam.

Gleich war es zwölf Uhr, und der Kommissar hatte noch nichts geschafft, außer die Akten einmal von links nach rechts zu schieben. Wo blieb nur dieser verdammte Lindemann? Hartel fasste einen Entschluss. Wenn sein Kollege in einer halben Stunde nicht hier wäre, dann würde er einfach zum Mittagessen gehen.

42

Maren Köster schnappte sich ihr Handy und rief Renate Burghausen an.

„Lass alles liegen und stehen und komm her!“ Sie berichtete in aller Kürze, was sie eben in der Garage gefunden hatte. „Außerdem brauche ich einen Kleintransporter und zwei kräftige Männer zum Kistenschleppen. Kannst du das organisieren?

Und anschließend muss diese Garage versiegelt werden, denkst du bitte auch daran?“

Renate Burghausen versprach, alles schnell zu regeln, woran Maren Köster keinen Zweifel hegte.

Dann wandte sie sich wieder den insgesamt sieben Metallkisten zu. In vier dieser Kisten lagen, sorgfältig in Ölpapier verpackt, acht Maschinenpistolen, drei Maschinengewehre und mehrere Pistolen. In den anderen Kisten fand Maren Köster die entsprechende Munition in großer Menge.

„Da hat aber einer gut vorgesorgt für Notzeiten!“, meinte sie anerkennend.

„Was meinst du, Lindemann?“

„Das kann dieser Brocelli nur von der Bundeswehr bekommen haben. Die Waffen sehen nicht aus, als seien sie vom Flohmarkt. Ich kenne mich mit Bundeswehrwaffen zwar nicht aus, aber die sehen aus wie neu. Stellt sich nur noch die Frage, wo genau das Pferd begraben liegt.“

Maren Köster zuckte mit den Achseln.

„Keine Ahnung! Aber dass bei der Bundeswehr in Augustdorf in Sachen Waffen nicht alles mit rechten Dingen zugeht, das haben wir ja schon vermutet. Dies hier ist allerdings mehr als eine Vermutung, dies ist ein Beweis.“

Als Lindemann aus einer der Kisten eine Maschinenpistole herausholen wollte, rief sie scharf:

„Lass die Finger von den Waffen! Wir rühren die erst an, wenn die Spurensicherung da ist. Ich will mir nicht vorwerfen lassen, ich hätte Spuren zerstört.“

Eigentlich war nicht das ihre Sorge gewesen, vielmehr hatte sie Angst, dass sich der Kopfmensch Lindemann mit seinen beiden linken Händen selbst verletzen könnte. Aber das wollte sie und das konnte sie ihm so nicht sagen. Schlimm genug war es schon, immer wieder miterleben zu müssen, wie er in seiner hölzernen Art, ohne es zu wollen, im Gespräch den falschen Ton traf. Wie er ungeschickt über seine eigenen langen Beine stolperte. Wie er trotz seines brillanten Kopfes vor praktischen Herausforderungen hilflos wie ein Kleinkind dastand. Maren Köster mochte ihn, aber warum war dieser nette Bengel nur Polizist geworden? Hätte er besser, wie sein Vater, sein Großvater und noch viele andere vor ihm, Richter werden sollen? Den Kopf für ein Einser-Studium hatte er, keine Frage. Dann hätte er ab und zu mal mit dem Hämmerchen auf den Tisch klopfen müssen, um für Ruhe im Gerichtssaal zu sorgen. Das wäre aber auch die einzige praktische Herausforderung gewesen. Sie konnte ihm nur wünschen, dass er sich niemals die Finger beim Schießen brechen würde, ganz zu schweigen von einer harten körperlichen Auseinandersetzung, wie sie im Polizeialltag nicht völlig auszuschließen war.

Als sie darangehen wollte, noch ein paar kleine Pappkästen zu erforschen, rauschte plötzlich das Garagentor der linken Hälfte laut scheppernd herunter. Maren Köster wunderte sich. Hatten sie es nicht vollständig hochgeschoben? Sie wollte schon die Schuld daran insgeheim ihrem Kollegen zuschieben, als plötzlich vor dem noch geöffneten rechten Garagentor Schritte zu hören waren. Wegen des starken Sonnenlichtes draußen konnte Maren Köster aus dem Halbdunkel der Garage heraus nur drei schwarze Silhouetten erkennen. Als sie näher kamen, schälten sich drei Männer aus dem Licht heraus.

„Wo ist Brocelli?“, fragte eine raue, bedrohlich wirkende Stimme, ohne tatsächlich eine Antwort zu erwarten, denn gleich darauf kam die nächste Frage. „Was sucht ihr hier?“

Dies waren keine Nachbarn, die mal nach dem Rechten schauen wollten, weil sich komisches Volk in der Garage herumtrieb. Maren Köster hatte im Laufe ihrer Berufsjahre dafür einen sicheren Instinkt entwickelt. Die drei hatten durchaus eine Vorstellung davon, wer hier in der Garage herumschnüffelte. Da sie die linke Hälfte geschlossen hatten, hätten die Polizisten nur das rechte Tor zur Flucht nutzen können. Davor standen nun aber drei massige Männergestalten, die ihnen den Weg versperrten.

Manuel Lindemann wollte gerade eine Antwort geben, als Maren Köster ihn wegschob und sich vor ihn stellte.

„Polizei Detmold!“, rief sie mit energischer Stimme. Wenn sie sich nicht gleich Respekt verschaffen würde, dann konnte das hier böse enden, wusste sie.

Besonders großen Eindruck hatte sie anscheinend aber nicht gemacht, denn der Sprecher der drei brummte:

„Soso, Schnüffler also. Wie ich sehen kann, wollen die Herrschaften sich wohnlich einrichten. Seht mal, Jungs! Sie packen schon die Koffer aus.“

Die drei Muskelpakete lachten.

Maren Köster wurde flau zumute. Ihr fehlte es weniger an Mut als an einer Waffe. Ihre Dienstwaffe hing im Waffenschrank in der Dienststelle. Auf ihrem Stundenplan hatte heute Hausdurchsuchung gestanden. Da hinderte eine Pistole nur. Und nun lagen eine Menge Waffen direkt vor ihren Füßen. Doch bis sie diese ausgepackt und sie mit Munition bestückt hätte, wäre alles zu spät gewesen. Sie musste sich nur bücken, und sofort würden diese Kerle auf sie losstürmen. Sie hatte schon häufiger kitzligen Situationen gegenübergestanden. Dann aber meistens zusammen mit Axel Braunert, der, wenn auch stilles Wasser, doch ein durchtrainierter Athlet war. Wenn wenigsten Jupp Schulte jetzt an ihrer Seite stehen würde. Aber ausgerechnet zusammen mit Manuel Lindemann diese Auseinandersetzung zu bestehen, erschien ihr aussichtslos. Hoffentlich machte er keinen Fehler, hoffentlich überließ er ihr die Regie.

Der Chef des Trios sagte nun zu den beiden anderen:

„Passt auf sie auf. Ich fahre den Transporter vor die Garagentür.“ und verschwand.

Das könnte unsere Chance sein, dachte Maren Köster fieberhaft. Aber als sie bei einem von ihnen eine vielsagende Beule im oberen Bereich seiner Windjacke sah, wusste sie, dass sie keine Chance hatten, die beiden einfach zu überrennen. Dieser Mann zumindest war bewaffnet. Dann hörte sie, wie in einiger Entfernung ein Dieselmotor ansprang und ein Fahrzeug langsam auf die Garage zurollte. Der Mercedes Sprinter kam rückwärts auf das Garagentor zu. Knapp vorher stoppte er, und der Fahrer stieg aus. Er klappte die beiden Hecktüren weit auf, sodass Maren Köster und Manuel Lindemann in den dunklen, leeren Innenraum blicken konnten.

Der Fahrer, der nun einen Revolver in der Hand hielt, befahl einem seiner Leute:

„Durchsuch die beiden! Ja, auch die Tussi. Und sei nicht so zimperlich. Du bist bestimmt nicht der erste Kerl, der sie angrapscht. Nimm sie richtig ran, diese Bullenschlampe! Und dann ab mit den beiden in den Transporter.“

43

Die Zeit war zäh wie Kaugummi geworden. Auch das Halbdunkel des Büros, in das man Hartel verbannt hatte, trug dazu bei, dass seine Laune immer schlechter wurde. Der Kommissar sah schon wieder auf die Uhr. Wo blieb nur dieser verdammte Lindemann?

In der Kreispolizeibehörde wurde der als absolut zuverlässig gehandelt. Nur ihn, Hartel, ließ er einfach sitzen. Hatten Schulte und Köster die beiden Neuen schon gegen ihn aufgehetzt? Mehr und mehr kam er sich vor, als sei er der Arsch vom Dienst.

Hartel packte seine Utensilien zusammen und sagte zu sich selbst: „Ich gehe essen. Mal sehen, ob es irgendwo hier in der Nähe eine Pizzeria gibt.“

Er hatte das Gebäude gerade verlassen und schlug den Weg Richtung Haupttor ein. Da rief jemand. Es war dieser Feldwebel Windmacher. Hartel blieb stehen und wartete auf den Soldaten.

„Herr Kommissar, ich wollte Sie zum Essen einladen. In unserer Mensa gibt es einen ganz ordentlichen Mittagstisch."

Gemeinsam gingen die beiden Männer durch die Sonne. Das Licht und die Wärme verbesserten schlagartig Hartels Laune. Als dann der Oberfeldwebel auch noch ein nettes Gespräch mit ihm begann, ging es dem Kommissar schon wieder richtig gut.

„Wie weit sind Sie denn mit der Aufklärung des Mordes?"

Hartel schwieg einen Augenblick. Was sollte er dem Mann antworten?

„Viel kann ich Ihnen dazu nicht berichten, Herr Oberfeldwebel. So wirklich im ‚inner circle' bin ich nicht. Meine Hauptaufgabe ist die Aktenführung. Wenn ich aus dieser Perspektive eine Einschätzung abgeben müsste, wäre meine Antwort: Wir stochern mit der Stange im Nebel.

Das hat sich etwas geändert, seit dieser Mordversuch in Höxter passiert ist. Bis dahin gab es nicht einmal ein richtiges Mordmotiv. Klar, man könnte vermuten, dass dieser Bornemann seinen Vorgesetzten aus Rache umgebracht hat.

Aber die Einschätzung unserer Mordkommission ist eine andere. Unserer Meinung nach bringt ein einigermaßen vernünftig sozialisierter Mensch nicht so mir nichts, dir nichts jemanden um. Dieser Stabsunteroffizier ist nicht der Typ, der eine Oma erschlägt, weil er die drei Euro aus ihrem Portemonnaie haben möchte. So einen Lattenschuss hat er nicht. Wenn der der Täter war, dann musste er schon ein anderes, handfestes Motiv haben."

Windmacher nickte nachdenklich.

„Sehe ich genauso. Aber es ist nun einmal eine Tatsache, dass mein ehemaliger Vorgesetzter, Hauptmann Mannhardt, ermordet wurde. Besonders nachdenklich wurde ich, als auch mein Kamerad, Feldwebel Beil, über die Klinge gehen sollte. Denn zwischen den beiden Opfern gibt es einen wichtigen

Zusammenhang, unter mehreren anderen. Beide haben etwas mit Waffen zu tun. Was mich mittlerweile stutzig macht, ist folgendes Ereignis: Es hat zwischen Bornemann und Mannhardt, kurz bevor der Stabsunteroffizier verschwunden ist, einen heftigen Streit gegeben.

Ich will Ihnen keinen Rat geben, Herr Kommissar. Aber wenn Sie gleich weiter Ihre Akten sichten, sollten Sie vielleicht mal ein Augenmerk auf die Vorgänge richten, die Bornemann bearbeitet hat."

„Danke für den Tipp!", entgegnete Hartel zufrieden. Netter Kerl, dieser Windmacher, dachte er. Wenn ich Glück habe, hat der mir gerade einen entscheidenden Hinweis gegeben.

„Gestatten Sie noch eine weitere Frage, Herr Kommissar?"

„Klar, warum nicht?"

„Dieser Schulte, euer Chef, was ist das für ein Typ?"

44

Maren Köster hielt den Atem an, während der Mann auf sie zukam.

Als er die Hand ausstreckte, um sie abzutasten, zischte sie leise:

„Rühr mich nicht an, sonst wirst du nie wieder froh!"

Der Mann schreckte kurz zurück, wurde unsicher. Sein Boss schien dies zu spüren und rief:

„Nimm dir erst den Langen vor! Dann ist bei der Lady die Vorfreude größer."

Maren Köster musste nun mit ansehen, wie Manuel Lindemann gezwungen wurde, sich breitbeinig an die Innenwand der Garage zu stellen und sich abtasten zu lassen. Auf gar keinen Fall würde sie dies bei sich machen lassen, und wenn es ihr das Leben kosten würde, schwor sie sich.

Der Mann mit der Windjacke war sehr gründlich bei seiner Durchsuchung. Er ließ keinen Quadratzentimeter von Lindemanns langem Körper aus. Eine Waffe fand er nicht, warf nur das Handy und den Schlüsselbund Lindemanns achtlos weg. Als er fertig war, schubste er den jungen Polizisten brutal in die Ecke der Garage. Lindemann stürzte über eine Kiste, schlug lang hin und blieb in der kaum vom Tageslicht beleuchteten Ecke liegen. Maren Köster wollte sich zu ihm hinunterbeugen, als der Windjackenmann sie an der Schulter fasste und nicht weniger brutal herumriss.

„Vorsicht!", schrie der Boss des Trios. „Die Dame ist gefährlicher als der Milchbubi. Los, pack mal mit an."

Daraufhin löste sich der zweite Mann aus der Garageneinfahrt und kam auf Maren Köster zu, die nun völlig chancenlos war. Der Windjackenmann stand hinter ihr, hatte ihre Arme nach hinten gezogen und hielt sie wie in einem Schraubstock fest. Der andere Kerl stand nun, widerwärtig und voll Vorfreude grinsend, direkt vor ihr. Dann legte er seine beiden Pranken auf die schmalen Schultern der Polizistin, um anschließend seine Hände ganz langsam an ihr heruntergleiten zu lassen. Sie konnte es nicht fassen, aber als sie in seine Augen starrte, die vor Erregung glasig geworden waren, wusste sie, was ihr bevorstand. Dann hatten seine gierigen Finger ihre Brust erreicht und begannen damit, sie zu kneten.

In diesem Augenblick ließ Maren Köster sich nach hinten fallen, was den Mann hinter ihr ins Straucheln brachte. Gleichzeitig trat sie im Fallen, wie ein Fußballer bei einem Fallrückzieher, dem Mann vor ihr mit voller Kraft in die Weichteile. Der schnappte kurz nach Luft, dann klappte er seitlich weg. Die Polizistin krachte nun mitsamt dem Windjackenmann rücklings auf eine der Kisten. Der Klammergriff um ihre Arme hatte sich beim Sturz gelöst. Blitzschnell war sie wieder auf den Beinen, trat, weil es sich gerade so ergab, dem Grapscher in den Bauch, und wollte sich eben auf den noch immer überraschten und orientierungslosen Windjackenmann stürzen, als sich der Sprecher der drei Männer nun von hinten näherte und sie in einen so engen Klammergriff am Hals nahm, dass sie anfing zu röcheln. Er drehte sie einmal um die eigene Achse und stieß sie heftig in Richtung des Transporters, der immer noch mit weit geöffneten Hecktüren direkt vor der Garage stand. Sie versuchte, nach hinten auszutreten, mit den Armen um sich zu schlagen. Aber es half ihr nichts. Sie bekam immer weniger Luft, ihre Sinne begannen zu schwinden. Wie eine Hintergrundmusik hörte sie das laute Stöhnen Lindemanns und der beiden anderen verletzten Männer. Als sie direkt vor dem Transporter stand, dessen Ladefläche einen halben Meter über dem Fußboden lag, war sie schon nicht mehr voll bei Bewusstsein. Dann ließ der Mann ihren Hals los und umfasste sie mit beiden Armen an der Hüfte, um sie hochzuheben.

Er wollte gerade anheben, als ihn etwas Schweres, Hartes in den Rücken traf und er die Polizistin halb vor Schreck, halb vor Schmerz fallen ließ. Maren Köster sackte direkt vor dem Transporter zu Boden. Wie durch eine Nebelwand sah sie, dass ihr Gegner sich nun umdrehte und die Arme ausbreitete, um dem völlig unerwarteten Angriff einer langen, dünnen Gestalt zu begegnen. Manuel Lindemann stürzte sich auf den Boss dieser Gruppe. Die beiden Männer prallten aufeinander, stürzten zu Boden und rangen verbissen miteinander.

Voller Schrecken erkannte Maren Köster, die noch immer bewegungsunfähig war, dass der Windjackenmann sich offenbar wieder erholt hatte und sich daranmachte, seinem Boss zu helfen. Auch sein Kumpan schien den schlimmsten Schmerz überwunden zu haben und rappelte sich mühsam auf. Sekunden später zogen sie den vor Wut schäumenden Lindemann von seinem schon fast besiegten Gegner weg und schlugen auf ihn ein. Lindemann ging wie ein nasser Sack zu

Boden und blieb dort regungslos liegen. Die beiden gereizten Männer kamen nun mit drohendem Blick auf Maren Köster zu. Der Grapscher war kreideweiß, sein Schmerz musste immer noch groß sein. Aber die erfahrene Polizistin wusste auch, dass sie nun keine Gnade mehr zu erwarten hatte.

45

Endlich! Katharina Blumenkamp hatte schon fast die Hoffnung aufgegeben. Aber nun schrillte tatsächlich ihr Telefon. Vielleicht war er es ja. Sie warf ihr Buch in die Ecke, sprang vom Sofa auf und hastete zum Apparat. Bange Sekunden, aber dann hörte sie endlich die helle Stimme Marc Bornemanns.

„Wo steckst du? Wie geht es dir?“, überfiel sie ihn mit Fragen, bevor er mehr als nur seinen Namen hatte nennen können.

„Du, ich kann nicht lange sprechen. Ich stehe hier in einer öffentlichen Telefonzelle und möchte nicht so lange sichtbar bleiben. Außerdem bin ich mir nicht sicher, ob nicht dein Telefon angezapft ist. Geht es dir denn einigermaßen?“

Sie bejahte dies vehement, auch wenn davon eigentlich keine Rede sein konnte. Sie berichtete, dass mit der Schwangerschaft alles prima stehe. Aber auch davon, dass bereits die Feldjäger bei ihr gewesen seien, die Polizei sogar mehrfach und auch sein Vorgesetzter, der Oberfeldwebel Windmacher seine Aufwartung gemacht habe.

„Windmacher war bei dir?“, fragte Bornemann erstaunt. „Was wollte er denn?“

Sie erzählte in groben Zügen vom Besuch Windmachers.

„Er will dir helfen. Er meint, es sei das Beste, wenn du dich stellst. Und ich denke das auch, Marc. Über kurz oder lang erwischen sie dich sowieso. Und dann hast du ganz schlechte Karten. Besser, du kommst freiwillig zurück.“

„Auf keinen Fall werde ich mich stellen. Kathi, überleg doch mal. Wenn die Bullen mich erst einmal in den Fingern haben, kann ich einpacken."

So schnell gab sie aber nicht auf.

„Denk doch auch mal an das Kind. Du bist bald nicht mehr allein auf der Welt."

Ein paar Sekunden schien ihn dieses Argument zu beschäftigen, denn er sagte kein Wort. Dann aber stieß er hervor:

„Glaub mir einfach, es geht nicht! Ich kann mich nicht stellen."

Sie war kurz vor dem Nervenzusammenbruch. Jetzt bloß nicht heulen, dachte sie.

„Dann sag mir wenigstens, wo du jetzt bist. Kann ich dich irgendwo erreichen?"

„Nein! Ich fahre kreuz und quer durch die Gegend und schlafe auf Raststätten. Im Auto. Ist ´ne ziemliche Scheiße, das kannst du mir glauben. Komme mir vor wie der allerletzte Dreck."

„Dann mach Schluss damit! Komm zurück. Zusammen überstehen wir alles. Windmacher hat gesagt, du könntest dich auch auf deine Kameraden verlassen. Die ständen alle hinter dir."

Bornemann lachte. „Klar, die stehen solange hinter mir, wie das Feuer von vorne kommt. Windmacher. Ist doch immer der beste Kumpel vom Hauptmann gewesen und hält mich für dessen Mörder. Wieso will der mir helfen? Hat er versucht, sich an dich ranzumachen?"

Sie wurde immer verzweifelter. Das war nicht der Marc Bornemann, den sie kannte. Mit dem sie ein gemeinsames Leben hatte aufbauen wollen. Hier sprach ein gehetztes Tier, das nur noch seinen Fluchtinstinkten gehorchte. „Ich glaube ihm. Und du solltest ihm auch vertrauen. Viele Freunde hast du nicht. Übrigens, heute Morgen hat wieder mal etwas über dich in der Zeitung gestanden. Hier …" Sie las ihm den

Auszug aus der heutigen Heimatzeitung vor, in dem es um ihn als Bauernopfer ging. „Siehst du“, fasste sie anschließend zusammen, „für die Öffentlichkeit steht es noch gar nicht fest, dass du ein Mörder bist. Komm zurück und nutze deine Chance!“

Wieder lehnte er dies entschieden ab. „Ich muss jetzt Schluss machen. Vor der Telefonzelle wartet eine alte Frau, und ich will nicht so lange auf dem Präsentierteller stehen. Hab keine Angst, ich komme schon durch. Ich rufe dich wieder an, versuch bitte nicht, mich zu finden.“

46

Maren Köster lag bereits auf dem Boden des Mercedes Sprinter, die Hände hinter ihrem Rücken mit einem Kabelbinder gefesselt, als die beiden Männer den bewusstlosen Manuel Lindemann, dessen Gesicht eine blutige Masse war, in den Transporter trugen und ihn dort ebenso fesselten.

Mittlerweile stand der Chef der Bande auch wieder sicher auf seinen Beinen. Zu dritt packten sie kräftig an und hievten eine Kiste nach der anderen in den großen Innenraum des Fahrzeugs. Als sie alle olivgrünen Metallbehälter verstaut hatten, schlossen sie die doppelflügelige Hecktür und fuhren los.

Bis zuletzt hatte Maren Köster darauf gehofft, dass Renate Burghausen mit ihrem Team rechtzeitig aufkreuzte. Vielleicht waren die Spurensicherer nur Sekunden später dort eingetroffen, aber doch zu spät. Sie machte sich keine Illusionen, was ihr Schicksal betraf, falls ihr nicht schnell ein rettender Gedanke kam. Aber was sollte ihr in dieser Situation einfallen? In einem verschlossenen und schnell fahrenden Auto, mit gefesselten Händen. Unmöglich.

Neben ihr röchelte Manuel Lindemann. Offenbar bekam er schlecht Luft, vermutlich war ihm Blut in den Rachen gelaufen, denn er hustete mehrfach. Der arme Kerl, dachte sie voll Mitleid. Sie selbst hatte immerhin mehr als fünfundzwanzig Jahre bei der Polizei überlebt. Das war ja schon mal was. Aber dieser junge Bursche? Den hatte man ihrer Führung anvertraut, und nun steckte er in akuter Lebensgefahr. Sie hatte ihn nicht schützen können, hatte versagt. Auf der ganzen Linie.

Lindemanns Husten wurde heftiger und erschütterte seinen geschundenen Körper, der ihr endlos lang vorkam, als er so direkt neben ihr lag, mit dem Rücken zu ihrem Gesicht.

Der Transporter schien schneller zu fahren. Das Motorengeräusch war lauter geworden und auch das Ruckeln und Stampfen hatte zugenommen. Sie wurde in den Kurven hin- und hergeworfen, prallte mal an eine Kiste und mal an den Rücken Lindemanns, der immer unruhiger wurde. Maren Köster starrte überrascht auf seine Hände, die hinter seinem Rücken ebenfalls mit einem Kabelbinder zusammengebunden worden waren. Aber offenbar hatte der Windjackenmann hier schlampig gearbeitet, denn der Kabelbinder war zwar geschlossen, saß aber bei Weitem nicht so fest wie bei ihr. Wenn sie es schaffen könnte, sich trotz ihrer hinten zusammengebundenen Hände umzudrehen, dann könnte sie vielleicht mit ein bisschen Glück seinen Kabelbinder über seine Hände streifen. Das würde ihr selbst zwar auch nichts nützen, aber vielleicht kam Lindemann ja rechtzeitig wieder zu Bewusstsein und konnte etwas für sich tun, bevor er irgendwo in einem einsamen Waldstück oder Steinbruch erschossen werden würde.

Sie konzentrierte sich auf das, was sie nun mit ihrem Körper tun musste, atmete zwei-, dreimal tief durch und drehte sich, über ihre Hände hinweg, mit allem Schwung, den sie aufbringen konnte, nach links. Es klappte nicht. Sie versuchte es erneut. Wieder kam sie nicht ganz herum und blieb erschöpft in der alten Position liegen. Aber sie wäre nicht Maren Köster gewesen, wenn sie aufgegeben hätte.

Noch mal Konzentration, noch mal alle Kraft, alle Körperspannung in die Drehung legen. Und rum! Sie hatte es geschafft! Rücken an Rücken lagen sie nun, wenn auch etwas zu weit voneinander entfernt. Sie zappelte und rutschte, bis sie so nahe an ihn herangerückt war, dass sie seine Hände ertasten konnte. Im Gegensatz zu ihren eigenen Händen, die durch den engen Kabelbinder nur schlecht durchblutet waren und zunehmend gefühlloser wurden, waren seine Hände warm. Allerdings auch feucht. Wahrscheinlich blutig, wurde ihr schnell klar. Mit den Fingerspitzen schaffte sie es, seinen Kabelbinder zu fassen. Dann begann ein langes Zerren und Zupfen. Ihre Bewegungen wurde immer fahriger, weil zum einen das taube Gefühl in ihren Händen immer stärker wurde und zum anderen der Transporter immer stärker in die Kurven ging und sie Mühe hatte, sich selbst in ihrer Lage stabil zu halten und dabei den Kabelbinder Lindemanns nicht zu verlieren. Sie fragte sich kurz, warum das Auto so schnell fuhr, wenn die Strecke doch offenbar so kurvenreich war. Als wäre der Teufel hinter ihnen her.

Sie zwang sich, nicht daran zu denken und sich auf Lindemanns Fessel zu konzentrieren. Lindemann bewegte nun auch von sich aus die Hände, offenbar kam er wieder zu sich. Sein Stöhnen und Schnaufen wurde lauter, es war Zeit, ihn anzusprechen.

„Bleib so still liegen, wie du kannst!“, rief sie ihm zu. „Du bist gefesselt und ich versuche gerade, dich freizubekommen. Also rühr dich nicht, sonst wird das nichts!“

Er schien verstanden zu haben, denn das Schnaufen ging zwar weiter, aber er hielt die Hände still. Endlich rutschte der Kabelbinder über jeden Widerstand hinweg. Lindemanns Hände waren frei. Er schien dies noch gar nicht bemerkt zu haben.

„Du bist frei! Hörst du mich? Kannst du die Hände bewegen?“

Das Schnaufen wurde noch lauter, vermutlich hatte er

starke Schmerzen. Aber nach ein paar Sekunden antwortete er, wenn auch mit einer schrecklich rauen Stimme, die wahrscheinlich durch das geronnene Blut im Rachenraum verursacht worden war:

„Alles klar! Was soll ich tun?“

Sie atmete erleichtert tief durch. Wenigstens etwas hatte geklappt.

„Bleib noch so lange liegen, bis du dich etwas besser fühlst. Dann entscheide selber, was du dir zutraust. Ich habe keine Ahnung, wo wir sind. Ich fürchte, die wollen uns an einem Ort, an dem es keine Zeugen gibt, um die Ecke bringen. Wenn du also irgendetwas tun kannst, dann tu es. Egal was, du kannst nichts falsch machen. Wir haben absolut nichts zu verlieren.“

Eine volle Minute blieb Lindemann noch still liegen, dann versuchte er, unter heftigem Stöhnen, den Oberkörper aufzurichten. Das dauerte ein bisschen, aber es gelang ihm. Ächzend quälte er sich bis auf die Knie, beim Versuch, sich vollends aufzurichten, knallte er mit dem Kopf an die Decke des Transporters, der für seine Körperlänge nicht hoch genug war. Aber auch das überstand Manuel Lindemann, wie Maren Köster mit leise erwachender Hoffnung feststellte. Der junge Mann hielt offenbar eine Menge mehr aus, als sie ihm zugetraut hatte.

Er beugte sich zu ihr herunter, offenbar hatte er vor, auch ihre Fessel zu lösen. Dafür hätte er ein Messer gebraucht. Aber seine Taschen waren gründlich ausgeleert worden.

„Vergiss es!“, rief sie ihm zu. „Nimm dir lieber die Kisten vor. Da liegen jede Menge Waffen drin. Vielleicht kannst du eine davon rausholen. Munition findest du in einer der anderen Kisten. Versuch es einfach.“

Lindemann friemelte das Ölpapier von einer Maschinenpistole ab und legte die Waffe zur Seite. Dann klappte er eine Kiste nach der anderen auf, um die richtige Munition zu finden. Es gestaltete sich sehr schwierig, da durch die beiden Seitenfenster des Laderaumes wenig Licht einfiel. Aber auch, weil Lindemann immer wieder hin- und hergeworfen wurde.

„Kennst du dich mit ´ner MP aus?“, fragte sie lautstark, um das Dröhnen und Gerumpel des Fahrzeugs zu übertönen.

„Ja, diese scheiß Uzis haben wir in der Ausbildung gehabt“, gab er zurück.

Maren Köster konnte nicht erkennen, was er da herumwerkelte, obwohl sie sich bereits erneut einmal um die eigene Körperachse gedreht hatte und ihn nun sehen konnte.

Plötzlich schien er es geschafft zu haben, reckte sich gerade, soweit die Deckenhöhe dies bei ihm zuließ, und hielt mit beiden Händen die Maschinenpistole, sodass der Lauf zur Decke zeigte. Eine weitere Kurve wartete er ab, dann gab er Dauerfeuer.

Die Geschosse durchschlugen mit ohrenbetäubendem Lärm die Decke des Fahrzeugs. Dann richtete Lindemann die Waffe auf eines der Seitenfenster und ballerte los. Beide konnten sie spüren, wie das große Fahrzeug ins Schlingern geriet. Offenbar hatte der Fahrer sich mächtig erschrocken. Nun war das andere Fenster an der Reihe. Dann durchbohrte Lindemann die Hecktür, bevor er durch eine unerwartete Vollbremsung an die Wand, die den Laderaum vom Fahrerraum trennte, geworfen wurde und die Waffe ihm aus den Händen rutschte.

Der Sprinter stand Sekunden später, und noch bevor Lindemann sich wieder hatte aufraffen können, wurde die Tür aufgerissen. Zu sehen war niemand, da die drei Männer Angst vor der MP hatten. Dann lugte einer vorsichtig um die Ecke und sah, dass Lindemann unbewaffnet war. Sofort kletterte der Windjackenmann mit seinem Kollegen in den Laderaum, um auf die beiden Polizisten loszugehen.

In diesem Moment hörten alle Beteiligten, wie hinter ihnen ein Auto herangerauscht kam und mit quietschenden Bremsen bei ihnen stoppte. Nur zwei Sekunden später kam noch ein Fahrzeug dazu. Die beiden Verbrecher liefen sofort zurück zur Rampe des Sprinters, um nachzuschauen, was los war. Sie trauten ihren Augen nicht, als eine riesige Frau aus dem ersten Auto ausstieg, auf den durchaus bulligen und kräftigen, aber auch verblüfften Gangsterboss zuging und ihm links und rechts derart was um die Ohren knallte, dass der sofort lang hinschlug und sich nicht mehr rührte. Mittlerweile waren aus dem anderen Auto noch drei Männer ausgestiegen, die sich nun neben diesem furchterregenden, vor Wut bebenden Weib aufbauten.

Windjacke und Partner waren nie besonders klug gewesen. Aber in diesem Augenblick verstanden selbst sie, dass sie verloren hatten.

47

Der Fall wurde immer komplexer und damit komplizierter. Doch für heute hatte Schulte die Nase voll. Es reichte. Er schnappte sich seine speckige Lederjacke und verließ sein Büro. Auf dem Flur lief er Erpentrup in die Arme. Der war bester Laune.

„Auf ein Wort, Herr Polizeirat! Kommen Sie doch bitte kurz mit zu mir."

Erpentrup bot Schulte einen Platz an.

„Eine so tolle Kaffeemaschine, wie Sie sie besitzen, habe ich leider nicht. Aber ein Mineralwasser wäre möglich."

Schulte hatte nichts dagegen. Was passiert hier gerade, dachte er. Diese Freundlichkeit und die gute Laune seines Chefs hatten mit Sicherheit einen Haken.

„Ich komme gerade vom Staatsanwalt", schlug Erpentrup einen netten Plauderton an. „Der sieht den Mordfall in der

Kaserne Augustdorf genau wie ich. Dieser Brocelli hat sich wahrscheinlich mithilfe der beiden Soldaten, Hauptmann Mannhardt und Feldwebel Beil, illegal Waffen beschafft. Als die Angelegenheit aufzufliegen drohte, hat er versucht die beiden Mittäter umzubringen, um die einzigen Zeugen zu beseitigen. Bei Mannhardt ist ihm das leider gelungen. In Höxter hatte er zuerst keinen Erfolg. Später kam auch noch Pech dazu." Der Polizeidirektor schmunzelte über sein, wie er fand, gelungenes Wortspiel. Dann fuhr er fort:

„Wir sind ja nicht immer einer Meinung, Herr Schulte. Aber wie man sieht, hat Ihre unkonventionelle Art, Verbrechen aufzuklären, eine wirklich beachtliche Erfolgsquote. Am Freitag war ich noch der Meinung: So wie dieser Schulte das wieder angeht, das wird doch nie was, und heute haben Sie den Fall gelöst. Meine Hochachtung. Ich bin mit dem Staatsanwalt so verblieben, dass die Waffenschieberei in Augustdorf, wenn möglich, intern geklärt wird. Die Bundeswehr soll uns auf dem Laufenden halten und wenn sie noch einmal Hilfe braucht, kann sie sich ja an uns wenden. Wahrscheinlich hat der Bund auch mehr Personal zur Verfügung als wir. – Wohin die unterschlagenen Waffen gegangen sind, ist ebenfalls nicht Aufgabe des Dezernats Tötungsdelikte. Den Teil des Falles und auch die weiteren Verhöre der festgenommenen Männer übergeben wir an die Abteilung Organisierte Kriminalität beim LKA. Somit ist die Angelegenheit für Sie erledigt, Herr Polizeirat. Ab sofort können Sie sich wieder anderen Aufgaben widmen. Ich habe für morgen früh zehn Uhr eine Pressekonferenz einberufen. Ich halte es zwar nicht für notwendig. Es bleibt Ihnen aber unbenommen teilzunehmen. Die Presseerklärung ist schon verschickt."

Der Polizeidirektor hielt seinem Untergebenen eine DIN-A4-Seite hin, die dicht beschrieben war.

Schulte merkte, wie in ihm Wut hochkochte. Gewaltige Wut. Doch sie kam nicht zum Ausbruch. Denn noch ehe er auch nur ein Wort sagen konnte, hatte ihm sein Chef die

Hand gedrückt und ihm die Presseerklärung ausgehändigt. Hatte noch einmal „Herzlichen Glückwunsch!“ gesagt und auch: „Schönen Feierabend.“ Dann hatte Erpentrup Schulte die Tür aufgehalten und den Polizeirat formvollendet hinauskomplimentiert. Wie ein Schlafwandler hatte der das Büro seines Chefs verlassen.

Jetzt stand Schulte auf dem Flur der Kreispolizeibehörde und kochte vor Empörung. Das würde Erpentrup bereuen. Der Polizist zog sein Handy aus der Tasche und wählte eine Nummer.

„Herr Rodehutskors, ich muss Sie sprechen, können wir uns treffen?“

48

„Da sind sie!“, rief Pauline Meier zu Klüt laut.

Als Jupp Schulte aus dem Fenster sah, konnte auch er sehen, wie ein Dienstfahrzeug der Polizei einparkte und aus dem Fond Maren Köster und Manuel Lindemann ausstiegen. Kurz darauf standen die beiden bei ihnen im Aufenthaltsraum der Kreispolizeibehörde. Schulte machte zwei Schritte auf Maren Köster zu, schaute sie fragend an und nahm sie dann, extrem vorsichtig, in den Arm.

„Wie geht´s dir?“, fragte er so leise, dass nur sie ihn hören konnte.

Sie antwortete deutlich lauter:

„Außen ist noch alles dran, und innen ist nichts kaputtgegangen. Ich kann nicht klagen. Manuel hat es deutlich schlimmer getroffen.“

In der Tat sah Lindemann ziemlich mitgenommen aus. Schon beim Eintreten war aufgefallen, dass er hinkte. Das Prägnanteste aber war eine Art Maske, die den kompletten Bereich um die Nase herum abdeckte. Schulte hatte diese Masken schon häufiger bei Fußballern gesehen.

Das Sprechen fiel Lindemann immer noch schwer, deshalb übernahm Maren Köster dies für ihn.

„Manuel hat einen Nasenbeinbruch erlitten. Der Unterkiefer hat auch ein bisschen gelitten. Außerdem fehlt ihm sein Lieblingszahn. Und am ganzen Körper Prellungen, Blutergüsse und blaue Flecken. Wahrscheinlich hat er furchtbare Schmerzen, aber das gibt er nicht zu."

Lindemann war die Situation ganz offensichtlich unangenehm. So plötzlich im Mittelpunkt der Menschen zu stehen, die für ihn zurzeit das Maß aller beruflichen Dinge waren, war ihm zuwider. Auch wenn es unter der Maske kaum noch zu erkennen war, wurde er vor Verlegenheit rot, als nun alle um ihn herumstanden und ihn interessiert anschauten.

Da stand der Leiter des Ermittlungsteams, der Polizeirat Jupp Schulte, da standen seine Kollegen Pauline Meier zu Klüt und Oliver Hartel, und da stand Renate Burghausen, die am Vormittag eine nicht unbedeutende Rolle gespielt hatte.

Zu ihr ging nun Maren Köster und gab ihr die Hand.

„Vielen Dank noch mal für dein Eingreifen! Wenn du nicht gewesen wärst, dann ständen wir nicht hier."

Die riesige Frau hüstelte verlegen.

„Nun mach mal nicht so′n Wind, Maren. Das hättest du genauso für mich gemacht."

Maren Köster lachte, drehte sich zu den anderen um und rief:

„Ich hätte es vielleicht versucht. Aber es nicht hinbekommen. Niemand sonst hätte das geschafft."

Dann berichtete sie genüsslich, wie sich Renate Burghausen diesen großen, kräftigen Kerl zur Brust genommen hatte, und wie sie danach mit den beiden anderen umgesprungen war, beide wahrhaftig keine Milchbubis.

„Renate war unglaublich! Diese Prügel werden die Kerle ihr Leben lang nicht mehr vergessen."

Als nun alle der Chefin des Spurensicherer-Teams gratuliert hatten, ergriff Maren Köster wieder das Wort.

„Aber auch Manuel war großartig. Erst hat er sich geprügelt, als hätte er nie etwas anderes gemacht. Und dann stand er da, wie Rambo, mit der Maschinenpistole im Transporter und ballert so lange Löcher in die Karre, bis die Ganoven sich nicht mehr zu helfen wussten und anhielten. Nur, um dann Renate in die Hände zu fallen.“

Wie sich im Gespräch herausstellte, war Renate Burghausen mit ein paar Leuten kurz nach dem Anruf von Maren Köster von der Südholzstraße aus losgefahren. Sie hatte von Weitem gesehen, dass direkt vor dieser Garage der Mercedes Sprinter stand und ein paar Meter davon entfernt das Dienstauto Maren Kösters. Ein kurzer Blick in die Garage, auf dessen Boden noch frische Blutflecke waren, hatten ihr genügt, um sich sofort wieder ins Auto zu setzen und dem Sprinter zu folgen. Ihre Männer waren ihr gefolgt.

Sie war es gewesen, die den Transporter zu dieser halsbrecherischen Fahrt durch Kurven und Schlaglöcher genötigt hatte. Ihre hartnäckige Verfolgung hatte es vermutlich den Entführern unmöglich gemacht, wie geplant tief in den Wald zu fahren und die beiden Polizisten dort zu erschießen. Renate Burghausen hatte sich den Dank mehr als verdient. Das fand auch Schulte und schloss sich der Gratulation gerne an.
„Manuel muss jetzt schnell nach Hause gebracht werden“, stoppte Maren Köster den guten Teamgeist. „Er ist übrigens mindestens zwei Tage krankgeschrieben. Pauline, würdest du ihn nach Hause fahren?“

„Die kleine Pause sollte er gut nutzen“, warf Schulte ein. „Danach wartet eine Menge Arbeit auf uns. Und dabei brauchen wir einen wie ihn, einen mit echtem Kämpferherz.“

Lindemann, der gar nicht glauben konnte, was ihm da widerfuhr, ließ sich verwirrt von Pauline Meier zu Klüt hinausführen.

„So!“, rief Schulte. „Jetzt ist Schluss mit nett! Wir gehen wieder zur Tagesordnung über. Hartel, fang mal an zu erzählen, was du heute gemacht hast!“

49

Im *Detmolder Hof* war Schulte schon lange nicht mehr gewesen. Dies war jedoch ein Lokal so recht nach dem Geschmack des alten Journalisten Rodehutskors. Als der Polizeirat das Bistro betrat, hatte der Redakteur schon ein Glas Roten vor sich stehen. Wahrscheinlich dachte er gerade mit Wehmut an die Zeit zurück, als er zu dem Wein, den er gerade trank, hier im Gastraum auch noch eine gute Zigarre rauchen durfte.

„So schnell sieht man sich wieder, Herr Schulte."

Der Polizist setzte sich und bestellte ein Bier. Hermann Rodehutskors wartete, bis das Getränk serviert worden war. Dann konnte er seine Neugierde jedoch nicht mehr zurückhalten.

„Sie waren vorhin ziemlich aufgeregt. Was ist denn passiert?"

Schulte berichtete von dem Gespräch mit seinem Chef.

„Ich sage Ihnen, Herr Rodehutskors, dieser Fall ist mitnichten gelöst. Das, was Erpentrup und unser neuer Staatsanwalt da vorhaben, ist eine Sauerei. Wahrscheinlich haben Sie ein bisschen Dampf von der Bundeswehr bekommen, weil wir denen zu sehr in die Karten gucken.

Außerdem macht es sich für die beiden gut, sich als erfolgreiches Team zu präsentieren. Erpentrup, der neue Chef der Detmolder Polizeibehörde, und Just, der neue Staatsanwalt. Wenn die es schaffen, so wie geplant an die Öffentlichkeit zu gehen, dann stehen sie prima da. Schließlich können sie dann behaupten, dass schon jetzt, nach gerade einmal einer Woche der Zusammenarbeit, die ersten Erfolge zu verzeichnen sind: nämlich die Aufklärung eines komplizierten Mordfalls und die Aufdeckung zweier weiterer Verbrechen.

Kann es besser laufen? Aber eines sage ich Ihnen, Herr Rodehutskors. Ich wette, dass dieser Augustdorfer Hauptmann nicht von dem italienischen Killer umgebracht worden ist. Sollte ich mich irren, können Sie einmal auf meine Kosten in einem Restaurant Ihrer Wahl in Ostwestfalen mit mir essen gehen."

„Darüber würde ich mich natürlich sehr freuen, Herr Schulte. Aber wenn Sie ein so großzügiges Angebot machen, bin ich mir fast sicher, dass Sie noch ein paar Pfeile im Köcher haben."

„Habe ich, Rodehutskors, habe ich! Aber ich muss eben die Zeit und die Möglichkeit haben, sie auch abzuschießen. Und genau an dieser Stelle sind Sie gefragt. Ich gebe Ihnen jetzt ein paar Informationen, mit der Bitte, dafür zu sorgen, dass in den morgigen Ausgaben der regionalen Zeitungen ein provokanter Artikel steht."

„Herr Schulte, Sie kennen mich. Ich erkläre mich bereit, das heute noch umzusetzen, unter der Bedingung, dass alle Informationen hieb- und stichfest sind. Wenn ich einige Kollegen dazu bringen soll, den von mir geschriebenen Artikel schon morgen zu veröffentlichen, dann muss er ein Knaller sein. Um solche Art von Gefallen bittet man mich nicht oft. Also Schulte, wenn ich es mache, dann muss es ein journalistischer Erfolg werden."

Der Polizeirat zog ein zerknüddeltes Papier aus seiner Jackentasche. Mit viel Mühe versuchte er, das Blatt wieder glatt zu streichen.

„Hier habe ich die Presseerklärung. Und nun bekommen Sie von mir die nötigen Informationen. Ob, und was Sie dann daraus machen, ist Ihre Sache. Ich will sie nicht auf ein Pferd setzen, dass Sie dann reiten müssen."

50

Wütend stürmte der Detmolder Polizeidirektor in das Besprechungszimmer und knallte die Detmolder Heimatzeitung auf den Tisch.

„Das ist die größte Unverschämtheit, die ich je gelesen habe! Wer hat das zu verantworten?“

„Wer hat was zu verantworten?“, fragte Schulte mit unschuldiger Miene. Er zog die Zeitung zu sich her und tat so, als suche er die Seite nach dem entsprechenden Artikel ab. Dann las er laut vor:

„Der Mord an dem Offizier aus Augustdorf ist aufgeklärt. Ein Auftragskiller erschoss den Augustdorfer Soldaten. Ein zweiter Mordversuch in Höxter scheiterte. Auf der Flucht wurde der Täter von einem Nahverkehrszug erfasst.“

So lautete der Inhalt einer Pressemeldung, die unsere Redaktion gestern Abend erreichte. Aus gut unterrichteter Quelle erfuhr unsere Zeitung jedoch, dass keineswegs feststeht, dass der Soldat der Generalfeldmarschall-Rommel-Kaserne von besagtem Mann aus Höxter getötet wurde. Der lippischen Heimatzeitung liegen anders lautende Unterlagen vor. Diese weisen vielmehr darauf hin, dass die Spuren, die in Augustdorf sichergestellt wurden, schwerlich zu dem Mann passen, der in Höxter durch einen Unfall ums Leben kam.

Die Redaktion unserer Zeitung hegt den Verdacht, dass der neue Polizeidirektor und der neue Staatsanwalt mit sogenannten ‚quick wins‘ aufwarten wollen.

Die Polizei verfügt bisher über wenige Indizien, die bei den beiden Straftaten auf ein und denselben Täter hinweisen. Trotzdem wird der von einem Zug überfahrene Mann als alleiniger Mörder benannt.

Es drängt sich der Verdacht auf, dass Polizei und Staatsanwaltschaft die Tatsache, dass ein Toter sich nicht mehr entlasten kann, bewusst ins Kalkül gezogen haben. Dieses

Verhalten bietet die Möglichkeit, einen schnellen Ermittlungserfolg vorzuweisen.

Darüber hinaus ist unserer Zeitung bekannt geworden, dass wahrscheinlich Waffen im großen Stil in der Kaserne Augustdorf unterschlagen wurden. Diese wurden dann unter unbekannten Umständen an Gruppen aus dem Bereich der organisierten Kriminalität weiterverkauft.

Die Kommandantur in Augustdorf macht für die Unregelmäßigkeiten im Zusammenhang mit Armeewaffen einen fahnenflüchtigen Stabsunteroffizier verantwortlich.

Die lippische Heimatzeitung stellt daher folgende Fragen: War es möglich, dass Waffen der Bundeswehr unterschlagen werden konnten? Wenn ja, wie?

Welche Fakten deuten zweifelsfrei darauf hin, dass der bei seiner Flucht in Höxter ums Leben gekommene Täter auch der Mörder des Augustdorfer Offiziers war?

Kann es sein, dass für den schlampigen Umgang mit Waffen bei der Bundeswehr jetzt ein vermutlich fahnenflüchtiger Soldat als Sündenbock missbraucht wird?

Gestern wurden zwei Polizisten bei der Durchsuchung einer Garage in Detmold überfallen und entführt, nur mit ...

Hier folgte ein kenntnisreich verfasster Abschnitt über die Ereignisse des Vortags, an dessen Ende die Frage gestellt wurde, ob es sich um Einzeltäter oder um eine bislang völlig unbekannte Organisation von Waffenschiebern handelte. Der Schreiber fuhr fort:

Aufgrund der mangelnden und lückenhaften Berichterstattung seitens der Detmolder Polizei, aber auch der Bundeswehr, stellt sich die Frage: Haben wir es mit Vertuschungsversuchen im großen Stil zu tun? Diese und alle andere Fragen wird unser Redakteur auf der angekündigten Pressekonferenz zur Sprache bringen.

„Ouh, dass wird übel. Da werden wir uns gleich auf der Pressekonferenz aber ganz etwas anderes anhören müssen."

„Wieso wir?", fragte Erpentrup verdattert.

„Na, ich komme doch selbstverständlich mit, Herr Polizeidirektor. Ich lasse Sie in einer so schweren Stunde nicht im Regen stehen.“

Mit hochrotem Kopf und ohne ein weiteres Wort zu sagen, verließ Erpentrup den Raum. Er knallte die Tür mit einer solchen Wucht zu, dass die Fenster schepperten.

51

Pressekonferenz war ein ziemlich großes Wort für eine recht kleine Gruppe, fand Schulte. Die Presselandschaft Lippes war in den letzten Jahren ziemlich überschaubar geworden. Diesmal allerdings waren auch Vertreter zweier Tageszeitungen aus Bielefeld dabei. Sogar das WDR-Fernsehen hatte sich die Ehre gegeben. Der kleine Raum in der Kreisverwaltung war proppenvoll.

Schulte bemerkte mit großer Genugtuung, dass Erpentrup sichtbar nervös war. Der hatte sich diesen Termin ganz anders vorgestellt, wusste Schulte. Erpentrup wollte, als neuer Polizeichef, einen schnellen Erfolg vorweisen, wollte sich feiern lassen, wollte in Kameras strahlen. Der Artikel in der heutigen Ausgabe der Heimatzeitung hatte ihm seinen Auftritt schon jetzt gründlich versaut.

Dem neuen Staatsanwalt ging es nicht viel anders. Auch für ihn wäre es der erste Glanzpunkt in seiner noch frischen Karriere gewesen. Wer zum Teufel hatte diese Informationen an die Presse gegeben?

Schulte wusste sehr gut, dass man ihn im Verdacht hatte. Aber er hatte bislang dreist jedes Gespräch mit einem Mitarbeiter der Heimatzeitung abgestritten. Und das sogar mit Fug und Recht, denn Hermann Rodehutskors war kein Mitarbeiter. Wenn die Heimatzeitung dem eine Information abkaufte – was konnte Schulte dazu?

Die Konferenz verlief so hitzig, wie es zu erwarten gewesen war. Der Staatsanwalt und Erpentrup gaben zu Beginn im Team eine etwas blutleere Zusammenfassung des Ermittlungsverfahrens zum Besten, die darin gipfelte, dass der Fall geklärt und abgeschlossen sei. Schulte hörte heraus und sah es ihren Gesichtern an, dass sie selbst nicht an das glaubten, was sie den verblüfften Presseleuten erzählten.

Der Vertreter des Fernsehens ging zuerst zum Angriff über. Er hielt sich keine Sekunde mit Höflichkeiten auf. Man merkte sofort, dass er hochgradig verärgert war.

„Irgendwie habe ich das Gefühl, im falschen Film zu sein. Wir werden hierher gelockt, weil der ‚Mordfall Bundeswehr', so nennen wir ihn intern, angeblich aufgeklärt worden ist. Nun musste ich heute Morgen lesen, dass ganz wesentliche Fragen noch völlig offen sind. Wahrscheinlich hat dieser Fall eine viel größere Dimension, als bisher angenommen. Dass kurz vor einer PK neue Erkenntnisse eintrudeln und damit ein Vortragskonzept über den Haufen werfen, ist ja vorstellbar. Aber dass Sie, Herr Staatsanwalt, mit keinem Wort auf diesen Artikel und seine berechtigten Fragen eingehen, ist schlichtweg unfassbar. Sie können doch nicht einfach so tun, als gebe es diese Fragen nicht. Wir haben auch andere Termine. Ich muss mir nicht hier den Hintern breitsitzen und mir Selbstbeweihräucherungen anhören."

Schulte staunte über diese Töne. Er wusste aufgrund vieler solcher Termine, dass die Fernsehleute immer sehr selbstbewusst auftraten. Aber dermaßen frontal hatte noch kein Pressemensch die Polizei und die Staatsanwaltschaft angesprochen, nein angegiftet.

Noch bevor Staatsanwalt Just und Erpentrup ihre Verteidigung organisieren konnten, schlug eine Frau von der Heimatzeitung in die bereits tief gesetzte Kerbe:

„Was wissen Sie über die drei Männer, die gestern hier in Detmold Ihre Beamten überfallen haben? Sind das

Kleinkriminelle? Oder müssen wir von heute an davon sprechen, dass es in Detmold organisiertes Verbrechen gibt? Wenn das so ist, was gedenken Sie dagegen zu unternehmen?"

Erpentrup lockerte seine Krawatte, als bekäme er nicht mehr richtig Luft. Der Staatsanwalt zappelte unruhig auf seinem Stuhl herum.

Schulte sah nun den Zeitpunkt gekommen, einzugreifen. Nicht nur, weil er die Chance witterte, durch den Druck der Öffentlichkeit das Ermittlungsverfahren am Kochen zu halten. Auch, weil trotz aller Abneigung und Schadenfreude gegen Erpentrup, er es nicht zulassen konnte, dass die Detmolder Polizei hier wie ein dummer Junge vorgeführt wurde.

Er schnappte sich das Mikrofon und bluffte in ruhigem Tonfall:

„Ich verstehe Ihren Unmut. Es sind tatsächlich noch nicht alle Fragen beantwortet. Aber es war nie die Absicht der Ermittlungsbehörde, Ihnen wichtige Informationen vorzuenthalten. Leider haben Sie nun mit Ihren Einwürfen unsere Dramaturgie etwas durcheinandergebracht. Der Polizeidirektor hatte nämlich mich, als Leiter des Ermittlungsteams, gebeten, nach seiner Begrüßung ganz konkret auf die Ermittlungen einzugehen."

Erpentrups platte Selbstdarstellung als Begrüßung zu verkaufen, war zweifellos dreist. Aber als er spürte, dass durch seine Worte und seinen ruhigen, sachlichen Tonfall die Luft sich schon wieder deutlich verbessert hatte, fuhr er fort. Schulte nahm kaum ein Blatt vor den Mund, schilderte so lückenlos, wie es ihm sinnvoll erschien, den Verlauf der Ermittlungen. Die Pressevertreter lauschten ihm, ohne dass einer von ihnen eine Zwischenfrage stellte. Schulte konnte aus dem Augenwinkel sehen, dass Erpentrup trotz Schultes nicht abgesprochenem Alleingang sichtlich erleichtert wirkte. Für ihn war es vermutlich erst einmal nur wichtig, dem Kreuzfeuer entkommen zu sein.

Dafür, dass ich dir den Arsch rette, bist du mir aber was schuldig, dachte Schulte grimmig, während er nun mit großer Gelassenheit und entwaffnender Offenheit auf die Fragen der Journalisten einging. Nur bei der Frage, ob der Deserteur eine Familie zurückgelassen habe oder alleinstehend sei, mauerte Schulte. Dazu könne er im Interesse des Persönlichkeitsschutzes keine Angaben machen. Dass er sich Sorgen um die Sicherheit von Bornemanns Freundin machte, musste niemand wissen. Erst recht wollte er niemanden auf dumme Gedanken bringen.

52

Er war wirklich der Lückenbüßer der Nation. Gestern sollte Hartel in Augustdorf die Waffenakten überprüfen. Heute war er zur Aktenführung im Innendienst nach Detmold beordert worden. Es machte einfach alles keinen Spaß mehr.

Mittlerweile verfluchte er sich manchmal selbst, weil er sich irgendwann einmal dazu entschieden hatte, Polizist zu werden. Es hatte damals alles so gut begonnen. Nach der Ausbildung hatte er in Düsseldorf angefangen. Es war ein großes Dezernat gewesen, in dem er seinen Dienst verrichtete. In dieser Zeit bekam er viele unterschiedliche Aufgaben. Die Arbeit hatte ihm Spaß gemacht. Und er hatte einen guten Draht zu seinem Chef.

Eines Tages hatte der ihm offeriert, wenn er bei der Polizei Karriere machen wolle, dann müsse er auch ein paar Jahre woanders verbringen. Und er, Hartel, hatte sich darauf eingelassen. Hätte er gewusst, was ab diesem Zeitpunkt auf ihn zukam, niemals hätte er sich für die Stelle Detmold beworben.

Kaum war er in Lippe angekommen, ging das Theater auch schon los. Ständig gab es Konflikte. Und immer hieß es: Hartel gegen den Rest der Welt. Zu allem Übel wechselte sein damaliger Düsseldorfer Chef dann auch noch in das Landesministerium nach Brandenburg. Damit waren Hartels Kontakte in die Landeshauptstadt abgebrochen.

Ein Signalton unterbrach seine Gedanken. Auf dem Bildschirm erschien die Meldung, dass er eine neue E-Mail bekommen habe. Hartel öffnete sie und las die Aufforderung, dass er zu Schulte ins Büro kommen soll.

Was wollte der jetzt schon wieder von ihm? Zwei Minuten später wusste er es.

„Hartel, wie weit bist du mit der Aktenführung?“, wollte der Polizeirat von ihm wissen.

Der Kommissar erklärte ihm, dass er noch einiges zu tun habe. Schließlich sei er ja gestern in Augustdorf gewesen. Da er allein auf sich gestellt gewesen sei, habe er auch dort das Meiste nicht geschafft. Im Moment sei die Arbeit, die man ihm aufhalse, von ihm alleine nicht zu bewältigen.

Schulte hatte anscheinend Verständnis für Hartels Situation.

„Gut, Hartel, die Aktenführung in Detmold übernimmt Meier. Du musst sie nur kurz auf den neusten Stand bringen. Wenn du das erledigt hast, fährst du nach Augustdorf und überprüfst die Waffenlisten.“

Schulte gab ihm einen Zettel, auf dem unterschiedliche Ziffernreihen standen.

„Das sind die Nummern der Waffen, die wir gestern bei der Hausdurchsuchung sichergestellt haben. Deine Aufgabe ist es, zu überprüfen, ob eines dieser Gewehre, beziehungsweise Pistolen, in Augustdorf geführt wurde.

Das musst du übrigens alleine machen. Lindemann fällt erst mal aus. Den hat es gestern bei seinem Einsatz ziemlich zerlegt. Gehirnerschütterung, Prellungen, Platzwunden – das ganze Programm.

Ich weiß nicht, wann der Kollege wieder im Dienst erscheint.“

Hartel nickte und wollte gehen. Doch so einfach war das nicht.

„Moment, Kollege, wir haben noch ein Hühnchen miteinander zu rupfen. Ich habe dir doch ausdrücklich gesagt, dass du hier nicht als U-Boot fungieren sollst. Habe ich mich da nicht deutlich genug ausgedrückt? Kaum bekommst du einen Auftrag, stehst du bei Erpentrup auf der Matte und verklickerst ihm alles. So nach dem Motto: ‚Herr Lehrer, ich weiß was.' Das machst du nicht noch einmal."

Hartel lief rot an, dann schrie er mit Urgewalt los:

„Jetzt habe ich aber die Schnauze gestrichen voll. Nicht ich habe bei Erpentrup auf der Matte gestanden, sondern Erpentrup hat bei mir auf der Matte gestanden. Der Ausdruck der Mail, die ich an die Staatsanwaltschaft geschickt hatte, lag noch auf meinem Schreibtisch. Er hat sie sich einfach genommen und gelesen. Ein Polizeirat hätte vielleicht in so einer Situation gesagt: ‚Finger weg, Herr Erpentrup!' Aber nur du bist Polizeirat und ich ein kleiner Kommissar. Mir reicht es langsam. Glaubst du wirklich, dass ich immer zwischen allen Stühlen sitzen möchte?

Aber nach meinen Bedürfnissen fragt hier keiner. Erpentrup gebraucht mich immer für seine Angelegenheiten. Anschließend lässt er mich im Regen stehen und von dir kriege ich dafür zum guten Schluss noch etwas auf die Schnauze." Er holte einmal kurz Luft. „

Sicher, ich habe bestimmt nicht immer alles richtig gemacht. Aber auch nicht alles falsch."

Hartel drehte sich um und ließ den verdatterten Schulte in seinem Büro zurück. Der Kommissar knallte die Zimmertür zu, wie es sonst nur Erpentrup in höchster Wut schaffte.

Schulte fühlte sich wie vom Blitz getroffen. Mindestens eine Minute verfiel er in eine Schockstarre. Dann lief er hinter Hartel her. In dessen Büro erwischte er ihn noch. Der Kommissar war kurz vorm Heulen. Wütend packte er seine Unterlagen in seine Tasche.

Schulte trat ohne anzuklopfen ein. „Hör zu, Hartel, ich habe Scheiße gebaut. Kommt nicht mehr vor. Und wenn du das nächste Mal ein Problem hast, kannst du ja mal versuchen, mit mir darüber zu reden. Entschuldige bitte!“

„Schon okay“, schniefte Hartel. Schnappte sich seine Tasche und drückte sich an Schulte vorbei auf den Flur.

Eine halbe Stunde später stand der Polizist wieder vor den Stapeln unterschiedlicher Aktenmappen. Wo sollte er anfangen? Da kam ihm eine Idee. Dieser Oberfeldwebel Windmacher hatten ihm gestern verschiedene Telefonnummern gegeben. Darunter auch die, die dem Soldaten selbst gehörte. Später, als sich die beiden Männer unterhalten hatten, hatte der Oberfeldwebel ihm noch einen Tipp mit auf den Weg gegeben.

Sehen sie sich die Listen, die Bornemann bearbeitet hat, genau an, hatte er gesagt.

Klar, dieser Windmacher, der musste sich doch mit den Listen und den Unterlagen auskennen. Hartel rief ihn an und bat ihn um Hilfe.

Eine Viertelstunde später begannen die beiden Männer mit ihrer Arbeit. Blatt für Blatt, Liste für Liste, Waffennummer für Waffennummer gingen sie durch.

Irgendwann hatte Windmacher Kaffee und Brote geordert. Dann machten sie sich wieder an die Arbeit. Hartel hatte gar nicht bemerkt, wie die Zeit verging. Als ihm die Augen brannten und er auf die Uhr sah, war es bereits 19.30 Uhr.

Freiwillig hatte er selten so lange gearbeitet. Aber heute war es etwas anderes. Er hatte Schulte die Meinung gegeigt. Und der hatte nicht zurückgetreten, sondern sich entschuldigt. Wenn man es genau nahm, hatte der Polizeirat ihm sogar seine Hilfe angeboten. Allein das war schon ein Erfolg.

„Ich brauche eine kleine Verschnaufpause!“, sagte Windmacher zu ihm. „Ich muss fünf Minuten frische Luft schnappen. Dann können wir weitermachen.“

Erneut ging es an die Arbeit. Einer las die Ziffern und Buchstaben vor. Der andere verglich das Gehörte mit den entsprechenden Zeilen in den Listen.

„H-K935-715-1952", hörte Hartel Windmacher sagen.

Er verglich die Ziffernfolge, die er mittlerweile auswendig kannte, mit der gerade in Arbeit befindlichen Zeile. Er konnte es nicht fassen, da stand:

H- K935- 715- 1952, Heckler & Koch, P8 Faustfeuerwaffe, gebrochener Schlagbolzen, technisch unbrauchbar gemacht und verschrottet am 15.02.2011

Geprüft: Bornemann, Stabsunteroffizier
Angeordnet: Mannhardt, Hauptmann
Ausgeführt: Beil, Feldwebel

Es folgten die entsprechenden Unterschriften und weitere Daten.

„Bingo!", rief Hartel. „Die erste Waffe haben wir. Alles weitere morgen. Mir reicht es. Feierabend!"

Windmacher nickte.

„Mir reicht es auch. Was meinen Sie, Herr Kommissar, kann ich Sie noch zu einem Bier ins Kasino einladen?"

Wenn's läuft, dann läuft's, dachte Hartel und nahm die Einladung an.

53

Die drei Visagen erinnerten ihn an alte Ganovenfilme.

Jupp Schulte hatte schon viele Männer dieses Kalibers erlebt und versprach sich vom Verhör mit ihnen keinen intellektuellen Höhenflug. Er war schon froh, wenn er wenigstens ein paar Informationen herauskitzeln könnte.

Als Vorbereitung des eigentlichen Verhörs hatte er die drei Männer zusammengebracht, um durch ihr Verhalten untereinander etwas über die innere Struktur ihres Teams zu erfahren. Der schriftlich abgefasste Bericht Maren Kösters hatte sein eigenes Bild abgerundet. Die Verhöre wollte er zusammen mit Pauline Meier zu Klüt führen. Das Mädchen sollte ja auch was lernen, fand Schulte. Im Übrigen musste er Tempo machen. Noch hatte sich erstaunlicherweise kein Rechtsanwalt angekündigt, die wertvolle Zeit wollte Schulte nutzen.

Er ließ zuerst den Mann mit der Windjacke kommen. Beide Polizisten hatten entschieden, dass er das schwächste Glied in der Kette war. Der Mann sah, genau vierundzwanzig Stunden nach dem Ereignis, noch stark mitgenommen aus. Ein blaues Auge, ein Bluterguss an der Stirn und Pflaster am Kinn waren nur die sichtbare Spitze des Eisbergs. Unter der Kleidung trug der Mann an mehreren Stellen Verbände. Renate Burghausens Arbeitseinsatz hatte bei ihm verheerende Folgen hinterlassen.

„Vielleicht sollte die Landesregierung die Einsatz-Hundertschaften auflösen und nur noch Renate Burghausen losschicken, wenn´s irgendwo brennt“, lästerte Schulte leise bei seiner jungen Kollegin. „Das wäre deutlich billiger und hätte die gleiche Wirkung.“

Wie zu erwarten gewesen war, wollte oder konnte *Windjacke* nicht viel Bedeutendes sagen. Er sei Möbelpacker, sagte er aus. Sie würden immer zu dritt arbeiten. Normalerweise würden sie Klaviere schleppen, aber manchmal kämen eben auch Spezialaufträge.

Von wem die kommen, könnte er beim besten Willen nicht sagen. Das sollten sie besser seinen Chef fragen, der ja auch mit festgenommen worden sei. Er selbst sei nur dazu da, das zu tun, was man ihm sage.

„Gehört dazu auch, dass man Polizeibeamte verprügelt und umzubringen versucht?“, wollte Schulte wissen.

Der Mann zögerte, war offenbar aus dem für solche Fälle

mühsam einstudierten Konzept gebracht worden. Dann fing er sich und antwortete leicht stammelnd:

„Woher sollten wir wissen, dass es Bullen, äh … Polizeibeamte waren? Kann doch jeder sagen. Für uns waren das Einbrecher. Die wollten die Waren klauen, die wir transportieren sollten. Wir wollten nur einen Diebstahl verhindern, das waren wir unserem Auftraggeber schließlich schuldig."

So blöd ist das gar nicht, dachte Schulte. Die Verteidigungsstrategie ist zwar denkbar schlicht, aber vermutlich wirkungsvoll. Wenn der Kerl sie durchhält, hat er eine gute Chance, heil aus der Anklage herauszukommen.

„Warum haben Sie die beiden Kollegen denn in den Transporter gesteckt und mitgenommen?", fragte Meier zu Klüt. „Sie hätten sie doch einfach zurücklassen können. Was hatten Sie mit ihnen vor?"

Auch darauf hatte der Mann eine einfache, aber brauchbare Antwort:

„Keine Ahnung! Chef hat gesagt: einpacken! Und wir haben die beiden eingepackt. Was der Chef sich dabei gedacht hat, müssen Sie ihn schon selbst fragen."

Danach kam der Mann, der Maren Köster angegrapscht hatte.

Unterm Strich gab er die gleichen Antworten wie sein Kollege. Er schob alles, was mit eigener Entscheidung zu tun haben könnte, auf den Chef. Auch er sei Möbelpacker und habe keinen Schimmer, worum es ging.

„Warum haben Sie meine beiden Kollegen so gründlich abgetastet?", fragte Schulte brummig.

„Na ja, die hätten doch bewaffnet sein können. War außerdem Anweisung vom Chef."

„Und Sie finden, man muss einer Frau genüsslich die Brust kneten, um herauszufinden, ob sie bewaffnet ist?", wollte Meier zu Klüt wissen.

Schulte machte sich unwillkürlich ganz gerade. Wenn der Mann jetzt was Falsches sagen würde, dann musste er sich zusammenreißen, um ihm nicht eine aufs Maul zu geben. Das durfte auf keinen Fall passieren.

Der Kerl lächelte süffisant, sagte aber nichts. Schultes Anspannung stieg. Als er die Frage seiner Kollegin noch einmal wiederholte, kam nur ein stures: „Kein Kommentar."

Schulte blieb nichts anderes übrig, als die Fäuste unterm Tisch zu ballen. Es war immer dasselbe, er war ein ganz guter Polizist, aber für Verhöre mit solchen Typen war er einfach zu impulsiv. Er ließ sich zu tief mit hineinziehen, schaffte es nur selten, die nötige Distanz zu wahren.

„Holt den Kerl ab!", rief er wütend ins Telefon. „Pause!"

Der Chef der beiden war vom gleichen Schlag und verfolgte im Wesentlichen dieselbe Verteidigungsstrategie. In der kurzen Pause hatte Schulte sich mit Pauline Meier zu Klüt besprochen. Beide waren sich einig, dass hinter dieser so schlichten Linie ein kluger Kopf steckte. Wenn die drei, woran Schulte keinen Zweifel hatte, tatsächlich zu einer Organisation gehörten, dann waren sie vermutlich von einem cleveren Anwalt darauf trainiert worden, wie sie sich im Fall einer Festnahme zu verhalten hatten. Die Strategie war für ihre stark limitierten Möglichkeiten maßgeschneidert und funktionierte einwandfrei. Schulte stellte mit großer Befriedigung fest, dass dieser Mann noch schlimmer beschädigt worden war als seine beiden Kollegen. Er versuchte es nach dem Prinzip *Teile und herrsche* und bluffte:

„Ihre beiden Mitarbeiter haben sich sehr kooperativ gezeigt. Was sie uns erzählt haben, deckt sich ziemlich genau mit dem, was wir bereits über Ihre Organisation wissen. Wir wissen, dass Sie und Ihre beiden Leute für die Organisation die Männer fürs Grobe sind. Sie werden eingesetzt, wenn kräftig zugepackt werden muss. Die Möbelpackergeschichte können Sie vergessen."

Schulte legte einen transparenten Plastikbeutel auf den Vernehmungstisch. Darin waren zwei Handfeuerwaffen zu erkennen.

„Wir haben bei Ihnen und einem Ihrer Mitarbeiter jeweils einen Revolver sichergestellt. Gehört das zur Grundausstattung eines Möbelpackers?“

In diesem Augenblick kam ein junger Polizist herein und flüsterte Schulte etwas zu. Der zerbiss einen üblen Fluch zwischen den Zähnen und nickte widerwillig.

Sekunden später polterte ein gepflegt wirkender Mann im dunklen Anzug in den Raum, baute sich vor Schulte auf und stellte sich mit großem Selbstbewusstsein als Rechtsanwalt vor.

„Ich muss darauf bestehen, dass Sie die Befragung meines Mandanten sofort beenden und nur in meiner Gegenwart weiterführen. Wo kann ich mit meinem Mandanten ungestört sprechen?“

Schulte warf wütend einen Kugelschreiber quer durch den Raum, als er mit Meier zu Klüt durch den Flur zu seinem Büro ging, um dort ihr weiteres Vorgehen abzustimmen.

54

Natürlich hatte Hartel Schulte am nächsten Morgen sofort angerufen und ihm seinen Erfolg mitgeteilt. Daraufhin setzte Schulte eine kleine Besprechung auf 12.00 Uhr an.

„Ich hoffe, bis dahin findest du noch weitere brauchbare Hinweise“, hatte Schulte gesagt.

„Ach, und Hartel, hast du gut gemacht!“

Das Lob, das der Kommissar für seine Arbeit erntete, ging bei ihm runter wie Öl. Jetzt war er noch motivierter als durch den Erfolg des Vortags. Und in der Tat fanden Windmacher und Hartel innerhalb der nächsten zwei Stunden noch fünf weitere Waffen, die eigentlich auf dem Pistolenfriedhof ruhen müssten. Die beiden Männer tauschten sich noch kurz darüber aus, wie es möglich war, intakte Pistolen und Gewehre aus dem Verkehr zu ziehen. Hartel brachte noch in Erfahrung, wie viele Waffen es an dem Standort Augustdorf wohl gäbe. Dann fuhr Hartel zur Kreispolizeibehörde.

Diesmal war alles anders. Nachdem Schulte kurz eröffnet hatte, bekam Hartel das Wort. Der berichtete die Fakten. Dann stellte Maren Köster die Frage, ob er schon eine Vorstellung über das Prozedere, wie die Täter vorgegangen sein könnten, habe.

Jetzt kam Hartels großer Auftritt.

„Fakt ist, dass bei dem Vorgehen, welches die Täter wahrscheinlich gewählt haben, mehrere Personen notwendig sind.

Angenommen der Waffen- und Gerätewart, in der Regel der Versorgungsunteroffizier, kurz VU, zum Beispiel Bornemann, besitzt einige defekte Waffenteile, beispielsweise Verschlüsse. Diese schadhaften Teile setzt er hin und wieder bei intakten Waffen ein und bewahrt die entnommenen, einwandfreien Waffenteile für den späteren Rücktausch auf. Anschließend wird festgestellt, dass die Waffen nicht mehr einsatzbereit, beziehungsweise untauglich sind.

Daraufhin werden diese Waffen ausgemustert und nach Höxter zur Verschrottung weitergegeben. Hier werden sie jedoch nur auf dem Papier vernichtet und der dort verantwortliche Versorgungsdienstfeldwebel, kurz VDF, vielleicht Feldwebel Beil, lässt die Waffen verschwinden.

Damit nicht so genau hingeguckt wird, hat man den verantwortlichen Offizier, zum Beispiel Hauptmann Mannhardt, in dieses Geschäft mit einbinden können. Dann ist es relativ einfach, immer mal wieder die eine oder andere Waffe verschwinden zu lassen. –

Soweit ich es jetzt überschauen kann, war es so, dass immer nur eine oder zwei Waffen auf die Seite gebracht worden sind. Man hat in einer Charge tatsächlicher Schrottwaffen immer einmal wieder einige intakte Waffen untergemischt und diese an geeigneter Stelle wieder herausgezogen. Der Großteil des Gerätes war wirklich defekt und ist auch wirklich vernichtet worden."

„Deine Theorie hört sich plausibel und machbar an", meinte Schulte. „Wie viele Waffen gibt es denn überhaupt am Standort Augustdorf?"

„Nach meiner Einschätzung und übrigens auch von der Logik her, muss jeder Soldat im Alarmfall in kürzester Zeit an seine persönliche Waffe herankommen. Daraus folgt zwingend, dass jede Kompanie, das sind immer so circa 100 Mann, ortsnah, meist im eigenen Kompanieblock, die Waffen der Einheit verwaltet.

Es dürften also pro Kompanie etwa 100 Gewehre G 36, ungefähr 20 Pistolen P 8 und, je nach Waffengattung, etwa 20 Maschinenpistolen im Unterkunftsgebäude gelagert werden. Panzerbesatzungen sind allerdings nicht mit Gewehren, sondern mit Maschinenpistolen ausgerüstet. Die in Augustdorf stationierten Panzergrenadiere verfügen über etwa ein Dutzend Panzerfäuste pro Kompanie. Dann gibt es noch Granatpistolen und optische Vermessungs- und Zielgeräte. Auch Nachtsichtgeräte und Nachtzielgeräte dürften in nicht geringer Zahl vorhanden sein.

Wenn man bedenkt, dass die Panzerbrigade 21 mit 3500 bis 5000 Soldaten und mit ihren Kampfpanzern Leopard II A6 und der Panzerhaubitze 2000 einer der einsatz- und feuerstärksten Verbände des deutschen Heeres ist, so wird jedem sehr schnell klar, dass es an einem Standort wie Augustdorf eine außerordentliche Menge an Waffen gibt. Das heißt aber auch, es fallen immer wieder defekte Waffen an, die ausgemustert und verschrottet werden. Wenn man hier mit Augenmaß vorgeht und über die nötigen Strukturen verfügt, kann man sich bis zum Sankt-Nimmerleins-Tag mit Waffen versorgen, die man dann – über welche Kanäle auch immer – weiter verschiebt.

Schwierig wird es, wenn so ein System einmal gestört ist.

Zum Beispiel durch so eine Person wie Feldwebel Beil, der aus noch nicht nachvollziehbaren Gründen kalte Füße bekommen hat.

In unserem Fall muss es aber schon vorher ein Ereignis gegeben haben, das nicht einkalkuliert war. Und das letztendlich dazu führte, dass Hauptmann Mannhardt sterben musste. Schließlich hat Feldwebel Beil erst nach dem Tod von Mannhardt kalte Füße bekommen.

Dies sind natürlich nur Annahmen und Vermutungen. Ich will niemanden verdächtigen. Außerdem haben wir noch nicht den wirklichen Grund gefunden, der dazu geführt hat, dass Mannhardt das Zeitliche segnen musste."

Hartel hatte seit Langem schon nicht mehr einen so bedeutenden Vortrag gehalten und er wirkte sichtlich geschafft. Vollkommen neu war die Aufmerksamkeit, die man heute seinen Ausführungen entgegenbrachte. Das anerkennende Klopfen der Kolleginnen und Kollegen ließ ihn zehn Zentimeter wachsen. Und als Schulte dann auch noch „Gute Arbeit, Hartel" sagte, da fühlte er sich, als würde er schweben.

55

Seit sieben Stunden war er nun wach. Und langsam ging es aufwärts mit seiner Erinnerung an all das, was vor seinem großen Tiefschlaf passiert war. Dem Feldwebel Patrick Beil brummte der Schädel, skeptisch betrachtete er die große Flasche am Tropf, von der aus im Sekundentakt eine lebenserhaltende Flüssigkeit in ihn hineingeträufelt wurde. Er hatte keinen Schimmer, was für ein Zeug das sein konnte, wollte dies auch nicht so genau wissen.

Vor zwei Stunden hatte der Oberarzt ihm erklärt, dass er „im Prinzip über'n Berg" sei. Auf Beils Frage, wie lange er denn wohl noch im Krankenhaus bleiben müsse, hatte der Arzt ihm eine niederschmetternde Antwort gegeben.

Mindestens noch eine Woche, wenn nicht mehr. Was dann mit ihm geschehen würde, könne er nicht sagen, da sich die Polizei stark für ihn interessiere.

Patrick Beil hatte seit dieser Diagnose viel Zeit zum Nachdenken gehabt. Langsam fügten sich die Gedankenfetzen zu einem Mosaik zusammen und zeigten ihm ein Bild, das ihm überhaupt nicht gefiel. Für die Polizei war er offiziell nichts weiter als das Opfer eines Mordversuchs. Beil konnte allerdings nur hoffen, dass man ihn nicht mit dem Anruf vom Freitag in Verbindung brachte. Bei diesem hatte er nämlich angeboten, gegen eine große Organisation von Waffenschiebern auszusagen, falls ihm die Kronzeugenregelung zugestanden würde. Weitere Verhandlungen in dieser Richtung würde er lieber anonym am Telefon und nicht im direkten Gespräch vom Krankenbett aus führen. Schlimm wäre es für ihn, wenn die Bundeswehr, mit oder ohne polizeiliche Unterstützung, in den Tagen seiner geistigen Abwesenheit bereits etwas über diese Waffengeschäfte herausgefunden hätte. Das würde für ihn nicht gut ausgehen, da er zu stark in diese Geschäfte verwickelt war. Die schlimmste Übelkeit erregte bei ihm allerdings der Gedanke an seine Partner in diesem Geschäft. An seinen Kontaktmann in Augustdorf, an diese finstere Organisation im Hintergrund, von der er nur wusste, dass sie die Schraube immer stärker anzog. Zu Beginn waren es Kampfmesser gewesen, dann Pistolen, dann Maschinengewehre. Nun forderten sie Panzerfäuste. Wie sollte das gehen? Wie stellten die sich das vor?

Was würden die unternehmen, wenn ihnen bekannt wurde, dass Beil die Fronten hatte wechseln wollen? Wusste er genug, dass sie in ihm eine Gefahr sehen könnten? Offensichtlich ja, denn nur so war zu erklären, dass dieser Kerl am Freitag versucht hatte, ihn zu töten. Das Bild von diesem Mann würde ihm nie wieder aus dem Kopf gehen, es hatte sich eingebrannt. Ebenso wie diese schrecklichen Sekunden zwischen dem Augenblick, in dem ihm klar geworden war, was passieren würde, und der Tat selbst, an die er sich kaum erinnern konnte. Warum hatte er eigentlich überlebt? War der Mörder gestört worden? Wo dieses Ungeheuer jetzt wohl steckte? Wartete er nur darauf, dass Beil aus dem Krankenhaus entlassen wurde, um ihm dann den Rest zu geben? Oder war Beil sogar im Krankenhaus in Gefahr? Es blieb bei dem, was bereits in der letzten Woche für ihn feststand: Seine einzige Chance war die Kronzeugenregelung.

Er wurde in seinen düsteren Gedanken durch den Besuch des Oberarztes unterbrochen, der ihn fragte, ob er sich für ein kurzes Gespräch mit der Polizei kräftig genug fühle. Als Beil sein Okay gegeben hatte, kam ein kräftiger Mann mit einem gewaltigen Walrossschnauzbart ins Zimmer und stellte sich als Hauptkommissar Sternberg aus Höxter vor. Sofort erkannte Beil die Stimme. Das war der Mann, mit dem er am Freitag telefoniert hatte, keine Frage. Nur gut, dass der Polizist keine Ahnung haben konnte, dass er nun ausgerechnet am Bett dieses Anrufers saß. So war er taktisch etwas im Vorteil, fand Beil.

Zu Beginn teilte der Polizist ihm eine Neuigkeit mit, die Beil erschütterte. Die Nachricht, dass der Mann, der ihn hatte ermorden wollen, selbst nur Minuten nach der Tat ein so schreckliches Ende gefunden hatte, machte ihn sprachlos. Dann erst stieg die Erkenntnis in ihm hoch, dass dies für ihn trotzdem eine gute Nachricht war, da er sich jetzt nicht mehr verfolgt fühlen musste. Der Kommissar ließ ihm aber keine Zeit, diese neue Lage zu genießen, sondern fragte ihn nun aus. Er wollte alles zum Hergang der Tat wissen.

Als Beil ihm dies geschildert hatte, kam die Frage, die Beil befürchtet hatte:

„Können Sie sich erklären, warum dieser Mann versucht hat, Sie zu töten? Kannten Sie diesen Mann?“

Beil verschwieg, dass er mehr als eine grobe Vorstellung

vom Motiv seines verhinderten Mörders hatte. Er gab an, diesen Menschen nie zuvor gesehen oder gesprochen zu haben, was durchaus der Wahrheit entsprach. Dann wollte der Polizist von ihm wissen, womit er sich dienstlich befasse. Als Beil ihm seinen Tätigkeitsbereich dargelegt hatte, schaute der Beamte ihn lange und nachdenklich an. Dann preschte er, ohne Vorwarnung, mit einer Frage vor.

„Sagen Sie mal, waren Sie es, der am Freitag bei mir angerufen hat? Um eine Kronzeugenregelung auszuhandeln? Ich vergesse ja manchmal einen Namen, aber nie eine Stimme. Und ich bin mir jetzt ganz sicher, dass Sie es waren."

Beil war fassungslos. Sein gesamtes taktisches Gebäude drohte einzustürzen. Es blieb ihm nichts anderes übrig, als zu bluffen und auf Zeit zu spielen.

„Ich habe keine Ahnung, wovon Sie reden, Herr Kommissar. Außerdem fühle ich mich jetzt doch etwas zu schwach, um das Gespräch fortzusetzen. Würden Sie bitte der Schwester läuten?"

Hauptkommissar Sternberg strich seinen Schnauzbart glatt und blickte ihn ruhig an.

„Ich glaube Ihnen kein Wort. Aber gut, brechen wir dieses erste Gespräch ab. Eines kann ich Ihnen aber schon mal mitteilen, damit Sie sich keine falschen Vorstellungen machen: Ich habe wirklich versucht, die Kronzeugenregelung auf den Weg zu bringen. Aber daraus wird nichts, das steht bereits fest. Man glaubt nicht, dass Sie wirklich etwas Nennenswertes zu bieten haben.

Außerdem haben wir es nicht so eilig. Wenn Sie hier herauskommen, haben Sie uns an den Hacken. Und es ist doch nur eine Frage der Zeit, bis Sie uns auch ohne Kronzeugenregelung alles beichten. Machen Sie sich da nichts vor. So, wo ist denn diese Klingel für die Krankenschwester?"

56

Langsam konnte Marc Bornemann keine Autobahnraststätten mehr sehen. Aber dieser Autohof in der Nähe von Hameln war auch keine echte Alternative. Seit fünf Tagen war er nun auf seinem Weg ins Nirgendwo. Hatte sich tagsüber auf der Autobahn herumgetrieben und nachts auf immer wechselnden Raststätten im Auto geschlafen. Er war bis Berlin gekommen und fast wieder zurück. Aber bis ins Herz Ostwestfalens hatte er sich dann doch nicht getraut. Hier war die Gefahr zu groß, dass sein Bild wieder einmal in einer Zeitung auftauchte und er erkannt würde. Bornemann hatte in den letzten Tagen nur selten die Möglichkeit gehabt, an die Heimatzeitung heranzukommen, um sich über den Stand der Dinge auf dem Laufenden zu halten. Ergiebiger waren die Gespräche mit seiner Freundin gewesen. So war Marc Bornemann an diesem Dienstagabend zwar immer noch ohne Rast und Ruh´, aber in den wesentlichen Dingen auf der Höhe des Geschehens. Er hatte am Wochenende auch mitbekommen, dass es in Höxter einen Mordanschlag auf einen Bundeswehrsoldaten gegeben hatte. Bornemann kannte diesen Soldaten gut, wusste eine Menge über ihn und hatte auch eine ganz vage Vorstellung davon, warum versucht worden war, ihn zu töten.

Der Autohof war zwar nicht besonders anheimelnd, aber in der Tankstelle führte man die Heimatzeitung aus dem Lippischen. Bornemann schloss sich auf dem Klo ein, um in Ruhe lesen zu können. Hastig überflog er die ersten Seiten. Was interessierte ihn die große, weite Welt? Einen langen Artikel über Afghanistan überflog er kurz, blätterte aber schnell weiter. Er spürte großen Widerwillen, sich mit diesem Thema, das ja letztlich der Auslöser für seine aktuelle Situation war, zu befassen. Als er die erste Lokalseite aufschlug, hatte er ein Gefühl, als habe ihm jemand in den Magen getreten. Groß, unübersehbar und überdeutlich schauten ihn seine eigenen Augen an. Sein Foto nahm etwa ein Fünftel der Zeitungsseite ein. Darüber stand, in fetter Schrift: *Täter oder Bauernopfer?* Verfasser des Artikels war ein gewisser Hermann Rodehutskors, von dem Bornemann noch nie gehört hatte. Fiebrig las Bornemann den Text, der kein gutes Haar an der Polizei ließ, der Bornemann aber sogar ein wenig entlastete. Hätte schlimmer kommen können, dachte er. Interessant waren für ihn auch die Passagen zum versuchten Mord an Feldwebel Beil. Bornemann versuchte, Verbindungslinien herzustellen, sich selbst in Beziehung zu diesem Mordversuch zu bringen und kam zu dem wenig erfreulichen Ergebnis, dass er selbst kaum weniger gefährdet war als Beil. Sollte er versuchen, zu Beil Kontakt aufzunehmen? War das überhaupt möglich?

Seine Freundin hatte ihm bei einem seiner wenigen Anrufe erzählt, dass Beil in ein Krankenhaus in Höxter eingeliefert worden war. Bornemann, der sich in Höxter etwas auskannte, wusste, dass es sich nur um das St.-Ansgar-Krankenhaus handeln konnte. Vielleicht hatte er ja Glück – vielleicht hatte Beil ja schon wieder alle Sinne beisammen und ein Telefon am Krankenbett. Warum, verdammt noch mal, sollte er nicht auch mal Glück haben?

57

Die Ermittlungen in der Mordsache Mannhardt nahmen langsam Fahrt auf. Schulte hatte sich überlegt noch einmal zur Kaserne nach Augustdorf zu fahren. Das wollte er jedoch nicht alleine machen. Er forderte seine junge Kollegin, Pauline Meier zu Klüt, auf, ihn zu begleiten. Doch die gab ihm einen Korb. Sie war der Meinung, dass hier Hartel die geeignetere Person sei. Schulte musste ihr an dieser Stelle einmal mehr recht geben. Wieder war er erstaunt, mit welcher Souveränität die junge Frau agierte.

Also verließ Schulte das Büro der Polizistin und klopfte zwei Türen weiter erneut an.

„Hartel, wir müssen nach Augustdorf. Ich will noch einmal mit diesem Hauptmann Haberstroh reden. Ich möchte, dass du mitkommst. Du kennst dich mittlerweile in der Waffensache am besten aus."

Für beide Männer war es ungewohnt, zusammenzuarbeiten. Hartel war noch nie mit Schultes Leichenwagen mitgefahren. Auch der Polizeirat konnte sich nicht erinnern, jemals gemeinsam mit Hartel eine Aufgabe bearbeitet zu haben.

Der wachhabende Soldat am Haupttor der Kaserne kannte entweder Schultes Auto oder Hartels Gesicht. Jedenfalls winkte er die beiden Männer wie alte Bekannte durch.

Auch Haberstroh schien schon zu wissen, dass die beiden Polizisten im Anmarsch waren. Er kam Ihnen persönlich entgegen und begrüßte sie. Wahrscheinlich hatte die Besatzung der Wache schon angerufen. Die Männer hielten sich nicht mit langen Höflichkeitsfloskeln auf.

Schulte kam gleich zur Sache.

„So, Herr Hauptmann, wir haben jetzt eine Vorstellung davon, wie die Täter beim Waffendiebstahl vorgegangen sind. Hartel, wärst du so freundlich und trägst uns deine Kenntnisse noch einmal vor?"

Hartel berichtete im Großen und Ganzen das Gleiche, was er auch den Kollegen schon mitgeteilt hatte. Das Erstaunen des Hauptmanns war diesem deutlich anzusehen. Doch als der Kommissar die These aufstellte, dass Mannhardt in irgendeiner Weise in die Straftat verwickelt sei, protestierte er. Das könne er sich beim besten Willen nicht vorstellen. Bei jedem, aber nicht bei Mannhardt.

„Gut", resümierte Schulte fix, „wenn Sie der Meinung sind, dass Mannhardt nicht involviert war, dann gibt es noch eine weitere Möglichkeit für ein Mordmotiv. Nämlich die, dass der Hauptmann etwas herausgefunden hat. Und bevor er seine Erkenntnis, beziehungsweise seinen Verdacht veröffentlichen konnte, wurde er kurzerhand umgebracht. Wir haben mit seiner Frau gesprochen. Die wusste von nichts. Sie sagte aber auch, dass die Kaserne zu Hause in ihrer Familie kein Thema sei. Mannhardt habe versucht, die dienstlichen Belange so gut wie möglich aus dem Privatleben herauszuhalten. Stellt sich also jetzt die Frage, gibt es Aufzeichnungen oder Unterlagen, die wir noch nicht kennen?"

Haberstroh schüttelte den Kopf. Er bekräftigte nochmals ausdrücklich, dass die Bundeswehr der Polizei all die Dinge, auf die Zugriff bestand, ausgehändigt habe. Man könne natürlich noch einmal das Geschäftszimmer des Toten durchsuchen und das Zimmer, in dem er schlief, wenn er nachts in der Kaserne geblieben war.

„Darum kümmerst du dich gleich morgen, Hartel!", wies Schulte den Polizisten an.

Dieser gab noch zu bedenken, dass es natürlich auch möglich sei, unter den mittlerweile zur Verfügung gestellten Akten noch etwas zu finden. Es sei schließlich erst ein kleiner Teil wirklich gesichtet worden. Nur alleine wäre das alles natürlich sehr mühsam. Und Lindemann würde wahrscheinlich noch ein paar Tage ausfallen. Vielleicht könne Oberfeldwebel Windmacher ihm noch ein bisschen zur Hand gehen. Der Soldat kenne die Strukturen und habe sich bisher sehr hilfreich und kooperativ verhalten.

Haberstroh nickte. Er würde dafür sorgen, dass der Oberfeldwebel Kommissar Hartel unterstützte.

„Was gibt es denn Neues von Ihrem fahnenflüchtigen Stabsunteroffizier Bornemann?", fragte Schulte. „Haben die Feldjäger da schon irgendeine Spur oder irgendeinen Hinweis?"

Diesmal schüttelte der Hauptmann den Kopf.

„Nichts, keinen Hinweis, keine Spur, der Mann weiß sich zu verstecken. Die Freundin ist mehrfach befragt worden. Aber auch die scheint nichts zu wissen."

„Na, dann werden wir vorübergehend arbeitsteilig

vorgehen. Ihre Leute sollten weiterhin versuchen, den Stabsunteroffizier zu finden," meinte Schulte, „und wir kümmern uns um den Fall Mannhardt. Ich persönlich glaube ja nicht, dass Bornemann etwas mit dem Mordfall zu tun hat."

Hartel wollte etwas sagen, doch Schulte hob beschwichtigend die Hand und fuhr fort:

„Gut, mein Kommissar ist da ganz anderer Meinung als ich. Sicher, die Fakten sprechen gegen den Stabsunteroffizier. Wollen wir mal sehen, wer am Ende recht hat. Mein Bauchgefühl oder der Rest der Welt."

Schulte grinste.

58

Lange würde der Akku seines Handys nicht mehr mitspielen. Bornemann musste ihn dringend aufladen. Aber wo lädt man so ein Gerät auf, wenn man fast seine komplette Zeit im Auto verbringt? Einmal hatte er in einer Raststätte einen Tisch bekommen, unter dem sich eine Steckdose versteckte. Hier hatte er unauffällig sein Ladekabel anschließen können. Es wurde höchste Zeit, das Handy loszuwerden. Ihm war klar, dass es letztendlich der Polizei seinen Standort verraten konnte. Wieso hatten die ihn nicht sowieso schon längst gefasst? Wie konnte es überhaupt angehen, dass einer wie er sich tagelang mitten in Deutschland herumtreiben konnte, ohne dass an jeder Ecke Handschellen klickten? Bornemann hatte das Gefühl, dass die Suche nach ihm nur halbherzig betrieben wurde.

Für zwei oder drei Gespräche würde der Akku wohl noch reichen. Bornemann fuhr seinen A4 auf einen Waldparkplatz, wo er unbeobachtet telefonieren konnte. Es war kein Problem, über die Auskunft mit dem Krankenhaus verbunden zu werden, erstaunlicherweise auch keines, eine Verbindung mit dem Patienten Beil herzustellen. Er musste allerdings einen kleinen Umweg über die Stationsschwester machen, der er sich als Bruder Beils vorstellte. Danach brachte die Krankenschwester das Telefon dem Patienten direkt ans Bett.

Bornemann nannte seinen Namen.

Offenbar wusste Beil sofort etwas damit anzufangen, schien auch etwas über Bornemanns derzeitige Lebensumstände zu wissen, denn er antwortete zwar mit schwacher Stimme, aber hörbar interessiert:

„Ach, der Fahnenflüchtige aus Augustdorf! Wie geht es dir denn? Haben sie dich noch nicht erwischt?"

Bornemann ärgerte sich. Der hatte es gerade nötig, sich über ihn lustig zu machen. Der steckte doch nicht weniger im Dreck als er selbst. Am Telefon war Bornemann aber bemüht, möglichst verbindlich zu wirken.

„Ich bin nach wie vor flüchtig, wenn du das meinst. Hör zu, Beil. Lass uns nicht lange drumherumreden. Ich kann nicht lange sprechen. Hör einfach nur zu!"

Dann berichtete er knapp von dem Zeitungsartikel, stellte seine Einschätzung der Lage dar und fragte Beil nach seiner Meinung. Beil, der nicht so richtig wusste, wie weit er sich dem Kameraden von der Bundeswehr öffnen sollte, zögerte und wich zunächst aus. Aber Bornemann ließ nicht locker.

„Meiner Meinung nach haben wir beide das gleiche Problem. Wir sind gleichzeitig Täter und Opfer. Und wir wissen etwas, das wir besser nicht wissen sollten. Wir sind beide in Gefahr. Ich finde, wir sollten zusammenarbeiten."

Bornemann konnte hören, dass sein Gesprächspartner nun leise lachte.

„Wie soll ich das anstellen? Vor meiner Tür sitzt ein uniformierter Bulle. Ich habe noch nicht rausgefunden, warum er da sitzt, ob er mich beschützen oder bewachen soll. Vielleicht beides? Und alle paar Stunden kommt ein anderer herein, um mich auszuhorchen. Wenn diese Stationsschwester nicht so eine gutmütige Gans wäre, dann hätte sie das

Telefon dem Beamten gegeben und nicht mir. Ein zweites Mal wird das nicht klappen. Wie willst du da mit mir zusammenarbeiten?“

Es ging noch eine kleine Weile hin und her. Aber unter dem Strich waren sich die beiden Männer schnell einig. Der jeweils andere war zurzeit der einzig vorstellbare Bündnispartner. Es würde tatsächlich Sinn ergeben, die Kräfte zu vereinigen und gemeinsam zu kämpfen. Nur wie?

„Du musst raus aus dem Krankenhaus!“, rief Bornemann. „So schnell wie möglich. Oder bist du noch so krank, dass du bewegungsfähig bist?“

„Nein“, beruhigte Beil. „Im Grunde bin ich wieder okay. Die wollen mich nur wieder komplett herstellen und mich beobachten. Aber wie soll ich hier rauskommen? Denk doch mal an den Bullen vor der Tür.“

„Dann denk dir was aus! Wozu bist du Soldat?“

„Vorsicht, Herr Stabsunteroffizier. Du sprichst immerhin mit einem Feldwebel, vergiss das nicht!“ Beil klang tatsächlich eingeschnappt.

Aber für Formalitäten hatte Bornemann überhaupt keinen Sinn mehr.

„Ach, leck mich! Nimm meine Hilfe an, oder lass dir noch mal ein Messer zwischen die Rippen schieben. Du musst dich jetzt nur schnell entscheiden. Pass auf! Mach, was du willst, aber wenn du vorzeitig aus dem Krankenhaus verschwunden bist, dann rufe folgende Nummer an und ich hole dich ab. Wo und wann du willst. Okay?“

59

Der Erfolg hatte Hartel gutgetan. Endlich bekam er ein bisschen Anerkennung bei seinen Kollegen. Jetzt musste er nur aufpassen, dass das zarte Pflänzchen, das da gerade heranwuchs, nicht durch seine eigene Dummheit wieder zertreten wurde.

Bei dem Kommissar war nun wieder der triste Alltag eingekehrt. Er saß wie gewohnt in der Augustdorfer Kaserne und blätterte in einem Ordner. Anerkennung und Wertschätzung waren das eine. Diese verdammten Listen zu sichten das andere. Morgen würde ihm Oberfeldwebel Windmacher wieder helfen. Doch heute war er auf sich selbst gestellt. Eine Scheißarbeit blieb eben eine Scheißarbeit. Gerade wollte sich der Kommissar den nächsten Vorgang greifen, da betrat Windmacher das düstere Büro.

Gott sei Dank, ein bisschen Ablenkung, dachte Hartel und schob den Hefter beiseite.

„Mit Ihnen habe ich jetzt gar nicht gerechnet, Herr Oberfeldwebel, ich dachte, Sie haben erst morgen Zeit."

„Habe ich auch erst, ich wollte Sie jedoch einfach mal fragen, ob Sie nicht Lust haben, heute Abend ein Bier mit mir zu trinken? So, wie ich es mitgekriegt habe, sind Sie ja Junggeselle. Genau wie ich. Also, was meinen Sie, gehen wir heute Abend noch zusammen in die Kneipe?"

Hartel war freudig überrascht. Zurzeit schien er wirklich eine Glückssträhne zu haben.

„Klar, warum nicht, sagen wir 20 Uhr in der *Cosmo Lounge*", schlug der Polizist vor.

60

Es wurde Zeit zum Handeln.

Die abendliche Essensausgabe war durch, die Tabletts waren bereits wieder abgeräumt. Bis zur nächtlichen Medikamentenausgabe würde es nun zwei Stunden dauern. Zeit genug, das zu tun, was er sich vorgenommen hatte.

Feldwebel Beil hatte sich entschieden. Seine Rechnung war einfach, aber klar. Hier im Krankenhaus war er vielleicht dadurch geschützt, dass sich alle paar Stunden ein anderer Polizist vor seiner Zimmertür postierte. Er war sich nicht sicher, ob dies im Ernstfall ein ausreichender Schutz sein würde. Spätestens aber, wenn er das Krankenhaus verlassen und in seine Wohnung zurückkehren würde, dann wäre er schutzlos. Er war schließlich kein hohes Tier, die Polizei hatte in Höxter nicht die Kapazitäten, ihn rund um die Uhr zu bewachen. Sicher, er konnte in der Kaserne wohnen. Das war vielleicht ein gewisser Schutz. Aber da die Gefahr für ihn durchaus aus den Reihen der Bundeswehr selbst kommen konnte, würden auch Nato-Draht und gut bewachte Tore nichts nützen.

Außerdem würde man ihm diese Waffengeschäfte ans Bein binden. Es gab viel zu viele Indizien, die gegen ihn sprachen. Nein, er musste weg! Musste, wie Bornemann, ständig unterwegs sein, unbedingt vermeiden, festgenommen zu werden. Um dann von einer Position relativer Stärke aus die Bedingungen auszuhandeln, um sich zu stellen. Straffreiheit hatten beide nicht zu erwarten, dass war ihnen klar. Aber Strafmilderung war ja auch schon mal was.

Es war soweit. Er war an kein Kabel mehr angeschlossen, hatte keine behindernden Verbände mehr. Nichts, außer vielleicht eine gewisse Schwäche, schränkte seine Bewegungsfreiheit ein. Unter dem Bett hatte er einige Tabletten deponiert. Auf dem Nachtschränkchen ein volles Glas Wasser.

Er deckte sich zu. Dann rief er laut nach dem Polizisten. Kurz darauf öffnete sich die Tür des Krankenzimmers, in dem Beil allein lag, ein uniformierter Mann kam herein und fragte ihn brummig, was los sei.

„Tut mir ja sehr leid, aber mir sind meine Tabletten runtergefallen und unter das Bett gekullert. Könnten Sie mir die vielleicht aufheben?“

Der Polizist stöhnte unwillig, wollte dem Patienten aber auch keine Gelegenheit geben, sich über ihn zu beschweren. Ächzend ging er in die Knie und schaute nach.

„Die liegen ja mitten unter dem Bett!“, rief der Polizist verärgert. „Da komme ich so gar nicht dran.“

Laut schimpfend kroch er unter das Bett und fischte die Tabletten hervor.

Als er gerade wieder auftauchte, warf Beil das große weiße Bettlaken über ihn und nahm ihm jede Sicht. Dann sprang Beil aus dem Bett und stürzte sich auf den nun orientierungslosen, laut schreienden Mann. Er legte beide Hände um eine Stelle der unförmigen weißen Masse, an der er den Hals vermutete und drückte kurz, aber so fest er konnte, zu. Unter dem Laken begann der Mann wild um sich zu schlagen, röchelte und erschlaffte dann. Aber nur für Sekunden, dann kämpfte er weiter, bis Beil ihm mit einer Mineralwasserflasche über den Schädel schlug. Auch das würde nicht lange anhalten, wusste Beil, riss das Laken von dem stark benommenen Mann und zog ihm die Dienstpistole, eine SIG Sauer, aus dem Halfter. Kurz darauf war der Beamte wieder voll bei Sinnen und starrte entsetzt auf den Mann im Pyjama, der eine große Pistole in der Hand hielt, deren Lauf direkt auf ihn zeigte. Beil löste die Sicherung. Mit Waffen kannte er sich schließlich aus.

„Aufstehen!“, befahl er ruppig. Und als der Polizist sich jammernd hochgereckt hatte, verlangte er:

„Ausziehen!“ Der Mann in Uniform glaubte, nicht richtig gehört zu haben. Aber Beil war unerbittlich. „Ausziehen, habe ich gesagt. Die ganze Uniform. Die Unterwäsche kannst du anlassen. Los, zack, zack!“

Kurz darauf war der Polizist nicht mehr als solcher zu erkennen und musste, nur in Feinripp gekleidet, hilflos zusehen, wie Beil die Polizeiuniform über seinen Pyjama zog. Dann befahl er dem bedauernswerten Mann, sich auf das Bett zu setzen. Beil entnahm einem kleinen Tablettenröhrchen mehrere Pillen, legte sie auf den Nachtschrank neben das Wasserglas und rief:

„Runterschlucken!“ Dabei hielt er ihm die Pistole wieder direkt an die Schläfe.

Willenlos nahm sein Opfer die Tabletten und spülte sie mit dem Wasser runter. Dann musste er sich hinlegen.

„So", brummte Beil. „Jetzt warten wir noch ein paar Minuten und dann wird alles gut."

Er stellte sich neben das Bett und zielte mit der Pistole weiterhin auf den armen Mann. „Und keinen Mucks, sonst war es dein letzter."

Als der Polizist ins Reich der Träume abgetreten war, nahm Beil die Handschellen und fesselte den Übertölpelten.

61

Die tief stehende Abendsonne brach sich in der schmutzigen, zerkratzten Autoscheibe von Schultes Volvo. Er freute sich auf zu Hause und wunderte sich gleichzeitig darüber. Noch vor fünf Jahren wäre er jetzt irgendwo in Detmold essen gegangen und hätte sich ein, zwei Bier gegönnt. Seit wann frönte er diesem, einstmals für ihn so wichtigen Ritual, schon nicht mehr? Schulte dachte nach und versuchte die Frage, die er sich gerade stellte, zeitlich einzuordnen. Anschließend grübelte er darüber, wieso sich sein Verhalten wohl so verändert hatte.

Am Armaturenbrett seines Autos leuchtete ein gelbes Lämpchen mit einer Zapfsäule auf. Also fuhr er noch einen Schlenker. In dem Supermarkt, der sich Tankstelle nannte, war ein großer Korb auffällig drapiert. Er war gefüllt mit knallroten Fußbällen, auf denen ein Werbeaufdruck eines Ölkonzerns zu lesen war. Das ist doch ein prima Geschenk für Linus, dachte Schulte und kaufte einen dieser Bälle.

Als er zehn Minuten später vor seinem Haus in Heidental stoppte, wurde er von seinem Hund Monster und seinem Enkel Linus schon erwartet. Sie standen nebeneinander an der Einfahrt des Fritzmeier´schen Hofes. Schulte stieg aus und klemmte sich den neu erworbenen Ball unter den Arm. Die beiden Wartenden, Kind und Hund, freuten sich über dieses Geschenk.

„Komm, Linus, wir trainieren ein bisschen. Wir machen es wie *Die wilden Kerle*. Wir spielen uns den Ball zu, und Monster muss versuchen ihn zu fangen."

Opa und Enkel kickten die rote Kugel, und der schwarze Hund sprang aufgeregt zwischen den beiden Menschen hin und her. Schon nach fünf Minuten merkte Schulte, dass seine Wadenmuskeln hart wurden und sich spannten. Zwei weitere Minuten später fühlten sie sich an wie aus Stein. Jetzt musste er eine gute Ausrede finden, um die sportliche Betätigung zu beenden, sonst würde er sich in kurzer Zeit eine Zerrung zuziehen.

Schulte hatte Glück: Gerade musste er wieder einem Ball nachrennen, den sein Enkel ungenau gepasst hatte. Da wäre er beinahe auf der Kühlerhaube eines gelben Renault Mégane Cabrio gelandet. Schulte bremste ab und sah in die Augen von Maren Köster.

„Na, Jupp, mutierst du gerade vom einsamen Wolf zum Familientier?", fragte sie grinsend.

„Nee, ich trainiere für das Sportabzeichen. Müssen doch alle Polizisten in Nordrhein-Westfalen jetzt wieder machen."

In dem Moment gab es einen Knall. Schulte hörte ein Zischen.

„Opa! Du hast nicht aufgepasst. Jetzt hat Monster den neuen Fußball zerbissen." Linus weinte.

Schulte humpelte mit schmerzenden Waden zu seinem Enkel und nahm ihn auf den Arm.

„Sei nicht traurig, Linus, morgen fahre ich noch einmal zu der Tankstelle und kaufe einen neuen Ball. Solange spielst du einfach mit dem alten."

Er streichelte seinem Enkel noch einmal über den Kopf. Dann stellte er ihn wieder ab und gab ihm einen Klaps auf den Hintern.

„Du musst alleine weiterspielen. Denn ich werde mich jetzt um diese junge Dame kümmern."

Vorhin, im Eifer des Spiels, hatte Schulte die Schmerzen in seinen Waden zwar wahrgenommen, doch nun, wo er zur Ruhe gekommen war, verspürte er Höllenqualen. Er hatte das Gefühl, dass jemand mit glühenden Klingen in seine Muskeln stach. Wie auf Eiern gehend stakste er zu Maren Köster.

„Was treibt dich zu uns?"

Seine Kollegin hakte sich bei ihm ein und sagte: „Ich wollte dich besuchen".

Schulte humpelte mit ihr am Arm zu einer Bank, ein paar alten Stühlen und einem klapprigen Tisch, die in seinem verwilderten Garten standen. Mit der Hand wischte er Blütenstaub und trockene Blätter von den Sitzflächen.

„Das freut mich. Hast du schon Abendbrot gegessen? Und wie wär‘s mit einem Bier?

„Abendbrot gegessen, nein. Ein Bier nehme ich gern."

Maren Köster setzte sich, und Schulte wankte ins Haus. Zwei Minuten später kam er mit einer blau-weiß karierten Tischdecke zurück. In den Händen hielt er ein Tablett mit Besteck, Brot und verschiedenen Wurstsorten.

„Bier kommt sofort. Detmolder Herb, Pils oder Landbier?"

Schulte hatte eine Lautsprecherbox in die Tür zum Garten gestellt, aus der Musik von Sade den Garten beschallte.

Als Schulte die dritte Flasche Bier auf den Tisch stellte, lehnte sich Maren Köster an seine Schulter und meinte: „Dann kann ich aber nicht mehr mit dem Auto fahren."

62

Vorsichtig lugte Patrick Beil aus der Tür seines Krankenzimmers hinaus. Auf dem Flur der Station liefen Krankenschwestern, Ärzte und verspätete Besucher durcheinander. Wunderbar, dachte Beil. In diesem Durcheinander würde er am wenigsten auffallen. Sicher könnte die Uniform einige Blicke auf sich ziehen. Und? Da der Polizeiposten vor seinem Krankenzimmer alle paar Stunden gewechselt hatte, würden sich weder Ärzte noch Krankenschwestern wundern, wenn wieder ein neues Gesicht auftauchte. Und sowieso waren sie viel zu beschäftigt, um auf ihn zu achten.

Unbehelligt schritt der falsche Polizist durch die unendlichen Flure des St.-Ansgar-Krankenhauses. Als er im Erdgeschoss an der Rezeption vorbeikam, grüßte er reflexmäßig auf militärische Art. Das fiel niemandem auf. Vor dem Haupteingang blieb er kurz stehen und atmete tief ein. Endlich wieder draußen! Es dämmerte bereits, als er die Treppen zum Parkplatz hinunterstieg. So, jetzt galt es zu überlegen, wie er von hier verschwinden konnte. Er hatte dem bedauernswerten Polizeibeamten nicht nur die Uniform, sondern auch das Handy genommen. Mit diesem Gerät wählte er nun die Nummer, die Bornemann ihm letztens genannt hatte. Das Gepräch war kurz und knapp, aber Beil wusste nun, wohin er flüchten musste.

Bornemann hatte sich, trotz seiner großen Worte zu Beginn ihrer Zusammenarbeit, geweigert, nach Höxter zu kommen. Er wollte außerhalb Ostwestfalens bleiben. Und dann gerade Höxter! Wo es, fast gegenüber dem Krankenhaus, eine große Kaserne gab. Das Heer ist ein Dorf, hatte er gesagt, da kennen mich doch ganz viele.

Und auch Patrick Beil, den in Höxter noch wesentlich mehr Leute kannten, musste so schnell wie möglich von hier verschwinden. Nur wie? Da er schlecht zu Fuß laufen konnte, musste er irgendwie an ein Auto kommen. Er schaute sich auf dem Parkplatz um, überlegte kurz und fasste dann einen schnellen Entschluss.

Etwa dreißig Meter vor ihm ging ein alter Mann gerade auf einen Skoda Octavia zu. Beil beeilte sich und kam gerade in dem Augenblick dort an, als der alte Herr die Tür des Fahrzeuges entriegelt hatte und sich zum Einsteigen bereit machte.

„Halt! Polizei!“, schrie Beil dem vor Schreck zusammenzuckenden Mann zu. Ihm das Schlüsselbund aus der Hand zu reißen und ins Auto zu springen, war ein einziger, fließender Bewegungsablauf.

„Verbrecherjagd!“, rief er erklärend, während er den Motor anließ. „Ganz eilige Sache. Das Auto können Sie morgen bei der Polizei abholen! Danke!“

Während der Rentner noch mit offenem Mund dastand, ließ Beil den Motor aufheulen und brauste davon. Nicht übel, dachte Beil, als er die Brenkhäuser Straße stadteinwärts fuhr, zwei Straftaten innerhalb einer halben Stunde. Das musste ihm erst mal einer nachmachen.

Von nun an durfte er nicht mehr auffallen. Sorgfältig darauf achtend, kein Tempolimit zu überschreiten und keine rote Ampel zu überfahren, folgte er der etwas umständlichen Route um die Höxteraner Altstadt herum bis zur Weserbrücke. Hinter der Brücke folgte er der Fürstenberger Straße, durchquerte Boffzen und fuhr die kurvenreiche Strecke durch den Solling. Gegen seinen Willen musste er an den widerwärtigen Polizistenmord denken, der hier Anfang der neunziger Jahre stattgefunden hatte. Damals war er noch ein Kind gewesen, da die Mörder aber aus seinem Heimatdorf kamen, war es auch für ihn ein traumatisches Geschehen gewesen.

Schließlich mündete die endlos scheinende Straße durch den Bergwald im kleinen Touristenort Neuhaus im Solling. Er hatte sich mit Bornemann auf einem Platz vor der Kur-Apotheke verabredet. Hoffentlich war der Kerl auch da, hoffentlich war dem überhaupt zu trauen. Auch wenn er Bornemann durch ihre gemeinsame dienstliche Zusammenarbeit schon lange kannte und nun eine Art Bündnis mit ihm eingegangen war, auch wenn sie beide nun in der gleichen Gefahr waren und gemeinsame Interessen hatten, gab es für ihn doch einen großen Unterschied. Beil war trotz allem Soldat mit Leib und Seele und fühlte sich außerstande, einem Fahnenflüchtigen auf Augenhöhe zu begegnen. Dafür hatte er kein Verständnis, wollte es auch gar nicht haben. Und Zutrauen zu einem, der seine Pflicht im Stich lässt, hatte er schon gar nicht.

Aber Bornemanns Audi stand tatsächlich, wie verabredet, auf diesem Parkplatz. Mittlerweile war es finstere Nacht geworden, der Platz war spärlich durch einige Straßenlaternen erleuchtet. Beil stieg aus dem Skoda aus und verriegelte ihn. Das Schlüsselbund warf er in den Briefkasten der Apotheke. Irgendein gütiges Schicksal würde die drei schon wieder zusammenführen, dachte er. Schlüssel, Auto und Rentner. Alles würde gut. Ein schlechtes Gewissen konnte er sich jetzt nicht leisten, das würde nur unnötig belasten.

Dann stieg er bei Bornemann ein.

63

Was für eine Gurkerei, dachte Marc Bornemann, als er zusammen mit seinem Beifahrer Patrick Beil eine lange Tour durch dunkle Wälder beendet hatte. Aber den direkten Weg von Neuhaus über Holzminden hatte Beil, der die Richtung vorgab, nicht nehmen wollen, in einer Stadt konnte einfach zu viel schiefgehen. Also waren sie von Neuhaus nach Dassel gefahren, von da an immer gen Norden. Sie hatten nördlich von Bodenwerder die Weser überquert, waren direkt an den Kühltürmen des Kernkraftwerkes Grohnde entlanggefahren und kurz vor der Gemeinde Emmerthal in einen Feldweg eingebogen. Am Ende des Feldweges stand ein sehr kleines Häuschen, in der Dunkelheit kaum zu erkennen.

„Wir sind hier ganz in der Nähe der Weser und des Atomkraftwerkes“, erklärte Beil, als sie bei einer Flasche Bier am Tisch der winzigen Küche saßen. „Dieses Häuschen hat meine Oma bis kurz vor ihrem Tod bewohnt. Jetzt gehört es einer Erbengemeinschaft, zu der ich auch gehöre. Aber eigentlich interessiert sich keiner dafür. Das Haus ist praktisch nichts wert. Nicht nur, weil hier seit Jahren keiner einen Cent reingesteckt hat, sondern auch, weil es praktisch im Schatten der Kühltürme steht. Wer will denn hier wohnen?“

„Umso besser für uns“, resümierte Bornemann.

Über den Stand der Ereignisse hatten sich die beiden schon während der Fahrt ausgetauscht. Nun galt es, einen Plan zu schmieden.

„Machen wir uns nichts vor“, begann Bornemann, der spürte, dass Beil nach wie vor starke Vorbehalte gegen ihn hegte. Bornemann führte dies auf die unterschiedlichen Dienstgrade zurück. Auf die Idee, dass Beil ihn wegen seiner Fahnenflucht gering schätzen könnte, kam er nicht. „Wir haben beide schlechte Karten. Unseren Job bei der Bundeswehr können wir uns von der Backe putzen. Uns beiden steht der Knast bevor. Beide sind wir gefährdet, weil wir zu viel von den falschen Leuten wissen. Entweder wir finden gemeinsam einen Weg aus dieser Scheiße heraus oder wir gehen gemeinsam unter.“

Offenbar konnte sich Beil dieser Logik nicht völlig entziehen, denn er ergänzte, wenn auch widerwillig: „Ich gebe dir ja recht. Aber ich habe nicht die geringste Ahnung, was wir machen können. Abhauen? Ins Ausland? Aber da müssen wir schon verdammt weit kommen, um nicht ausgeliefert zu werden. Wie wäre es mit der Fremdenlegion? Wir sind gut ausgebildete Soldaten, die würden uns sofort nehmen. Dann wären wir in Sicherheit. Was meinst du?“

Bornemann fand dies wenig ansprechend.

„Ob ich nun als Fremdenlegionär irgendwo in Zentralafrika erschossen werde oder hier als lästiger Mitwisser, spielt eigentlich keine große Rolle. Ich will überleben und ich will einigermaßen glimpflich aus dieser ganzen Sache rauskommen."

Die Männer tranken, minutenlang schweigend, ihr Bier. Dann meinte Bornemann.

„Ich hatte ja in den letzten Tagen viel Zeit, nachzudenken. Also zumindest für mich gilt: Ich habe keine Chance, völlig straffrei aus der Geschichte rauszukommen. Selbst wenn ich mich freiwillig stelle, werde ich um den Knast nicht herumkommen. Und das Leben, welches ich im Augenblick führe, halte ich keine zwei Wochen mehr durch. Dann können sie mich gleich in Eickelborn einliefern. Falls ich nicht vorher von unserem gemeinsamen Feind umgenietet werde. Aber die Tatsache, dass ich einiges über manche Leute weiß, ist auch meine Chance. Wenn ich dieses Wissen der Polizei zur Verfügung stelle, bringt die das deutlich weiter. Das Gleiche gilt für dich, wahrscheinlich sogar in noch höherem Maße. Wir haben also was anzubieten, meinst du nicht auch?"

Beil drückte vage Zustimmung aus, indem er nicht antwortete. Also fuhr Bornemann fort: „Wir sollten also versuchen, dieses Wissen in die Waagschale zu werfen. Wir bieten der Polizei diese Kenntnisse an, verhandeln aber vorher über die Bedingungen. Wie gesagt, völlige Straffreiheit können wir knicken, aber wir können sie erst einmal als Gegenleistung fordern, in der Hoffnung, dann wenigstens mit der Hälfte der Strafe davonzukommen. Wenn die Justiz darauf nicht einsteigt, können wir immer noch überlegen, wie es weitergeht."

Beil wollte schon empört protestieren, dann aber wurde er nachdenklich.

„Vielleicht hast du recht. Zumindest ist es einen Versuch wert. Aber wie willst du das machen? Sollen wir in die nächste Polizeistation gehen und sagen: Hallo, hier sind wir!? Dann haben wir schon verloren. Auf Verhandlungen am Telefon werden sich die Bullen nicht einlassen. Wie willst du Kontakt aufnehmen? Über deine Freundin?"

„Auf keinen Fall!", konterte Bornemann blass erschrocken. „Lass Kathie da raus! Nein, ich habe eine andere Idee." Er kramte in einem Rucksack und friemelte eine zusammengerollte Zeitung heraus, die er auf den Tisch warf. „Hier, lies das! Das ist der Artikel von gestern. Der Schreiber scheint verdammt gut informiert zu sein."

Als Beil offenbar mit dem Text fertig war und wieder aufschaute, ergänzte Bornemann: „Dieser Schreiber ist sehr gut im Bilde, der hat mit absoluter Sicherheit gute Kontakte zur Polizei. Aber nicht nur das, er scheint auch Rückgrat zu haben. Immerhin macht er Justiz und Polizeiführung richtig Feuer unterm Hintern. Das traut sich nicht jeder."

Er öffnete eine weitere Flasche Bier, bevor er seinen lange durchdachten Vorschlag machte.

„Was hältst du davon, wenn wir diesen Mann ansprechen? Wir bieten ihm unsere Informationen für eine exklusive Story an. Er macht für uns den Kontaktmann zur Polizei und führt für uns die Verhandlungen. Wenn es klappt, gewinnen wir alle. Wenn nicht, dann sind wir auch nicht schlimmer dran als jetzt."

Beil dokterte lange an diesem kühnen Gedanken herum, schien mit sich zu ringen. Bornemann zappelte ungeduldig mit den Beinen, bis endlich eine Antwort kam.

„Okay! Dann rufen wir also morgen früh diesen ... wie heißt er noch, Hermann Rodehutskors an. Der wird ja wohl im Telefonbuch stehen. Außerdem müssen wir dir neue Klamotten besorgen. Als Bulle bist du etwas zu auffällig."

64

Entspannt rutschte Schulte auf seinem Schreibtisch nach hinten. Nach anfänglichen Schwierigkeiten im Fall Mannhardt schien langsam aber sicher alles seinen Lauf zu nehmen. Ein kleiner Ermittlungserfolg nach dem anderen stellte sich ein. Immer klarer wurden die Strukturen. Für ihn war es nur noch eine Frage der Zeit, dann hätten sie den Täter.

Das Telefon riss ihn aus seinen Gedanken. Schulte sah auf das Display. Es war sein Chef, Erpentrup. Was wollte der denn? Der Polizeirat überlegte sich, ob er das Gespräch überhaupt annehmen sollte. Große Lust hatte er nicht. Doch er griff zum Hörer.

„Herr Polizeirat Schulte, können Sie bitte einmal in mein Büro kommen?“, lautete die knappe Ansage. Im nächsten Moment hatte Erpentrup schon wieder aufgelegt.

Das waren ja ganz neue Methoden, dachte Schulte. Bisher war der Chef meist zu ihm gekommen. Jetzt drehte er den Spieß anscheinend um und ließ den Polizeirat antanzen.

Schulte stemmte sich aus seinem Stuhl hoch und machte sich widerwillig auf den Weg.

Als er bei seinem Vorgesetzten angekommen war, kam dieser relativ schnell zur Sache. „Schlechte Nachricht, Schulte! Der verletzte Soldat in Höxter ist getürmt. Dieser Hauptkommissar Sternberg hatte zwar einen Polizisten vor das Krankenzimmer gesetzt. Doch das schien ein Fehler gewesen zu sein. Dieser Beil hat unseren Kollegen über den Tisch gezogen. Er hat den uniformierten Polizisten in das Krankenzimmer gebeten und ihn niedergeschlagen. Anschließend hat er ihm die Uniform ausgezogen und ihn mit den Handschellen ans Krankenbett gefesselt. Dann hat er sich in aller Seelenruhe die Polizeiuniform angezogen.

So bekleidet ist er aus dem Krankenhaus spaziert. Die Dienstwaffe des übertölpelten Kollegen hat er natürlich auch mitgenommen.“

„Schöne Scheiße“, war das Einzige, was Schulte dazu zu sagen hatte.

Eine Zeitlang schwiegen beide Männer. Da wollte der gute Sternberg alles richtig machen und hatte dem Kranken eine Wache vor die Tür gesetzt. Doch die Quintessenz war leider nun mal die, dass er dadurch dem Flüchtigen auch noch zu einer Pistole verholfen hat. Pech!

Dann fragte Schulte seinen Chef: „Und, haben wir schon Maßnahmen eingeleitet?“

„Wie kommen Sie denn auf das schmale Brett? Das ist ja wohl immer noch Ihre Sache.“

„Dachte ich bisher auch, aber wenn die Informationen jetzt schon an mir vorbei direkt zu Ihnen gehen, kann es ja durchaus möglich sein, dass Sie dann auch gleich alles Weitere erledigt haben.“

„Na, na, Schulte, jetzt seien Sie mal nicht gleich wieder eingeschnappt“, frotzelte Erpentrup. „Der Leiter der Kreispolizeibehörde Höxter hat mich informiert. Wie hatten noch ein paar andere Punkte zu besprechen, da haben wir die Angelegenheit ‚übertölpelter Polizist’ gleich mit abgehandelt.

Also kommen Sie wieder runter und vermuten Sie nicht gleich wieder eine Verschwörung. Sehen Sie lieber zu, dass Sie Ihre Leute auf den aktuellen Stand bringen.

Und zu guter Letzt, so besonders prickelnd ist die Tatsache, die in Höxter geschaffen wurde, ja auch nicht. Irgendein gewaltbereiter Soldat, der wahrscheinlich auch noch einigen Dreck am Stecken hat, läuft mit einer Dienstwaffe der Polizei durch die Gegend. Sehen Sie mal zu, dass wir den wieder einfangen.“

Schulte war baff. Was hatte man denn Erpentrup in den Kaffee getan? Heute hatte der Polizeidirektor aber ganz schön gegen ihn gepunktet. Schulte zuckte mit den Schultern und verließ ziemlich bedröppelt das Chefbüro.

Auf dem Flur lief er Pauline Meier zu Klüt über den Weg.

„Na, Herr Polizeirat, zurück vom Hahnenkampf? Und so gerupft, wie Sie aussehen, scheint diesmal unser aller Chef die Nase vorn gehabt zu haben."

Schulte war sprachlos. Was war hier eigentlich los?

„Ja Meier, er hatte die Nase vorn. Das hat mich schon gewundert. Aber dass du mich hier jetzt auch noch so von der Seite anhaust, gibt mir doch zu denken."

Die Kommissarin zog Schulte in ihr Büro.

„Ein paar klare Worte, Herr Polizeirat. Die möchte ich nicht auf dem Flur zum Besten geben. Vielleicht verlasse ich gerade meinen Kompetenzbereich, aber das muss hier jetzt mal gesagt werden:

Erstens, ich bin und bleibe Ihnen gegenüber loyal.

Zweitens, ich finde die Art und Weise, wie Sie mit Erpentrup umgehen, nicht in Ordnung.

Drittens, ich werde mir diese Unkultur nicht zu Eigen machen.

So, und nun können Sie mich den Hof fegen lassen."

Das war jetzt schon das zweite Mal innerhalb weniger Tage, dass Schulte etwas zu hören bekam, mit dem er nicht gerechnet hatte. Erst hatte Hartel deutliche Worte gefunden und jetzt auch noch dieses Küken, diese Meier zu Klüt.

„Schon in Ordnung, Meier, ich wollte dir gar nicht unterstellen, dass du nicht loyal bist. Ich war nur ziemlich verwundert darüber, dass du wieder einmal genau ins Schwarze getroffen hast. Im Übrigen erwarte ich gar nicht von dir, dass du gemeinsam mit mir gegen Erpentrup zu Felde ziehst.

Aber lass mir meinen Händel mit dem Chef. So, und jetzt feg den Hof!"

Schulte drehte sich um und machte Anstalten, aus dem Büro zu gehen. Doch dann wandte er sich noch einmal an die Kommissarin.

„In Höxter ist der Beil abgehauen. Er ist bewaffnet. Wir müssen uns heute noch einmal kurz zu einer Besprechung zusammensetzen. Ich schlage vor, wir treffen uns in einer viertel Stunde. Sag den anderen Bescheid.“

Dann verließ Schulte endgültig den Raum.

65

Gut gelaunt fuhr Hartel am nächsten Morgen zur Detmolder Kreispolizeibehörde. Der Abend mit Windmacher war nett gewesen. So ein Bier unter Männern zu trinken, ist schon eine feine Sache, dachte der Kommissar. Da wird nicht gleich jedes Wort auf die Goldwaage gelegt. Man kann mal einen blöden Witz machen, aber auch ernste Themen ansprechen.

Es war lange her, dass Hartel die Möglichkeit gehabt hatte, sich in einer solchen Atmosphäre wohlzufühlen. Und Klaus, also Windmacher, der ihm nach dem dritten Bier das Du angeboten hatte, schien wirklich ein netter Kerl zu sein. Der Polizist war sich sicher, einen solchen Abend wie den gestrigen würden sich die beiden Männer bald wieder organisieren.

In der Bielefelder Straße angekommen, stellte Hartel seinen Wagen auf den Besucherparkplatz und sprintete in sein Büro. Er musste nur noch ein paar Unterlagen einpacken und einige Kleinigkeiten erledigen. Danach würde er gleich weiterfahren zur General-Feldmarschall-Rommel-Kaserne nach Augustdorf.

Um elf hatte er sich dort mit dem Oberfeldwebel verabredet. Die beiden Männer wollten sich heute gemeinsam über die Waffenakten hermachen. Als Hartel gestern Abend über diese stupide Arbeit geflucht hatte, meinte Windmacher nur lapidar:

„Drei Tage, Oliver, dann ist der Drops gelutscht. Länger brauchen wir mit Sicherheit nicht mehr für den Papierkram.“

Heute Morgen fand der Kommissar es sogar ein bisschen schade, dass sie wahrscheinlich wirklich nur noch ein paar Tage brauchten, bis alle Akten durchgesehen waren. Im Moment bedauerte er es sogar, dann nicht mehr mit seinem neuen Kumpel Windmacher zusammenarbeiten zu können. Aber vielleicht würde sich zukünftig auch in Detmold einiges ändern. Irgendwie waren alle Kollegen in den letzten Tagen etwas netter zu ihm.

66

Die Frühbesprechung am Donnerstagmorgen war ruhig verlaufen, alle Beamten waren mittlerweile wieder an die Arbeit gegangen.

In seinem Büro hing Jupp Schulte seinen Gedanken nach. Private Gedanken, die eigentlich nicht in die Arbeitszeit gehörten. Aber da diese Gedanken auch eine Kollegin betrafen, waren sie auch ein bisschen dienstlich, entschuldigte er sich selbst seine Abschweifungen.

Der gestrige Abend war noch lang geworden. Maren Köster war ungewöhnlich warmherzig und zugewandt gewesen. So hatte er sie selten erlebt. Ihr früheres, alles andere als konfliktfreies Verhältnis zueinander, hatte sich in den letzten Monaten erstaunlich verändert. Vor rund anderthalb Jahren war Schulte persönlich so stark unter Beschuss geraten, auch innerhalb des Polizeiapparates, dass er ernsthaft daran gedacht hatte, den Polizeidienst zu quittieren. Damals war Maren Köster eine der ganz Wenigen gewesen, die rückhaltlos zu ihm gestanden hatten. Das würde er ihr nie vergessen. Das neue Gemeinschaftsgefühl gipfelte damals in einem kleinen, amourösen Zwischenhoch, das aber bereits nach einer Woche in beiderseitigem Einverständnis wieder beendet wurde. Nun waren sie immer noch auf der Suche nach dem richtigen Umgang miteinander. Und mal war er es, der die unsichtbare

Grenzlinie überschritt, mal sie, die mehr Nähe suchte, als zwischen Arbeitskollegen gut ist. Denn das war beiden klar – wenn sie tatsächlich mal ein Paar werden sollten, dann wäre dies auch das Ende ihrer gemeinsamen Arbeit in Detmold. Dann würde sie oder er sich versetzen lassen müssen. Sonst könnte alles in einem gewaltigen Fiasko enden. Da aber keiner von beiden sich eine Versetzung vorstellen konnte, denn Lippe war nun mal ihr Lebensmittelpunkt, versagten sie sich wohlweislich eine Liebesbeziehung. So hatte sich im Laufe der Zeit zwischen ihnen eine Art geschwisterliche Zuneigung ausgebildet, mit der sie ganz gut klarkamen. Vor zehn Jahren wäre dies für sie unvorstellbar gewesen.

Schulte wurde jäh aus seinen Gedanken gerissen, als seine Bürotür aufsprang und mit Hermann Rodehutskors ein ganz seltener Besucher hereinspazierte. Der alte Herr schloss die Tür sorgfältig hinter sich zu und ließ sich erschöpft und ächzend auf den Besucherstuhl fallen.

„Können wir ein paar Minuten ungestört sprechen?“, fragte er, als er wieder ausreichend Luft bekam. Offenbar hatte Rodehutskors den rund siebzig Meter langen Weg vom Parkplatz bis zum Büro ohne Pause zurückgelegt. Er war nun mal kein großer Fußgänger. Schulte nickte und bot ihm einen Kaffee aus seinem Vollautomaten an. Rodehutskors nahm dankend an.

„Ich habe vor einer Stunde einen Anruf bekommen, der eigentlich für Sie bestimmt war“, begann er etwas kryptisch. Dann berichtete er von dem Anruf des von der Polizei gesuchten Bornemanns.

„Der hat bei Ihnen angerufen?“, fragte Schulte völlig überrascht. „Was ist das denn? Wir suchen den Kerl seit über einer Woche und dann ruft der seelenruhig bei Herrn Rodehutskors an. Was wollte er denn?“

Rodehutskors schmunzelte.

„Aber das ist noch nicht alles, Herr Schulte. Sie werden

nicht glauben, wer noch dabei war und zwischendurch immer wieder mal dazwischengefunkt hat.“

Erst als er sich der vollen Aufmerksamkeit Schultes sicher war, sprach er weiter.

„Ein anderer Flüchtling. Der aus Höxter.“

„Beil?“, schrie Schulte fast hysterisch. „Wollen Sie mich ...?“

„Nein, will ich nicht!“, fuhr Rodehutskors genussvoll dazwischen. „Es war tatsächlich Beil. Passen Sie auf!“

Dann berichtete er von dem Gespräch. Davon, dass sich Bornemann und Beil zusammengetan und ihm eine exklusive Story angeboten hatten. Auch davon, dass sie im Austausch für wichtige Informationen Straffreiheit zugesichert bekommen wollten.

Schulte war platt. Mit allem hatte er gerechnet, nur nicht mit einer solchen Offensive.

„Aber“, Schulte versuchte immer noch, den Zusammenhang mit Rodehutskors zu verstehen, „wieso haben die sich gerade an Sie gewendet? Warum nicht direkt an mich oder einen anderen aus unserem Team?“

Rodehutskors gab die Begründung der beiden Anrufer weiter. Sie hätten seinen Artikel gelesen und wären sehr beeindruckt gewesen von seiner Courage und Aufrichtigkeit. Sie würden ihm vertrauen, hätten aber auch eine Menge zu bieten. Direkt mit der Polizei wollten sie nicht verhandeln, da sie ihr nicht trauen würden.

Schulte spülte diese Ehrabschneidung mit einem großen Schluck Kaffee runter, überlegte kurz und fragte dann: „Und, wie schätzen Sie das Ganze ein? Sind die beiden verlässlich? Haben die wirklich was anzubieten oder bluffen die nur?“

Rodehutskors wählte seine Worte sorgfältig aus.

„Ich kann natürlich für nichts garantieren. Aber wissen Sie, ich war über vierzig Jahre lang Journalist und traue mir schon ein gewisses Gespür zu. Und diese beiden jungen Männer machen weder einen hysterischen noch einen großspurigen Eindruck. Ich glaube Ihnen, dass sie wirklich etwas zu erzählen haben. Die Sache mit der Straffreiheit ist nicht meine Entscheidung, aber ich persönlich würde nur ungern auf die Geschichte verzichten."

Schulte war aufgesprungen und lief wütend um seinen Schreibtisch herum.

„Was denken die sich eigentlich? Bauen großen Mist und wollen nicht dafür geradestehen. Wer sich die Suppe einbrockt, der muss sie auch auslöffeln. Wo sind wir denn hier? Wir sind doch nicht ihre Sozialarbeiter. Was meinen Sie, was der Staatsanwalt mir erzählt, wenn ich ihm das vorschlage? Ganz zu schweigen von unserem untadeligen Polizeichef. Ich schätze mal, wenn die beiden nur den Namen Rodehutskors hören, dann haben sie Schaum vor dem Mund. Sie sind seit Ihrem Artikel sehr prominent in der Kreispolizeibehörde, Herr Rodehutskors." Hermann Rodehutskors lachte laut.

„Dass ich auf meine alten Tage noch mal echte Fans habe, großartig! Aber nun im Ernst. Werden Sie es versuchen oder nicht?"

Schulte drehte noch eine Runde um den Tisch. Dann blieb er stehen und nickte.

67

Nachdem Schulte mit Rodehutskors gesprochen hatte, wurde anschließend die Mordkommission von ihm informiert. Er hatte von den Kolleginnen und Kollegen verlangt, dass sie jetzt in Bereitschaft blieben.

„Der Zug kann jederzeit Fahrt aufnehmen. Falls es zum großen Showdown kommt, erwarte ich von allen hier im Raum, dass sie innerhalb von zehn Minuten auf der Matte stehen!", verlangte der Polizeirat.

„Ach ja, Hartel, wie ist es mit dir? Kannst du hier die Stallwache übernehmen?"

Er hatte es geahnt. Ausgerechnet heute. Aber er wollte Schulte keinen Korb geben. Während des Bereitschaftsdienstes durfte sowieso kein Alkohol getrunken werden.

„Na gut, ich mache das. Ich muss nur gleich noch einmal telefonieren."

„Gut, dann war's das", beendete Schulte die Besprechung. Die Gruppe löste sich auf.

Als Schulte und Maren Köster den Sitzungsraum verließen, hörte Hartel, wie Schulte seine Kollegin fragte:

„Was ist los, Maren? Geht es dir nicht gut?"

„Ich habe verdammte Rückenschmerzen. Auf deinem Sofa habe ich das letzte Mal geschlafen. Das ist ja so was von unbequem."

Schulte grinste: „Es gibt auch andere Möglichkeiten."

Maren Köster rammte ihm daraufhin die Faust in die Seite und schloss dann die Tür hinter sich. Jetzt war Hartel allein im Raum. Er zückte sein Handy und rief Windmacher an.

„Hallo Klaus, ich bin es. Ich muss unser Treffen heute Abend leider absagen. Ich habe Bereitschaft."

„Das ist ja schade", entgegnete Windmacher. „Was ist denn los?"

„Ach, deine beiden Kollegen, äh t'schuldigung Kameraden, Bornemann und Beil, haben sich zusammengetan. Sie haben über einen Journalisten Kontakt zu uns aufgenommen. Sie wollen ein Zeugenschutzprogramm und Strafminderung. Und als Gegenleistung wollen sie auspacken.

Unsere Chefs und die Staatsanwaltschaft sind sich aber noch nicht einig. Und Schulte hofft wohl, dass er die beiden Flüchtigen auch ohne den ganzen Formalkram an den Tisch kriegt. Unser Polizeirat ist der Mann für spektakuläre Lösungen. Na, jedenfalls hatte er uns jetzt vergattert, und ich habe Stallwache."

„Okay, was nicht ist, ist nicht, Oliver. Mach dir keinen Kopf, das können wir ja jeder Zeit nachholen."

68

Seit Tagen war er mehr oder weniger zur Untätigkeit verdammt gewesen. Und jetzt auch noch diese schlechte Nachricht. Das hatte ihm gerade noch gefehlt. Jetzt hatten sich die beiden Knalltüten doch verdammt noch mal zusammengetan.

Was Windmacher allerdings wunderte, war die Tatsache, dass die Organisation sich noch nicht bei ihm gemeldet hatte. Immerhin war Brocelli einer von ihnen gewesen. Aber bisher war alles ruhig geblieben. Keiner hatte sich mit ihm in Verbindung gesetzt. Was das wohl alles zu bedeuten hat? Stand er jetzt auch auf der Abschussliste?

Es war zum Verrücktwerden. Jahrelang war alles so glattgegangen. Und jetzt lief alles schief. Begonnen hatte die Pechsträhne damit, dass Mannhardt diese illegale Uzi gefunden hatte. Das hatte Windmacher der Trotteligkeit Bornemanns zu verdanken. Dann war dieser Idiot abgehauen. Vorübergehend kam ihm das sehr zupass. Aber die Tatsache, dass Bornemann und Beil zusammengefunden hatten, war mit das Schlimmste, was passieren konnte.

Es sei denn, er würde diese beiden Pfeifen zusammen erwischen und sie erledigen. Aber dazu müsste er sie erst mal finden. Wahrscheinlich wäre der einzige Weg zu ihnen über Bornemanns Freundin. Aber diese dumme Tussi konnte entweder super gut dichthalten oder sie wusste wirklich nichts.

Windmacher musste handeln. Das war ihm schon längst klar. Aber wie? Er befand sich auf vermintem Gelände. Ein falscher Schritt und er wäre hinüber. Für immer.

Der letzte Trumpf, den er im Ärmel hatte, war die Tatsache, dass Hartel zu ihm Vertrauen gefasst hatte. Der war sehr mitteilungsbedürftig. Wenn er Glück hatte, konnte er durch Hartels Informationen der Polizei ein paar Schritte voraus sein.

Windmacher überlegte und fasste einen Entschluss.

Wenn die Organisation sich nicht an ihn wandte, dann musste er sich an die Organisation wenden. Denn wenn er jetzt einen Fehler machte, hatte er die Freunde vielleicht auch noch gegen sich aufgebracht. Das durfte auf keinen Fall passieren.

Also setzte er sich an seinen PC und verschickte eine verschlüsselte Botschaft. Die Antwort ließ nicht lange auf sich warten. Der Treffpunkt war um 16 Uhr am Hermannsdenkmal. Der alte Herr macht auch immer verrücktere Vorschläge für die Orte, an denen man ihn sehen konnte. Warum nicht in irgendeiner Pizzeria in Detmold, fragte sich Windmacher. Nein, es musste das Hermannsdenkmal sein.

Egal, er hatte sowieso noch einiges zu erledigen. Und wenn viele Leute in der Kaserne ihn sehen würden, wäre das nicht unbedingt von Nachteil. Dennoch schleppte sich die Zeit dahin. Immer wieder überlegte er sich, was der alte Herr wohl zu der ganzen Angelegenheit sagen würde. Er war immer wie ein Vater zu ihm, Windmacher, gewesen. Daher konnte er sich nicht vorstellen, dass die Organisation ihn fallen ließ.

Dann endlich war es soweit. Windmacher setzte sich in sein Auto und fuhr die Denkmalstraße hinauf. Die Schranken am Parkplatz waren geöffnet. Er stellte sein Auto ab und schlenderte am Kletterpark vorbei zum Monument. Er ging zweimal um den Sockel der Figur herum. Dann sah er ihn.

Ein elegant gekleideter, älterer Mann kam auf ihn zu. Windmacher gab ihm höflich die Hand.

„Klaus, ich mache mir Sorgen. Was passiert hier bei euch in Detmold?“

Windmacher wollte ihm die Ereignisse erzählen. Doch der Mann wollte sie nicht wirklich hören. „Klaus, mein Junge, ich habe immer große Stücke auf dich gehalten. Wir haben lange gebraucht, bis wir die Organisation in der Kaserne aufgebaut hatten. Und jetzt setzt ihr sie durch ein paar dumme Fehler aufs Spiel.“

„Fehler passieren nun mal.“ Der Alte wurde ärgerlich. „Klaus“, sagte er gefährlich leise. „Was habe ich euch beigebracht? Nur fehlerloses Arbeiten bedeutet Sicherheit. Das war unsere Maxime. In all den Jahren. Selbst als die Sicherheitsbedingungen in der Kaserne sich verschärft hatten, haben wir Hunderte von Waffen aus den Depots herausgeschafft. Und jetzt auf einmal lasst ihr Idioten eine Uzi rumliegen, die illegal ist. Wie doof seid ihr eigentlich?“

Windmacher wollte sich rechtfertigen.

„Sei still und hör mir zu! Die Organisation darf nicht gefährdet werden. Du weißt, was mit den Leuten passiert, die uns schaden. Was glaubst du, hast du angerichtet, als du so schlampig gearbeitet hast? Du hast nur noch eine Chance, deinen Fehler wiedergutzumachen. Und merk dir eines: Wenn man tot ist, ist es egal, wie man gestorben ist. Also sieh zu, dass du diese beiden Männer aus dem Weg schaffst. Sie sind ein Sicherheitsrisiko. Ich hoffe, du bist nicht auch eins!

Der Mann drehte sich um und ging ohne jeglichen Gruß in westlicher Richtung davon.

Er war Windmacher mit einer solchen Kühle begegnet, dass diesem fröstelte. Dem Oberfeldwebel war noch einmal unmissverständlich klar geworden, dass er nicht mehr viel Zeit und noch weniger Chancen zu verlieren hatte.

69

Es war doch mehr Arbeit, als Katharina Blumenkamp sich das vorgestellt hatte. Nachdem Marc Bornemann sie angerufen und gebeten hatte, zwei, besser drei Prepaid-Handys zu besorgen, war sie losgezogen, obwohl ihr überhaupt nicht der Sinn nach Kaufhäusern und Menschen stand. Nun hatte sie drei dieser billigen Geräte gekauft, alle von verschiedenen

Kartenanbietern. Sie erwartete Marc Bornemanns nächsten Anruf für 15 Uhr. Er würde ihr mitteilen, wo sie diese Handys deponieren sollte. So hatten sie es abgesprochen.

Was für eine schreckliche Situation! Lange würde sie das nicht mehr aushalten. Machte sie sich eigentlich mitschuldig? Vermutlich schon. So hatte sie sich ihre erste Schwangerschaft nun wirklich nicht vorgestellt. Warum glaubten Polizei und Feldjäger eigentlich, dass Marc ihr sagen würde, wo er sich aufhielt? Und warum überhaupt dieser gewaltige Aufwand? Sicher, ihr Freund war ein Deserteur. Aber ist das wirklich ein Verbrechen? Das kann man doch nicht mit Mord und Totschlag auf eine Stufe stellen, fand sie. Er hat doch keinem anderen Menschen Schaden zugefügt. Zumindest wusste sie davon nichts. Oder war da vielleicht doch mehr? Hatte Marc ihr wichtige Dinge verschwiegen? Sie war sich seiner in den letzten Stunden sehr unsicher geworden. Sie sehnte sich nach Zuspruch von ihm. Und nach seiner Nähe. Nicht Nähe per Telefon, sie wollte ihn sehen, ihn spüren, ihn festhalten.

Das Telefon klingelte bereits fünf Minuten vor dem vereinbarten Termin. Mit sehr gemischten Gefühlen meldete sie sich, als sie keine Nummer erkennen konnte und atmete dann erleichtert durch. Er war es!

„Kathie, hast du die Handys?“

Sein Tonfall war enttäuschend geschäftsmäßig. Warum konnte er nicht mit ihr sprechen wie früher? Ihre Stimmung fiel immer mehr in den Keller. Er jedoch redete weiterhin auf sie ein, als erteile er einem Angestellten Handlungsanweisungen, und teilte ihr mit, wie und wo sie die Geräte deponieren solle. Als für ihn alles klar schien und er das Gespräch beenden wollte, fragte sie ihn mit Wut und Trauer in der Stimme:

„Sonst noch irgendwelche Befehle? Oder kann ich wegtreten, Herr Stabsunteroffizier?“

Als er betreten schwieg, legte sie mit Vehemenz los. Sie berichte von den täglichen Besuchen der beiden Feldjäger, davon, dass die Polizei täglich bei ihr auf der Matte stand, von Windmachers Besuchen, von Bornemanns gefühlskalter Art, am Telefon mit ihr umzugehen, von ihren Ängsten, ihren zerstörten Hoffnungen und, und und ... Am Ende war sie erschöpft und er sprachlos.

Fast eine Minute schwiegen beide. Dann nahm er das unterbrochene Gespräch wieder auf:

„Weißt du was? Vergiss das alles mit den Handys. Du stehst viel zu sehr im Brennpunkt. Mir war gar nicht klar, dass alle möglichen Leute versuchen, über dich an mich heranzukommen. Das hört sich überhaupt nicht gut an. Ich muss dir leider sagen, dass wir es nicht nur mit Polizisten und Feldjägern zu tun haben. Die haben sich immerhin an gewisse Regeln zu halten. Leider wissen Beil und ich zu viel von Leuten, bei denen ich gar nicht daran denken möchte, dass die auf dich aufmerksam werden. Obwohl das eigentlich nur eine Frage der Zeit ist, wie mir jetzt erst klar wird."

Wie stark seine Besorgnis zunahm, wurde daran erkennbar, dass er zunehmend schneller und eindringlicher sprach.

„Kathie, es tut mir alles furchtbar leid! Aber du kannst unmöglich in deiner Wohnung bleiben. Du musst sofort herkommen!"

Nun war sie sprachlos.

„Was soll ich? Ich soll zu dir kommen? Aber warum?"

„Weil du in größerer Gefahr schwebst, als du glaubst. Ich kann dich nur schützen, wenn du bei mir bist. Zuhause bist du Leuten ausgeliefert, die völlig ohne Skrupel sind. Wir haben hier eine einigermaßen sichere Bleibe, zumindest noch für einen oder zwei Tage. Beil kam eben mit einer Idee um die Ecke, die ich ganz gut finde. Er hat eine sichere Adresse in Polen, sagt er. Eigentlich wollte ich nicht ins Ausland, aber unter diesen Umstände halte ich es für das Beste. Wir müssen zusammen sein, sonst gehe ich an dieser ganzen

Sache kaputt! Kathie, bitte! Setz dich ins Auto und komm zu mir! So schnell du kannst."

Auch wenn die Aussicht, ihn wieder in die Arme schließen zu können, ihm ganz nah sein zu können, für sie höchst verlockend war, setzte sich, gegen ihren Willen, ihr Trotz durch. Was dachte Marc sich eigentlich? Da hatte er endlich ihre Situation begriffen, und nun sollte sie schon wieder nach seiner Pfeife tanzen?! Nein, das konnte er vergessen! Als sie ihm dies mitgeteilt hatte, konnte sie durchs Telefon hören, dass er kräftig schluckte. Dann sagte er, leise und versöhnlich:

„Ich rufe heute Abend noch mal an. Denk bitte darüber nach. Ich habe dir hier zwar nicht viel zu bieten. Aber du kannst unmöglich allein bleiben. Ich habe Angst um dich!"

70

Das Treffen mit dem alten Herrn ging Windmacher nicht aus dem Kopf. Er hatte immer gedacht, dass der alte Mann ihn sehr schätzte. Darüber hinaus hatte Windmacher ihn für großzügig und freundlich gehalten. Doch heute hatte er festgestellt, dass er, wenn es um die Organisation ging, kein Pardon zu erwarten hatte. Seit heute war sich Windmacher im Klaren darüber, dass er sterben würde, sobald er für die Vereinigung eine Gefahr wurde. Wenn er es ganz pragmatisch formulierte, war die Botschaft, die der Alte ihm mit auf den Weg gegeben hatte: Schalte Beil aus oder du bist selbst ein toter Mann.

Bei Windmacher bildeten sich Schweißtropfen auf der Oberlippe. Er hatte das Gefühl, die Enge seiner Wohnung verhindere, dass er einen klaren Gedanken fassen konnte. Er musste hier raus, musste sich bewegen. Er brauchte einen klaren Kopf. Hastig nahm er seine Jacke vom Haken und lief eine Minute später über den Detmolder Buchenberg.

Wie kam er an Beil heran? Vielleicht über diesen alten Journalisten. Wie hat Hartel ihn noch genannt? Richtig! Rodehutskors! Was für ein seltsamer Name.

Windmacher zwang sich wieder zur Konzentration.

Das wäre eine Möglichkeit. Doch wahrscheinlich waren weder Beil noch Bornemann so blöd gewesen und hatten dem Zeitungsfritzen ihren Aufenthaltsort genannt.

Gab es noch eine andere Möglichkeit, Beil zu erwischen? Windmacher fiel nichts ein. Immer wieder dominierte der Ausspruch des alten Herrn sein Denken: Wenn man tot ist, ist es egal, wie man gestorben ist.

„Konzentriere dich!“, versuchte Windmacher sich zu einem effektiveren Denkverhalten zu motivieren. Was gab es noch für Möglichkeiten?

Sollte er Hartel noch einmal anrufen? Vielleicht kam er ja über diesen Weg noch an ein paar weitere Informationen heran. Oder er bekam durch das Gespräch eine neue Idee.

Windmacher zückte sein Handy. Hartel war sofort am Telefon. „Ach, Klaus, du bist es.“

Windmacher fragte den Kommissar, wie es mit seiner Zeitplanung denn wohl morgen aussehe. Vielleicht könne man sich ja dann treffen.

„Dann müsste heute Abend noch etwas Gravierendes passieren. Klaus, du kannst dir gar nicht vorstellen, was bei uns los ist. Mein Chef hat mir eben angedroht, dass die Freundin von diesem Bornemann eventuell überwacht werden soll. Wenn es wirklich dazu kommt, dann kannst du mich so lange abschreiben, bis wir diesen Beil und den Bornemann gefasst haben.“

„Vielleicht hast du ja noch Glück“, versuchte Windmacher, Hartel am Reden zu halten.

„Was muss denn passieren, dass die Tussi von Bornemann überwacht wird?“, schob der Oberfeldwebel noch eine Frage nach.

„Keine Ahnung, der Chef ist jetzt gerade noch einmal zu dieser Blumenkamp hingefahren. Keine Ahnung, was er da will oder was er damit bezweckt."

Dort hinfahren, dachte Windmacher. Genau das war die Möglichkeit, an Beil heranzukommen. Er musste sich so schnell wie möglich die Freundin von Bornemann schnappen. Plötzlich war alles sonnenklar.

„Klaus, bist du noch dran?", fragte Hartel, der sich über die längere Gesprächspause wunderte.

Windmacher kratzte mit dem Fingernagel am Mikrofon des Handys. Dann antwortete er mit verzerrter Stimme: „Hier ist anscheinend ein schlechter Empfang. Ich rufe dich später wieder an."

Verdammt, wenn dieser Schulte vor ihm an Bornemanns Freundin herankäme und sie aus dem Verkehr zöge, dann wäre auch diese Chance vertan. Windmacher sprintete zu seinem Auto. Er musste sich beeilen.

71

Schulte hatte den Fall noch einmal von vorne nach hinten durchdacht. Hatte im Rahmen seiner Möglichkeiten überprüft, ob er alle Eventualitäten berücksichtigt hatte. Er fand keinen Schwachpunkt, und dennoch beschlich ihn das Gefühl, dass er etwas übersehen hatte. Er ging zu Maren Köster ins Büro. Doch sie war nicht an ihrem Platz. Mit wem könnte er sonst noch darüber sprechen? Ihm blieb nichts anderes übrig, als Ihre Unfehlbarkeit, Pauline Meier zu Klüt, aufzusuchen. Also steuerte er das nächste Zimmer an.

Da die Tür offen stand, trat er ohne weitere Höflichkeitsrituale ein. Die Kollegin saß an ihrem Schreibtisch und sah verträumt auf die Obstplantagen der Gärtnerei, die neben der Kreispolizeibehörde angesiedelt waren. Sie hatte nicht gehört, wie ihr Chef eintrat. Als Schulte sich räusperte, erschrak sie. Ihr Gesicht überzog im nächsten Moment eine dezente Röte.

An wen die wohl gedacht hat, überlegte Schulte. Sagte aber:

„Meier, hast du einen Moment Zeit?"

„Worum geht es denn, Herr Polizeirat?"

Schulte setzte sich auf den Stuhl vor ihren Schreibtisch.

„Ich zermartere mir seit Stunden mein Hirn, weil ich das Gefühl habe, dass ich etwas übersehen habe. Manchmal gibt es ja so etwas wie Betriebsblindheit."

„Dann legen Sie mal los, Herr Polizeirat! Wo drückt der Schuh?"

„Dieser Beil will in ein Zeugenschutzprogramm. Okay, welcher Straftäter will das nicht? Aber dann, als ihm klar wird, dass es wahrscheinlich nicht klappen wird, backt er nicht etwa kleine Brötchen. Nein, er begeht mindestens noch zwei weitere Straftaten. Anschließend versucht er wieder in dieses Programm zu kommen. Wie blöd ist der eigentlich? Glaubt der wirklich, je mehr strafbare Handlung er begeht, umso größer ist die Wahrscheinlichkeit, aus der Schusslinie genommen zu werden?!"

Schulte sah Meier zu Klüt fragend an.

„Ich glaube, der hat einfach Angst."

„Sehe ich genauso. Und, wenn ich Rodehutskors Glauben schenken darf, dann vor irgendeiner Verbrecherorganisation.

Gut, nehmen wir uns den zweiten Kandidaten vor, diesen Bornemann. Das Einzige, was ihn mit Beil verbindet, ist die Tatsache, dass sie den gleichen Arbeitgeber haben und quasi Kollegen sind. Aber ansonsten hat Bornemann, so glaube ich zumindest, keinen Grund, sich mit diesem Beil zusammenzutun. Der hat nämlich beim Bund einfach die Biege gemacht, wahrscheinlich, weil er nicht nach Afghanistan wollte."

Pauline Meier zu Klüt überlegte.

„Könnte sein. Ist aber erst mal nur eine These von Ihnen.

Eine weitere These könnte sein, dass er in dem Moment, in dem man ihn des Mordes verdächtigte, durchgedreht ist. Plötzlich war er planlos. Er hatte sich wahrscheinlich alles so gut ausgedacht. Ein paar Wochen desertieren. Reue zeigen. Vielleicht sogar noch kurz in den Knast gehen. Nach dieser Aktion aber, so hatte er gehofft, müsse er auf keinen Fall nach Afghanistan. Dann plötzlich war er auf einmal ein Mordverdächtiger. Als er dann auch noch in der Zeitung lesen konnte, dass Beil auch in die Sache verwickelt ist, kam ihm eine Idee: Er hoffte, dass sie vielleicht gemeinsam besser aus der Sache herauskommen würden."

„Okay", sagte Schulte. „Kann ich verstehen. Aber eins ist natürlich auch klar. Wenn die beiden was wissen, wird ihnen, von wem auch immer, noch einmal ein Killer geschickt, der dann gleich zwei Fliegen mit einer Klappe schlagen kann."

„Stimmt auch wieder", sagte Meier zu Klüt, „aber dazu muss man die beiden erst einmal finden. Und wie bewerkstelligt man das?"

„Man wartet darauf, dass sie sich irgendwo blicken lassen oder man sucht sich jemanden, der das Versteck kennt. Rodehutskors weiß nicht, wo es ist. Das hat er mir hoch und heilig geschworen. Dem glaube ich."

„Gut, aber dennoch ist er gefährdet", entgegnete Meier zu Klüt. „Gibt es noch jemanden, der das Versteck der beiden kennen könnte?"

„Zunächst zu Rodehutskors: Dass der unser Kontaktmann ist, weiß nur die Polizei. Gefährdet ist er, da hast du recht.

Kommen wir zur nächsten Frage. Wer könnte das Versteck sonst noch kennen? Bornemanns Freundin!", gab Schulte sich gleich selbst die Antwort auf seine Fragen. Er pfiff durch die Zähne.

„Genau das ist es!" Genau das war das Puzzleteil, das ihm gefehlt hatte. Wenn man an Beil und Bornemann herankommen wollte, dann wäre es wahrscheinlich der einfachste Weg, es über Katharina Blumenkamp zu versuchen. Die schwebte auf jeden Fall in großer Gefahr. Egal, ob sie etwas wusste oder nicht.

„Meier, du hast einen gut bei mir."

„Einen?"

„Meinetwegen auch zwei. Los komm. Auf, zu Bornemanns Freundin. Hoffentlich kommen wir nicht zu spät."

72

Ein ziemlich abgerissener und ungepflegt wirkender Mann meldete sich am Eingang der Detmolder Kreispolizeibehörde. Als der diensthabende Polizist ihn einließ, breitete sich innerhalb kürzester Zeit ein übler Geruch im Empfangsbüro aus. Den Kerl sollte man erst einmal in eine Badewanne stecken, bevor man den in ein öffentliches Gebäude ließ, dachte der Uniformierte.

Als erste lebensrettende Maßnahme öffnete er zunächst die Fenster. Man sollte den Kollegen von der Polizeigewerkschaft mal einen Tipp für die nächsten Tarifverhandlungen geben, damit sie eine Sonderzulage aushandelten. Und zwar für Gespräche mit Personen, die sich länger als drei Wochen nicht gewaschen hatten.

Der Polizist nahm einen tiefen Atemzug. Das war seine Methode, den Ekel, den der Gestank in ihm auslöste, zu überwinden. Anschließend näherte er sich dem Mann am Tresen. Erst jetzt bemerkte er, dass dem Besucher Schweißperlen auf der Stirn standen und er heftig zitterte. Dem Uniformierten wurde unmissverständlich klar, dass der Bursche, der vor ihm stand, wahrscheinlich gerade Höllenqualen litt. Der war voll auf Turkey. Der Typ brauchte unbedingt seinen Stoff.

Er war gespannt, was der Junge von ihm wollte.

„Sie wollen doch was über Bornemann wissen? Wenn ich Ihnen da ein paar gute Tipps gebe, gibt es dann eine Belohnung?"

Bornemann, wer um Himmels willen war Bornemann, überlegte der Polizist. Zu dem Mann vor dem Tresen sagte er: „Moment."

Danach ging er zu seinem Computer und tippte auf der Tastatur herum. Hier fand er schnell, was er wissen musste.

„Wollen Sie zu dem Aufenthalt der gesuchten Person eine Aussage machen?"

„Gibt es eine Belohnung?", kam es, wie aus der Pistole geschossen, von dem Besucher.

Der Polizist zuckte mit den Schultern.

„Keine Ahnung, am besten sprechen Sie selbst mit einem der Verantwortlichen."

Er ging wieder zurück zu seinem Schreibtisch. Diesmal telefonierte er, kam zurück und sagte: „Warten Sie einen Moment! Sie werden gleich abgeholt."

Der Besucher erschien dem Polizisten plötzlich nervös zu werden. Offenbar hatte der Kerl sich den Ablauf anders vorgestellt, dachte der Beamte.

„Soll ich jetzt etwa verhört werden? Schließlich habe ich mich hier freiwillig als Zeuge gemeldet", ärgerte sich der Junkie. „Am Ende bin ich noch der Dumme. Wenn ich das gewusst hätte, wäre ich nicht zur Polizei gegangen." Nervös trat der Mann von einem Bein auf das andere. „Ach, wissen Sie, ich hab mir das noch einmal überlegt. So einen alten Kumpel einfach anscheißen, das macht man ja nicht. Ich geh dann lieber mal wieder."

„Oh nein, mein Freund!", rief der Polizist. „So haben wir jetzt auch nicht gewettet. Rin in die Kartoffeln, raus aus den Kartoffeln, so läuft das bei uns nicht. Sie bleiben jetzt hübsch hier und machen gefälligst eine Aussage!"

Der Mann machte Anstalten zu protestieren. Doch der Versuch verpuffte. Es ging ihm einfach zu dreckig. Resigniert setzte er sich auf die Bank und wartete.

Er sah aus wie ein Häufchen Elend, als Hartel den Raum betrat.

„Mein Gott, bei euch stinkt's ja wie im Pumakäfig! Könnt ihr nicht mal lüften?“, war das Erste, was der Kommissar rausposaunte. Der Polizist von der Pforte deutete mit dem Kopf auf die wartende Person.

„Bis vor fünf Minuten ging es noch mit der guten Luft“, antwortete er lapidar.

Hartel traf innerhalb einer Zehntelsekunde eine Entscheidung. Dieser Typ kam nicht in sein Büro! Nur, wo konnte er die Zeugenvernehmung durchführen? Er würde sich in den erstbesten freien Raum setzen.

„Okay“, sagte er nach dieser Entscheidung zu sich selbst und zu dem in sich zusammengesunkenen Mann: „Na, dann kommen Sie mal mit.“

Hartel ging voraus in einen Raum, in dem ein Tisch und Stühle standen.

„Haben Sie einen Kaffee?“

Der Kommissar griff sich das Telefon und bat einen Kollegen zwei Tassen vorbeizubringen. Dann wandte er sich wieder an den Zeugen.

„Sie kennen Bornemann?“

Der Gefragte nickte.

„Na, nun lassen Sie sich nicht jedes Wort aus der Nase ziehen. Raus mit der Sprache!“

„Ich bin mit ihm zur Schule gegangen.“

Hartel verdrehte die Augen. Das ganze devote Gehabe von dem Kerl und der Gestank, der von ihm ausging, stellten ihn auf eine harte Probe. Er zwang sich zur Sachlichkeit.

„Wissen Sie sonst noch etwas über ihn?“

„Na ja, ich habe ihn neulich vor dem Real-Markt getroffen.“

„Und?“, fragte Hartel zusehends genervt.

„Sie suchen ihn doch oder nicht? Das habe ich nämlich gestern Abend in einer alten Zeitung gelesen. Und da dachte ich, wenn ich Ihnen helfe, dann bekomme ich vielleicht eine Belohnung. Ich brauche das Geld, wissen Sie.“

Das war nicht zu übersehen, dachte der Kommissar, sagte aber:

„Eine Belohnung gibt es nicht. Aber vielleicht kann Ihre Aussage Ihrem früheren Schulfreund ja helfen. Wann genau haben Sie ihn denn das letzte Mal gesehen?"

„Ja, so auf den Tag weiß ich das auch nicht. Letzte Woche Montag oder Dienstag. Der Real-Markt hatte jedenfalls noch auf. Also kann es noch nicht so spät gewesen sein."

Hartel war sich mittlerweile im Klaren darüber, dass er hier wahrscheinlich seine Zeit verschwendete. Dennoch versuchte er, das Gespräch in aller Ruhe zu Ende zu führen.

Nach einer Stunde hatte er es endlich geschafft. Er hatte sich die vagen Angaben, die der Mann gemacht hatte, und dessen Personalien notiert. Als der Kommissar den Zeugen zum Ausgang gebracht hatte, brauchte er selbst auch frische Luft.

73

Die hat aber Hummeln im Hintern, dachte Jupp Schulte, als er am späten Nachmittag auf einem Sofa in der Wohnung von Katharina Blumenkamp saß. Sofort, nachdem ihm mit Hilfe seiner Kollegin klar geworden war, dass er sich dringend um diese junge Dame kümmern musste, waren Schulte und Meier zu Klüt zu ihr gefahren. Große Freude löste ihr Besuch nicht aus. Katharina Blumenkamp wirkte, als sitze sie auf gepackten Koffern.

Sie zappelte unruhig auf ihrem Sessel hin und her, als Schulte ihr einige Fragen stellte. Natürlich wollte er wissen, ob sie etwas Neues von ihrem Freund gehört habe. Sie verneinte dies, doch Schulte glaubte ihr kein Wort. Sie war keine sehr begabte Lügnerin. Was immer sie auch sagen mochte, ihre Körpersprache drückte das Gegenteil aus. Nichts davon entging den wachsamen und geschulten Augen der beiden Polizisten. Beide kamen im Stillen zu der Überzeugung, dass es richtig gewesen war, hierherzukommen. Hier stimmte einiges nicht.

„Hat sich in den letzten beiden Tagen außer der Polizei noch jemand bei Ihnen gemeldet? Jemand, der wissen wollte, wo Marc Bornemann steckt. Oder der etwas mitzuteilen hatte."

„Nein", wehrte sie ab. „Nur die, von denen Sie sowieso schon wissen. Also diese Feldjäger. Ach ja, und einmal war ein Kollege meines Freundes hier und wollte wissen, ob er helfen könnte. Aber das hatte ich ja schon mal ihrer Kollegin gegenüber gesagt." Bei diesen Worten drehte sie den Kopf in die Richtung von Pauline Meier zu Klüt, die diese Aussage mit einem Nicken bestätigte.

„Sonst niemand?", bohrte Schulte noch mal nach. „Auch nicht telefonisch?"

Sie schüttelte etwas zu dramatisch den Kopf.

Als Schulte klar wurde, dass sie so nicht weiterkamen, fragte er sie ohne weitere Umschweife: „Wollen Sie verreisen?"

Allein ihr erschrockener Gesichtsausdruck und ihr unwillkürliches Geraderücken des Oberkörpers zeigte Schulte, dass er voll ins Schwarze getroffen hatte. Er war sich sicher, dass sie das nicht zugeben würde. Sie hatte schon ein entschiedenes Nein auf den Lippen, das sah er ihr an. Aber offenbar war auch ihr bewusst, dass ihr das so niemand abnehmen würde.

„Ich will übers Wochenende zu meinen Eltern fahren, nach Schlangen. Die warten schon mit dem Abendessen auf mich."

Schulte machte sich nicht die Mühe, diese Antwort in Frage zu stellen. Sie war zu offensichtlich eine Lüge. Stattdessen sagte er in mahnendem Ton:

„Sprechen Sie bitte solche Aktionen mit uns ab. Wir

müssen Bescheid wissen, wo Sie sind und mit wem Sie zusammen sind."

Nun sprang Katharina Blumenkamp aus ihrem Sessel auf und lief wütend zum Fenster, schaute kurz hinaus und drehte sich dann wieder zu Schulte um. Ihr Ton war aggressiv und trotzig, als sie sagte: „Seit wann bin ich Ihre Gefangene? Stehe ich unter Arrest? Was werfen Sie mir eigentlich vor?"

Schulte wollte eben darauf antworten, als ihm Pauline Meier zu Klüt zuvorkam. Mit empathisch wirkender Stimme stellte sie die Verhältnisse richtig. „Wir wollen Ihnen bestimmt nichts Böses, Frau Blumenkamp. Im Gegenteil." Dann klärte sie die fast gleichaltrige Frau über ihre Situation auf. So wie sie sich aus Sicht der Polizei darstellte. Dass sie für gewissenlose Verbrecher der einzige Erfolg versprechende Zugang zu Bornemann und Beil war. Es sei nun mal nicht auszuschließen, dass diese Leute sich ihrer bemächtigen würden, um damit ihren Lebensgefährten und Vater ihres ungeborenen Kindes zu erpressen.

Besonders zu beeindrucken schien dies die junge Frau nicht. Nur ihre Nervosität nahm noch etwas zu. Offenbar hatte die Polizistin ihr nichts wirklich Neues erzählt. Katharina Blumenkamp schien sich über ihre Situation durchaus im Klaren zu sein.

Wieder griff Schulte ziemlich ruppig ein.

„Sie wollen doch nicht wirklich zu Ihren Eltern fahren, oder? Das sehe ich Ihnen doch an!"

Offenbar hatte er nun ihren Widerstand gebrochen. Sie stand kurz vor den ersten Tränen, als sie seine Behauptung bestätigte. Schulte wechselte sofort den Tonfall und fuhr in väterlich besorgter Stimmlage fort: „Ich werde dafür sorgen, dass ihre Wohnung rund um die Uhr bewacht wird. Bitte rufen Sie uns sofort an, wenn Ihnen etwas auffällig vorkommt. Egal was. Besser, Sie rufen einmal zu viel an, als einmal zu wenig. Oder geben Sie den Kollegen, die auf Sie aufpassen, einen Hinweis. Ich kann Sie nur bitten, die Lage ernst zu nehmen. Nicht die Polizei ist Ihr Feind, das sind ganz andere Leute."

Fünf Minuten später saßen die beiden Polizisten in Schultes Auto. Sie blickten sich noch einmal kurz um, dann startete Schulte seinen alten Volvo. Der ehemalige Leichenwagen fuhr langsam um die nächste Kurve und beschleunigte dann.

„Was meinst du, Meier? Wird Sie abhauen?"

Die junge Frau zuckte mit den Achseln.

„Keine Ahnung! Aber zutrauen würde ich es ihr. Sie machte die ganze Zeit über den Eindruck, als warte sie nur darauf, dass wir gehen, um endlich selbst verschwinden zu können. Ich kann mich aber auch täuschen."

„Wenn das mal alles gut geht", brummte Schulte und versuchte, sich auf den Straßenverkehr zu konzentrieren. Sie waren noch keine hundert Meter gefahren, als ihnen ein kleinerer Geländewagen entgegenkam. Den Fahrer konnte Schulte nur aus dem Augenwinkel sehen. Irgendwie kam ihm der Mann bekannt vor. Aber Schulte vergaß diesen Gedanken, als er sich nun quälend langsam durch den verspäteten Feierabendverkehr in Pivitsheide kämpfte.

74

In Detmold gab es nun einmal keine moderne Straßenführung. Das war der Preis, den die Bürger dafür zahlen mussten, in der *Wunderschönen* wohnen zu dürfen. Doch wenn man während des Feierabendverkehrs in einer halben Stunde nur wenige Kilometer zurücklegte, dann konnte man dieses Privileg schon mal vergessen.

Windmacher war Bestandteil des Lindwurms aus Blech. Als er auch die dritte Grünphase an der Ampel in Heidenoldendorf nicht dazu nutzen konnte, die Kreuzung zu überqueren, schlug er wütend auf das Lenkrad.

„Warum geht das denn hier nicht vorwärts?“, schrie er in den Innenraum seines Autos hinein.

Diese Aktion beschleunigte zwar seine Fahrt nicht, aber er hatte so die Möglichkeit, etwas Dampf abzulassen. Seine Nerven waren zum Zerreißen gespannt. Wenn ihm Katharina Blumenkamp durch die Lappen ging, dann war das mit ziemlicher Sicherheit sein Todesurteil. Er musste sie erwischen, bevor die Detmolder Polizei sie in ihre Obhut nahm. Würde er das nicht schaffen, sollte er sich nur noch Gedanken darüber machen, wo künftig sein Grabstein stünde.

Windmacher sah auf die Uhr. Jetzt war er schon zwanzig Minuten unterwegs und hatte gerade mal die Stadtgrenze der Kernstadt hinter sich. Wenn das so weiterging, bräuchte er mindestens noch eine Stunde.

Als er auf die Hiddeser Straße abbog, begann der Verkehr zu fließen. Windmacher entspannte sich etwas. Doch dieser Zustand hielt nicht lange an. Kurz nachdem er in die Eggestraße eingebogen war, kam ihm ein Leichenwagen entgegen.

Verdammt, dachte Windmacher. Das war doch dieser bekloppte Kommissar Schulte. Der fuhr doch so eine Kiste. Ob der Bulle ihn gesehen hatte? Und wer saß noch in dem Auto? War es Katharina Blumenkamp? Er hatte die Person nicht so schnell erkennen können. Was sollte er tun?

Windmacher entschloss sich, ohne Eile weiterzufahren. Falls der Polizist ihm folgen sollte, würde er einfach so tun, als wäre es das Normalste der Welt, dass er hier unterwegs war. Seine Sorge war unbegründet. Schulte schien ihn übersehen zu haben. Trotzdem zwang er sich, sein Auto nicht zu beschleunigen. Er durfte keine unnötige Aufmerksamkeit auf sich ziehen.

Dann endlich, nach einer kleinen Ewigkeit, war Windmacher am Wohnhaus, in dem Kathrin Blumenkamp lebte, angekommen. Er hatte schon den Blinker gesetzt, um von der Straße abzubiegen. In diesem Moment kam die junge Frau aus dem Haus. Sie schleppte einen Koffer zu ihrem Auto.

75

Endlich Feierabend. Es war ein anstrengender Tag gewesen. Eigentlich hätte Schulte längst nach Hause fahren können. Dort könnte er mit seinem Enkel Fußball spielen und anschließend mit Fritzmeier eine schöne Flasche Bier trinken. Doch etwas hielt ihn davon ab. Er hatte in den letzten Stunden irgendetwas wahrgenommen, was ihn seitdem stark beschäftigte. Es war nur ein flüchtiger Eindruck gewesen, keiner, der sich tief ins Bewusstsein einnisten konnte. Doch er war intensiv genug, um ihn nicht loszulassen. Irgendetwas hatte er gesehen. Der Polizist ging gedanklich die letzten Stunden noch einmal durch, fand aber keinen Anhaltspunkt. Jetzt saß er im Auto und fuhr heimwärts. Jede Menge Fahrzeuge kamen ihm entgegen. Mechanisch, aber eigentlich desinteressiert schaute Schulte sich einen Fahrer nach dem anderen an.

Dann, ohne Vorwarnung, spannte sich sein Körper. Was war das, was hatte er da gerade gesehen? In unmittelbarer Nähe des Hauses von Frau Blumenkamp war ihnen ein Auto entgegengekommen, eines von vielen. Darin hatte er ein Gesicht gesehen, das ihm bekannt vorkam.

Der Polizist malträtierte sein Gehirn. Wen hatte er da gesehen? War es Bornemann? Nein, den kannte er nur von Bildern. Windmacher? Ja, das war Oberfeldwebel Windmacher gewesen. Das konnte einfach kein Zufall sein!

Die ganze Zeit hatten sie im Trüben gefischt. Hatten alle möglichen Leute verdächtigt, hatten jeden Teppich hochgehoben und keine Spur gefunden, die auf Mannhardts Mörder hinwies. Wie konnten sie nur so betriebsblind sein?

Windmacher hatte ein cleveres Spiel gespielt. Er hatte so getan, als würde er die Polizei unterstützen. Hatte mitgeholfen, Klarheit in Angelegenheiten zu bringen, die er sowieso nicht mehr verbergen konnte. Und er hatte dafür gesorgt, dass sie in jenen Ecken nachsahen, die sowieso leer waren.

Schulte musste zurück zu Blumenkamps Wohnung. Vielleicht konnte er es noch schaffen. Aufgeregt rief er nach Hartel. Als Schulte ihm seine Wahrnehmung und seine Befürchtungen berichtete, wurde der Kommissar leichenblass.

„Schulte, ich glaube, ich habe Scheiße gebaut“, berichtete er kleinlaut. „Windmacher hat mich ausgehorcht, und ich Idiot bin darauf hereingefallen. Ich habe ihm alles gesagt, was er wissen wollte. Irgendwie habe ich ihn als einen von uns angesehen. Er hat mir schließlich immer geholfen. Von mir hatte er auch die Information, dass wir Katharina Blumenkamp für gefährdet halten und sie bewachen wollen.“

„Du Wahnsinniger! Bist du total verrückt geworden? Aber darüber reden wir später, Hartel“, fluchte Schulte. „Wir müssen jetzt zusehen, dass wir diesen Windmacher kriegen. Gib eine Fahndung raus. Und kümmere dich um Rodehutskors. Wenn Windmacher noch Komplizen hat, kann es sein, dass der sich an unseren alten Journalisten ranmacht. Meier rufe ich selbst an. Also, hau rein, wir haben keine Zeit zu verlieren!“ Schulte schnappte sich seine Lederjacke und rannte den Flur entlang.

76

Hartel fluchte: „Kümmere dich um Rodehutskors!“ Schulte hatte gut reden. Wahrscheinlich telefonierte er dreimal in der Woche mit diesem versoffenen Journalisten. Aber er, Hartel, hatte drei, vier Mal mit dem Alten zu tun gehabt. Hoffentlich stand die Nummer von dem Kerl wenigstens im

Telefonbuch. Hastig tippte er auf seiner Tastatur herum.

Rodehutskors, was für ein Name. Wie wurde der geschrieben? Nach dem zweiten Versuch klappte es. Menschen mit einer konservativen Grundhaltung waren doch was Feines, dachte Hartel. Die wechselten wenigstens nicht alle drei Wochen ihren Telefonanbieter.

Der Polizist tippte die Nummer ins Telefon. Das Freizeichen ertönte. Doch niemand nahm ab. Eine Stimme sagte, dass der Angerufene zurzeit nicht erreichbar sei. Hartel versuchte es wieder. Wieder mit dem gleichen Ergebnis. Vielleicht hatte Schulte ja eine Handynummer. Hartel versuchte, seinen Chef zu erreichen. Doch der nahm nicht ab.

„Mist, Mist, Mist!“, schimpfte Hartel.

Nicht auszudenken, wenn er schon wieder einen Fehler machen würde. Wenn dieser Rodehutskors auch noch in die Hände von Windmacher oder dessen Komplizen fiele, würde Schulte ihm den Kopf abreißen. Hartel war kurz davor zu heulen.

„Egal!“, entschloss er sich. „Ich schicke da jetzt einen Streifenwagen hin.“ Lieber mit Kanonen auf Spatzen schießen, als noch einen Einlauf von Schulte bekommen, überlegte er.

77

Der Volvo jaulte auf wie ein gequältes Tier, so dermaßen malträtierte Schulte das Gaspedal des alten Autos. Der Zeiger des Drehzahlmessers bewegte sich in den unteren Gängen permanent im roten Bereich. Schulte musste es schaffen! Er musste vor Windmacher bei Katharina Blumenkamp sein. Wenn die junge Frau dem Soldaten in die Hände fiele, hätte dies unter Umständen verheerende Auswirkungen. Schon die Ampel an der Kreispolizeibehörde zeigte Rot. Schulte ignorierte das Signal. Doch auf der Bielefelder Straße herrschte enormer Verkehr. Wie gerne hätte der Polizist jetzt ein Blaulicht aus dem Hut gezaubert und auf sein Dach gepackt, so wie er es schon in vielen Filmen gesehen hatte. Schulte wartete angespannt auf die erste Möglichkeit, nach links abzubiegen. Da, ein Auto hielt etwas größeren Abstand. Der Polizist gab Gas und fädelte ein.

Schulte beließ es nicht bei diesem einen riskanten Manöver. Er betätigte ständig die Lichthupe und versuchte so, jede Gelegenheit, die sich auch nur ansatzweise ergab, zum Überholen zu nutzen.

An der Kreuzung zur Hiddeser Straße fuhr er einfach links an den wartenden Autos vorbei und zwang die Entgegenkommenden dazu, auf den Bürgersteig auszuweichen. Jetzt stand Schulte direkt an der Ampel. Er zog bei nächster Gelegenheit einfach vor, um links abbiegen. Da klopfte ein besonders beflissener Fußgänger ärgerlich an seine Seitenscheibe. Schulte ließ sie ein Stück herunter, hielt dem Kerl seinen Polizeiausweis unter die Nase und schrie ihn an: „Sieh zu, dass du Land gewinnst, du Pappnase! Meinst du, ich riskiere hier meinen Arsch aus Spaß an der Freud?"

Diese Reaktion machte den Fußgänger sprachlos, wie versteinert blieb er stehen und starrte vor sich hin.

Schulte sah die Möglichkeit, in eine Verkehrslücke zu stoßen. Er gab Gas und nutzte seine Chance. Dies führte dazu, dass ein ziemlich verblüfft aussehender Mann mitten auf der Kreuzung in Heidenoldendorf stand und Autos daran hinderte, weiterzufahren.

Schon nach zweihundert Metern verzögerten wieder Fahrzeuge, die links abbiegen wollten, den Verkehrsfluss. Schulte zog nach rechts und fuhr auf dem Bürgersteig weiter. Eine ältere Dame, die gerade aus einem Gartentor kommend im Begriff war, den Gehweg zu betreten, bekam beinahe einen Herzinfarkt. Sie sprang entsetzt nach hinten, als ein Volvo Leichenwagen im Abstand von zehn Zentimetern direkt vor ihren Augen vorbeijagte. Noch Tage später glaubte sie an ein Zeichen des Leibhaftigen.

Schulte schaffte es, trotz des immer noch enormen Verkehrs, nach nur zehn Minuten vor dem Haus von Katharina Blumenkamp zu stoppen.

78

Das Mädel fährt aber ′nen flotten Reifen, dachte Windmacher und trat das Gaspedal tiefer durch. Die Verkehrslage auf der Bielefelder Straße war mittlerweile etwas entspannter als noch vor einer Viertelstunde und der kleine Flitzer von Katharina Blumenkamp hatte mittlerweile so viel Vorsprung, dass Windmacher aufpassen musste, den Sichtkontakt nicht zu verlieren. Gleichzeitig durfte er nicht zu nah heranfahren, da immerhin die Gefahr bestand, dass sie ihn im Rückspiegel erkennen könnte. Das geschickte Verfolgen eines PKW gehörte nun mal nicht zum Standardausbildungsprogramm eines Unteroffiziers der Panzerbrigade 21, und so kam er immer wieder ins Schwitzen, weil der Abstand mal zu kurz und mal zu weit war. Zumal diese junge Frau deutlich schneller fuhr als erlaubt. Wenn ihn jetzt die Polizei anhalten würde, dann war alles vorbei. Dann war sie weg. Auf und davon.

Katharina Blumenkamp fuhr im Höllentempo, immer wieder unterbrochen durch scharfe Bremsmanöver, durch Pivitsheide und durch Heidenoldendorf, bis sie an einer Kreuzung vor einer roten Ampel stehen bleiben musste. Windmacher erkannte erst spät, dass kein weiteres Auto zwischen ihnen war und ihm nichts anderes übrig bleiben würde, als während der Rotphase direkt hinter ihr zu stehen. Was, wenn sie nun in den Rückspiegel schauen und ihn erkennen würde? Schauten Frauen nicht ständig in den Spiegel? Windmacher senkte den Kopf, soweit die Notwendigkeit, die Ampel im Auge zu behalten, dies zuließ. Er konnte erkennen, dass die junge Dame nervös war. Sie zappelte hin und her, trommelte auf dem Lenkrad herum und spielte aggressiv mit dem

Gaspedal. Windmacher klappte auch noch die Sichtblende herunter, um sich weiter abzuschotten, obwohl die untergehende Sonne von der Seite kam. Dann schaltete die Ampel auf Grün. Katharina Blumenkamp riss ihren Kleinwagen mit einer Geschwindigkeit, die sie fast aus der Kurve geworfen hätte, nach rechts in die Hiddeser Straße. Dort ging es mit noch höherem Tempo weiter.

Windmacher war diesem Fahrstil kaum gewachsen. Aber er biss die Zähne zusammen und gab ebenfalls Gas. Hinter Heidenoldendorf kam eine kurvenreiche, schmale Straße durch Wald und Wiesen, welche die ganze Konzentration und Geschicklichkeit der beiden Fahrer erforderte. Windmacher ließ die Verbindung auf fast hundert Meter abreißen, holte aber kurz vor Hiddesen wieder etwas auf. Als sie mitten in Hiddesen nach rechts in die Hindenburgstraße abbog, ahnte Klaus Windmacher bereits, wohin sie wollte. Nur zu, dachte er schmunzelnd. Wenn sie da oben ihren Lover treffen wollte, umso besser. Dort kannte Windmacher sich bestens aus.

79

Was war zu tun?

Jupp Schulte hatte keine rechte Ahnung, was er nun machen sollte. Katharina Blumenkamp war nicht mehr in ihrer Wohnung. Dass sie nur kurz zum Einkaufen weg war, glaubte Schulte nicht. Er rief sich in Erinnerung, wie nervös sie bei seinem Besuch gewesen war und an seinen Eindruck, sie säße auf gepackten Koffern. Nein, sagte er sich, die junge Dame war auf und davon. Sie war mit Sicherheit auf dem Weg zu Bornemann. Schulte konnte nur hoffen, dass sie rechtzeitig vor dem Eintreffen Windmachers weggekommen war. Sonst ... Schulte mochte gar nicht daran denken, dass dieses zierliche Mädchen Gefahr lief, als Geisel benutzt zu werden.

Sollte er vor der Wohnung von Katharina Blumenkamp stehen bleiben und warten, bis sie, entgegen seiner Erwartung, wiederkam? Nein, er musste zurück zu seiner Dienststelle. Von dort aus wollte er veranlassen, dass alle Stunde mal eine Streife hier vorbeifahren und nachschauen würde, ob die junge Frau zurück war. Schulte musste zurück in die Zentrale, in das Herz des Polizeiapparats, um von dort aus die weitere Fahndung nach Bornemann, Beil und Blumenkamp zu organisieren.

Er rief Hartel an.

„Verdammt noch mal, warum war da nur immer besetzt?“, fluchte Schulte laut in seinem Leichenwagen.

80

Sein neuer Kollege, die Heißkiste, ging Volle ziemlich auf den Zeiger. Heute würde er dem erst einmal zeigen, wie man sich einen ruhigen Abend macht.

Doch der dicke Polizist kam nicht dazu, sein Vorhaben in die Tat umzusetzen. Das Streifenwagenteam bekam per Funk die Anweisung zu einer Adresse nach Berlebeck zu fahren.

„Haben wir nicht gehört, Junge!“, kam Volles lapidare Anweisung.

„Natürlich haben wir das gehört“, entgegnete prompt der andere Polizist. „Es kann ja sein, dass du dich mit deiner Position bei der Detmolder Polizei abgefunden hast. Ich jedenfalls möchte noch eine kleine berufliche Entwicklung erleben.“

Wenige Minuten später hielten die beiden vor dem Haus von Rodehutskors. Es war alles dunkel.

„Keiner da! Also lass uns wieder abhauen“, schlug Volle vor.

Der Kollege wollte gerade protestieren, da war Hartel in der Leitung.

„Was ist nun, Volle? Seid ihr bei Rodehutskors angekommen?“

„Ja, ist aber alles dunkel. Wir hauen wieder ab.“

„Von wegen! Habt ihr geklingelt?“

„Natürlich, für wie doof hältst du uns?“, antwortete der Dicke.

Doch sein Kollege fiel ihm in den Rücken: „Haben wir nicht!“, mischte er sich ein.

Jetzt war der Punkt gekommen, an dem Volle seinem Beifahrer am liebsten eine reingehauen hätte.

Doch Hartel quäkte schon wieder ins Funkgerät: „Ihr setzt jetzt eure Hintern in Bewegung und macht das Haus auf. Egal wie. Und du, Volle, kommst ja nicht auf die Idee zu tricksen! Wenn da was schiefläuft, kannst du dich auf was gefasst machen. Schulte zieht dich dann so dermaßen an der Hecke lang, dass du nicht mehr weißt, ob du Männlein oder Weiblein bist.“

81

Es war halb acht am Freitagabend, als Jupp Schulte seinen alten Volvo vor der Behörde parkte. Er hatte seine Jacke noch nicht ausgezogen, saß noch keine Minute hinter seinem Schreibtisch, als Oliver Hartel hereinstürmte. Schulte musste sich mächtig zusammenreißen, um ihm nicht seinen schweren Tacker an den Kopf zu werfen. Das ausgerechnet dieses Großmaul eine solche Dummheit zu verantworten hatte. Hartel war in den letzten Tagen anders als sonst. Es fehlte das Aufschneidende, das Bissige, Verletzende, das seine Auftritte sonst für alle Kollegen zu anstrengend machte. Er wirkte kleinlaut, obwohl er Schulte eine durchaus gute Nachricht mitzuteilen hatte.

„Wir haben Windmacher geortet“, berichtete er. Anstatt wie sonst vor Stolz zu platzen, wirkte er zappelig und zeigte durch seinen unruhig hin und her flackernden Blick starke

Unsicherheit. Schulte gelang es kaum, die aufkommende Schadenfreude zu bekämpfen, fand aber keine Zeit, die Sache weiter auszukosten, denn Hartel legte sofort nach:

„Wir haben sein Handy eingefangen. Dem Tempo nach fährt er offenbar mit dem Auto. Er ist gerade in Hiddesen. Wir bleiben dran."

Schulte holte tief Luft. Das war doch wenigstens ein Ansatz!

„Gut gemacht, Hartel!" Sein Versuch, den niedergeschlagenen Kollegen wieder etwas aufzubauen, klang nicht wirklich überzeugend. Aber für solche Feinheiten blieb nun keine Zeit.

„Was ist mit Rodehutskors? Habt ihr den?"

„Noch nicht, wir sind aber dran!"

„Hoffentlich", brummte Schulte und war im nächsten Moment verschwunden. Er rannte auf den Flur, riss die Tür zum Büro Maren Kösters auf und rief ihr hektisch zu:

„Maren, lass alles stehen und liegen! Wir beide müssen sofort los. Schnell, ich erklär dir alles im Auto."

Bevor Maren Köster auch nur eine einzige Frage stellen konnte, war er schon wieder verschwunden.

Bereits auf dem Flur zog er die Lederjacke aus. Zurück in seinem Büro nahm er seine Dienstwaffe und ein Schulterholster aus dem Schrank, zurrte alles fest und zog seine Jacke wieder darüber. Er mochte dieses Ding nicht, fühlte sich damit weder gut noch unbesiegbar. Aber mit bloßen Händen ließen sich Kriminelle nur selten fangen.

Maren Köster wartete bereits vor seinem Auto auf ihn. Die beiden kletterten in den alten Wagen, und Schulte brauste los Richtung Hiddesen. Unterwegs brachte er seine Kollegin auf den aktuellen Stand.

„Ich mache mir große Sorgen um diese junge Frau", bekannte er. „Es kann sein, dass Windmacher sie entführen und als Geisel gegen Bornemann benutzen will. Ich habe keine Ahnung, wo sie sich in diesem Augenblick befindet. Aber ich könnte mir vorstellen, dass er sie gerade in dieser Sekunde verfolgt und die nächstbeste Gelegenheit nutzen wird, sich ihrer zu bemächtigen. Wenn es dazu kommt, müssen wir beiden Hübschen so dicht dran sein wie nur möglich. Also halt dich fest, wir fahren zügig!“

82

Volles junger Kollege rannte zu dem verschlossenen Gartentor, mit dem Rodehutskors seine Einfahrt verbarrikadiert hatte. Es handelte sich um solide Schmiedearbeit. Doch das Gitter konnte ihn nicht aufhalten. Ohne große Schwierigkeiten kletterte der gut trainierte Mann hinüber und stand eine Minute später am Eingang des Hauses.

Volle machte sich nicht die Mühe, ihm zu folgen. Er glotzte vom Tor her in den Garten. In Gedanken erklärte er seinen Mitstreiter für verrückt. Der bearbeitete inzwischen die Klingel. Als sich nach einer Minute noch nichts tat, machte er sich an der Tür zu schaffen. Doch das Schloss schien den Versuchen des Polizisten, es mit einem Dietrich zu öffnen, standzuhalten. Der Beamte entschloss sich nun, die Tür aufzubrechen. Er ging drei Schritte zurück, nahm Anlauf und stemmte sich gegen das Hindernis. Doch kurz bevor seine Schulter gegen das Holz krachte, öffnete sich die Pforte wie von Geisterhand. Der Uniformierte verschwand in der Dunkelheit des Flures. Schmerzhaft prallte er gegen etwas Hartes und landete eine Zehntelsekunde später auf dem Boden.

Er stöhnte. Sein geschundener Körper fühlte sich an, als besitze dieser keinen einzigen heilen Knochen mehr. Der Beamte öffnete die Augen und sah in das ziemlich verwunderte Gesicht eines kleinen, dicken Mannes, der nur mit einer Feinrippunterhose bekleidet war.

83

Schulte forderte seinem Volvo auf dessen alte Tage noch einmal alles ab. Maren Köster hatte Mühe, sich in den schärferen Kurven geradezuhalten. Auf der Theodor-Heuss-Straße erreichte sie ein Anruf Hartels.

„Er ist jetzt am Heidental vorbeigefahren und fährt offenbar Richtung Hermannsdenkmal. Ich bleibe dran."

Schulte unterdrückte den Impuls, noch mehr Gas zu geben, und rief lauter als nötig in die Freisprechanlage: „Schick ein paar Leute hinter uns her! Die sollen aber erst mal beim Parkplatz Heidental warten. Ich gebe dann weitere Anweisungen!"

Dann wählte er die Telefonnummer Anton Fritzmeiers und brüllte, um die enorm lauten Fahrgeräusche des alten Autos zu übertönen: „Anton, ich komme heute später. Sag Ina Bescheid, dass Sie nicht mit mir rechnen soll. – Wann? Keine Ahnung, wann ich komme. Kann spät werden. – Was sagst du?"

Fritzmeiers brüchige Altmännerstimme war kaum zu verstehen, als er, ebenfalls mit voller Lautstärke, rief:

„Was ist denn chetz mit Sonntagabend? Mitten Abschlussball von mein Tanzkursus? Kommst du chetz oder nich?"

Schulte stöhnte. Er fühlte sich außerstande, hier und jetzt eine Debatte mit Fritzmeier über seine Abneigung gegen Tanzkurse im Allgemeinen und Abschlussbälle im Besonderen zu führen. Da er aber wusste, dass der alte Bauer im Falle einer Absage so schnell nicht locker lassen würde, brummte er widerwillig so etwas wie sein Einverständnis.

Fritzmeier fasste sofort nach:

„Und was ist nun mit der kleinen Köster? Hasse die schon rumchekricht? Kommt die mit?"

Schulte wäre am liebsten im Boden versunken. Er warf einen schnellen, besorgten Blick auf seine Beifahrerin, die natürlich alles mitbekommen hatte und ihn völlig entgeistert anstarrte.

„Wie, rumgekriegt?“, fragte sie, in einer Mischung aus Neugier und Ärger. „Wozu wolltest du mich rumkriegen?“

Schulte war so schnell nichts peinlich, aber nun konnte er direkt spüren, dass er rot wurde. Umständlich berichtete er ihr vom Tanzkurs Fritzmeiers und davon, dass dieser ihn zu seinem Abschlussball eingeladen habe. Mit weiblicher Begleitung natürlich. Und davon, dass er dabei an sie gedacht habe, aber in der Hektik der letzten Tage völlig verschwitzt hatte, sie zu fragen.

Die Ampel stand eindeutig auf Rot, als der ehemalige Leichenwagen, noch immer durch die milchfarbenen Palmwedel an den Fenstern als solcher zu erkennen, über die zentrale Hiddeser Kreuzung donnerte. Als Schulte mit Tempo die Friedrich-Ebert-Straße überquerte, hielt Maren Köster vor Schreck die Luft an und sagte nichts weiter.

Wieder rief Hartel an.

„Wir haben ihn verloren! Wahrscheinlich ist er nun oben am Denkmal, da ist nämlich ein Funkloch. Die Kollegen fahren gleich los. Ich kann jetzt nichts mehr für euch tun. Viel Glück!“

Die beiden Polizisten im Auto hatten weder die Muße, über den veränderten Hartel, noch über Schultes Tanzpartnerproblem nachzudenken, denn Schulte hatte noch einen weiteren Anruf zu erledigen.

„Meier, hör zu!“, schrie Schulte erneut ins Telefon, als er seine junge Kollegin erreicht hatte. „Ich brauche dich sofort am Hermannsdenkmal. Komm so schnell du kannst. Du findest mein Auto vor dem Parkplatz. Denk daran, dass da oben kein Handyempfang möglich ist. Bis gleich!“

Mittlerweile hatten sie das Heidental hinter sich gelassen und Schulte donnerte in halsbrecherischem Tempo die Serpentinenstraße zum Hermannsdenkmal hinauf.

84

Fast wie bei einer Übung, dachte der ehemalige Feldwebel Patrick Beil, als er es sich im Unterholz bequem machte. Er hatte sich auf einen Baumstumpf gesetzt und das dichte Blattwerk direkt vor seinen Augen so weit zur Seite geschoben, dass er die einsame Denkmalstraße, die von Hiddesen heraufführte, gut im Blick hatte, ohne dass ein Autofahrer ihn hätte sehen können. Die Sonne war bereits untergegangen, es wurde zunehmend dämmerig. Nun hieß es warten.

Er hatte diesen Beobachtungsposten mit Marc Bornemann abgesprochen. Der hatte es zwar erst nicht wahrhaben wollen, aber Beil konnte ihn am Ende überzeugen, dass durchaus jemand die Fahrt Katharina Blumenkamps hierher nutzen könne, um ihr zu folgen und so an die beiden Flüchtlinge heranzukommen. Dieser Jemand konnte die Polizei sein. Es war aber auch möglich, dass es ein Vertreter dieser Organisation war, zu der auch der tödlich verunglückte Brocelli gehört hatte. Und der hatte immerhin versucht, Beil zu töten. Es gab also Grund genug, vorsichtig zu sein und nachzusehen, ob jemand Katharina Blumenkamp gefolgt war. Es war vereinbart worden, dass sie vom Parkplatz aus zu Fuß zum Denkmal gehen sollte, wo Marc Bornemann bereits auf sie wartete. Beil würde einige Minuten abwarten und hinterherkommen, falls sich bis dahin kein Verfolger gezeigt hatte.

Er hatte bereits zehn Minuten in seinem Versteck gesessen, als er ein Motorengeräusch hörte. Bislang war kein einziges Auto die Straße heraufgekommen. Kein Wunder, denn es war 20 Uhr am Freitagabend. Das Restaurant am Denkmal hatte längst geschlossen, niemand außer Bornemann und Beil hielt sich auf der Grotenburg auf. Das Geräusch näherte sich schnell, und schon tauchte an der nächsten scharfen Kurve ein froschgrüner Renault Twingo auf. Als der Renault, nun langsamer geworden, an ihm vorbeifuhr, konnte er darin eine junge Frau erkennen, die der Beschreibung entsprach, die Bornemann ihm von Katharina Blumenkamp gegeben hatte.

Hübsches Mädel, dachte Beil und schmunzelte. Dann war sie auch schon an ihm vorbei und bog vorsichtig nach rechts auf den großen Parkplatz ein, wo er sie aus den Augen verlor. Die Schranke stand hoch, es würde keine Probleme geben. Beil konnte hören, wie eine Autotür zugeworfen wurde und harte Absätze auf den Asphalt trommelten und immer leiser wurden.

Dann quietschten in der anderen Richtung Reifen, ein Geländewagen schoss um die Ecke und hielt auf Beil zu. Diesmal blieb ihm etwas weniger Zeit, sich den Fahrer anzuschauen, denn der Jeep fuhr um einiges schneller als der Renault. Aber Beil erkannte den Fahrer sofort. Er hatte oft genug mit seinem Kameraden Klaus Windmacher zu tun gehabt, auch wenn sie in verschiedenen Standorten ihren Dienst geleistet hatten. Sie hatten fachlich eng verknüpft zusammengearbeitet, hatten sich daher häufiger getroffen, kannten sich aber vor allem gut durch den gemeinsamen Feldwebel-Lehrgang. Beil pfiff durch die Zähne. Windmacher war ihm immer als ein Muster an Rechtschaffenheit erschienen. Bis zu dem Zeitpunkt, an dem er an Beil herangetreten und ihm das Angebot gemacht hatte, Waffen zu verschieben. Dass ausgerechnet dieser Augustdorfer Saubermann einer kriminellen Organisation angehören sollte, konnte Beil kaum fassen. Nun hatte sich sogar herausgestellt, dass diese Leute nicht einmal vor Mord zurückschreckten.

Er zog sein Handy aus seiner Jackentasche und wählte hektisch die Nummer Bornemanns, um ihn zu warnen. Auch das hatten sie so vereinbart. Solange kein Anruf von Beil kam, hatte Bornemann keinen Grund, sich Sorgen zu machen. Beil nahm irritiert das Gerät vom Ohr und schaute auf das Display, als er keine Verbindung bekam. Der Anzeiger für die Antenne zeigte an, dass es keine Verbindung gab! Entsetzt steckte er das unnütze Ding wieder in die Tasche und fragte sich, was er denn nun machen solle. Bornemann musste gewarnt werden, sonst würde der sich in aller Seelenruhe am Denkmal mit seiner Katharina treffen und keinerlei Schutzmaßnahmen treffen. Was tun?

85

Junge Ferkel waren wirklich süß. Pauline Meier zu Klüt stand an einer Schweinebox und sah den Neugeborenen zu, wie sie die Quelle des Lebens suchten. Die Ersten hatten schon die Zitzen der Sau gefunden und labten sich an der nahrhaften Muttermilch.

Die Kommissarin hatte Stalldienst. Sie mochte diese Arbeit. Oft hatte sie in letzter Zeit darüber nachgedacht, ob es die richtige Entscheidung gewesen war, zur Polizei zu gehen. Seit sie wieder auf dem elterlichen Hof lebte, kam ihr immer wieder der Gedanke, dass sie mindestens genauso zufrieden gewesen wäre, wenn sie dem Wunsch ihres leider schon verstorbenen Vaters nachgekommen wäre und sich dazu entschlossen hätte, Bäuerin zu werden.

Die Arbeit in der Landwirtschaft würde in der nächsten Zeit mindestens einen ebenso hohen Stellenwert einnehmen wie die Arbeit, die ihr der Polizeidienst abverlangte. Letzten Sonntag hatte der Bruder von Pauline Meier zu Klüt der Familie eröffnet, dass er nach dem Landwirtschaftsmeister noch studieren wolle. Damit war klar, dass eine Arbeitskraft auf dem Hof vorübergehend wegfallen würde. Pauline und ihre Mutter konnten den „Kleinen“ verstehen. Aber es musste eine Lösung gefunden werden, wie der Betrieb in dieser Zeit bewirtschaftet werden konnte.

Saxophonmusik störte Pauline Meier zu Klüt beim Nachdenken. Es war ihr Handy, das diesen Sound zum Besten gab. Die Polizistin hatte einen grünen Overall über ihre Kleidung gezogen. Daher war es nicht ganz einfach, das kleine Telefon aus der Jeanshose zu fischen. Als sie es geschafft hatte, sah sie auf dem Display die Nummer von Schulte. Hastig drückte sie den Annahmeknopf, meldete sich und hörte dann zu.

Als das Gespräch beendet war, lief sie eilig auf den Hof. Ihr Auto stand nicht mehr da, wo sie es abgestellt hatte. Verdammt, wieder einmal hatte sich ihr Bruder, ohne Bescheid zu sagen, ihren Golf genommen, um zu seiner neuen Flamme zu fahren.

Pauline Meier zu Klüt seufzte. Es blieb nur der Trecker.

86

Klaus Windmacher lenkte seinen Geländewagen ebenfalls auf den Parkplatz und entschwand den Blicken Beils, der sich nun fragte, wie er sich verhalten sollte. Windmacher, der ja nicht wissen konnte, wo sich Bornemann mit seiner Freundin treffen wollte, würde vermutlich den ganzen riesigen Bereich um das Hermannsdenkmal herum absuchen müssen, um auf die beiden zu treffen. Vielleicht lief er aber auch direkt am Restaurant vorbei zum Denkmal, denn immerhin war es einigermaßen wahrscheinlich, dass die beiden sich diesen markanten Treffpunkt ausgesucht hatten. Bornemann und die junge Frau waren unbewaffnet und völlig unbefangen. Beil hingegen trug immer noch die SIG-Sauer-Dienstpistole, die er im Krankenhaus dem Polizisten abgenommen hatte. Er würde sich sputen müssen, um Windmacher zuvorzukommen.

Sollte er noch abwarten? Herausfinden, ob noch weitere Fahrzeuge nachfolgten? Das wäre unter anderen Bedingungen wahrscheinlich klug gewesen, hier aber galt es, schnell zu reagieren. Er musste Bornemann und dessen Freundin erreichen, bevor Windmacher sie fand. Windmacher würde einige Zeit brauchen, sein Auto einzuparken, auszusteigen, das Auto abzuschließen, sich zu orientieren und loszugehen. Diese knappe Zeit musste Beil nutzen, möglichst ungesehen um den Parkplatz herumzulaufen, sich hinter einer Gebäudeecke mit der Pistole auf die Lauer zu legen und Windmacher zu stoppen. Wenn es nicht anders ging, würde er tatsächlich schießen. Keine Frage, dass es sich hier um Notwehr handeln würde.

Er stand auf, zog die Pistole aus dem Gürtel, kroch in gebückter Haltung aus dem Unterholz und trat auf die weite Asphaltfläche des Parkplatzes. Windmacher parkte gerade fünfzig Meter weiter, ziemlich direkt vor der Ausfahrt, sein Auto ein. Beil lief schnellen Schrittes auf der rechten Seite der großen Parkfläche, geschützt durch die einsetzende Nacht, bis zum Restaurant und schaute sich dort sorgfältig um. Er kannte diese Örtlichkeiten nicht, war zum ersten Mal hier oben und hatte eine Höllenangst davor, in wenigen Sekunden beweisen zu müssen, dass er mit einer Pistole in der Hand zu mehr in der Lage war, als sie fachgerecht reinigen zu können.

Wo steckte dieser Kerl denn nur?

Patrick Beil wurde zunehmend hektischer. Windmacher hätte schon längst hier auftauchen müssen. Schließlich führte der Weg zum Denkmal an der Gebäudeecke vorbei, hinter der Beil sich versteckt hatte, um Windmacher aufzulauern.

Er umklammerte die Polizeipistole fester, hielt sie nun ständig in Schusshaltung. Die Gefahr, dabei von einem verspäteten Touristen beobachtet zu werden, war ziemlich gering. Seine Angst, Windmacher zu viel Reaktionszeit zu lassen, war deutlich größer. Er musste Windmacher stellen, bevor dieser zum Denkmal gelangte und die beiden Verlobten in ernsthafte Gefahr gerieten. Bornemann würde noch immer davon ausgehen, dass keine Gefahr drohte, da Beil sich bislang nicht per Handy gemeldet hatte. Deshalb würde er auch keinerlei Veranlassung sehen, sich selbst und seine schwangere Freundin in Sicherheit zu bringen. Beil hatte keine Wahl, er musste einfach funktionieren. Von ihm allein hing das Leben dieser beiden jungen Leute ab.

Nicht zu glauben! Er stand nun bereits zwei Minuten hier. Wo war Windmacher abgeblieben? Konnte der ihn trotz der einsetzenden Dunkelheit gesehen haben, als er um den Parkplatz gelaufen war? Hatte Windmacher gleich den Motor wieder angeworfen und war verschwunden? Fast schien es so, denn Beil fand keine andere Erklärung dafür, dass Windmacher immer noch nicht hier vorbeigekommen war. Er kämpfte das Bedürfnis nieder, laut zu schreien, um seine fast unerträgliche Anspannung zu lösen.

Nach einer weiteren Minute gab er verunsichert auf.

Beil entschloss sich, seinen so unnützen Hinterhalt aufzugeben und zum Denkmal zu laufen. Er hatte keine Ahnung, was mit Windmacher war. Kommen würde der jedenfalls nicht mehr.

Der Feldwebel sicherte die Pistole wieder und trabte los. Es waren – vorbei am Kletterpark – fast dreihundert Meter zu laufen. Zum Schluss, das gewaltige Denkmal schon vor Augen, ging es so steil bergauf, dass Beil trotz des kühlen Abends ins Schwitzen kam. Irgendwo hinter dem Monument musste sein Kamerad Bornemann mit seiner Freundin stehen und auf ihn warten. Beil konnte es kaum abwarten, ihnen von Windmachers überraschendem Auftauchen und seinem noch viel verblüffenderen Abtauchen zu berichten. Vielleicht konnte Bornemann, der Windmacher ja viel besser kannte, sich dessen erstaunliches Verhalten erklären.

Und dann sah er die beiden auch schon, rechts vom Denkmal, im dunklen Saum des Waldes, der die Anlage umschloss, stehend. Aber was machten die denn da? Beil beeilte sich näherzukommen, um besser sehen zu können. Warum standen die denn mit dem Rücken zu ihm? Warum hielten sie die Hände hoch über dem Kopf? Stand da nicht, im Abstand von etwa zwei Metern, ein Mann vor ihnen? Beil gerann das Blut vor Entsetzen, als er diesen Mann erkannte.

Klaus Windmacher stand, bösartig grinsend, im Wald und hielt eine große, im Mondlicht schimmernde Pistole auf Bornemann gerichtet.

87

Das Gaspedal war durchgetreten bis zum Anschlag. Aber trotz der 390 PS unter der Haube, blieb der Fendt Vario 939 eben doch nur ein Trecker. Immerhin brachte der Schlepper auf der Hindenburgstraße die im technischen Datenblatt angegebenen 60 km/h.

Pauline Meier zu Klüt schenkte dem Gefährt nichts. Egal wie viel Liter Diesel sie jetzt in die Gegend rotzte. Sie musste zum Hermannsdenkmal. Als sie am Parkplatz oberhalb von Hiddesen die enge Kurve nahm, verlagerte der Fendt sein Gewicht bedenklich auf die linke Seite. Doch er hielt die Spur. Zu allem Überfluss hatte die Detmolder Polizei einen Streifenwagen fünfzig Meter hinter der Kurve quer auf die Straße gestellt. Meier zu Klüt hämmerte den Fuß auf die Bremse. Der Trecker stellte sich quer und kam einen Meter vor dem Streifenwagen zum Stehen. Ein dicker Polizist, der mit einer Kelle winkte, machte einen gewaltigen Satz, um sich in Sicherheit zu bringen. Die herumstehenden Schaulustigen hatten ihn schon tot gesehen. Keiner hätte ihm diese Reaktionsschnelligkeit zugetraut.

Ein Mann, der einen Schweißhund an der Leine führte, sagte grinsend zu den Umstehenden: „Der Typ ist vielleicht doch recht gelenkig, aber wenn's ans Denken geht, ist jede Schnecke ein Rennpferd gegen den."

Die Schaulustigen waren verwundert über das despektierliche Reden des Mannes. Während der noch nachschob: „Ist so!"

Auch der Polizist hatte gehört, was der Hundebesitzer von ihm hielt. Er wollte ihn sich gerade vorknöpfen, da sprang eine blonde junge Frau aus dem Führerhaus des Traktors.

„Verdammt noch mal!“, fluchte sie. „Dämlicher kann man eine Straßensperre auch nicht postierten.“

Jetzt war der dicke Polizist überfordert. Für ihn stellte sich die Frage, wen sollte er zuerst verhaften? Diese wahnsinnige Treckerfahrerin oder diesen Kerl, der sich neulich schon über ihn lustig gemacht hatte, als er, Volle, in Hiddesen die Radarfalle bedienen musste.

Noch während der Dicke das Für und Wider gegeneinander abwägte, hielt die junge Frau ihm einen Ausweis vor Nase.

„Mann, Kollege, fahren Sie die Schrottkiste von Streifenwagen beiseite! Ich muss zum Hermannsdenkmal!“

Kollege? Polizeiausweis? Jetzt dämmerte es Volle, das war die Neue, die Schulte jetzt immer am Schlapp hatte. Klar, wenn es um Frauen ging, war der Polizeirat immer vorne mit dabei. Aber wieso fuhr die Kommissarin mit einem Trecker durch die Gegend? Der Dicke kratzte sich am Kopf.

„Sag mal!“, schrie die junge Frau jetzt. „Hast du Petersilie in den Ohren? Wenn du jetzt nicht augenblicklich das Auto zur Seite fährst, dann schiebe ich es mit dem Trecker von der Straße. Also beweg deinen verdammten Hintern.“

Volle dachte, dass die ja schon genauso einen Ton am Leibe hatte wie Schulte.

Und der Mann mit Hund meinte zu den Umstehenden: „Sag ich doch, dumm wie Bohnenstroh. Ist so!“

„Das Auto weg!“, schrie Meier zu Klüt jetzt mit hochrotem Kopf.

Mittlerweile war ein junger Polizist ebenfalls in Uniformen dazugekommen. Er nahm dem nunmehr handlungsunfähigen Volle den Wagenschlüssel aus der Hand und kam der Aufforderung der Kommissarin nach, während der Mann mit dem Hund den Dicken am Ärmel zupfte und zu ihm sagte: „Wenn du noch länger stehen bleibst, kommst du unter die Räder. Ist so!“

88

Marc Bornemann hätte seiner vor Angst zitternden Freundin gern den Arm um die Schulter gelegt, aber Windmacher ließ keinen Zweifel daran, dass er bei der geringsten Bewegung sofort schießen würde. Unglaublich diese Situation, ging es Bornemann durch den Kopf. Über ein Jahr hatte er vertrauensvoll mit diesem Mann, der nun mit der Pistole vor ihm stand, zusammengearbeitet. Sie hatten zusammen Waffen gereinigt, gewartet, verwaltet, eingeschossen, hatten sich gemeinsam über unliebsame Vorgesetzte geärgert, sich auch private Dinge erzählt. Sie waren nie wirklich Freunde geworden, aber immerhin hatte er Windmacher stets zu den angenehmeren Kollegen gezählt. Bornemann war derart fassungslos, dass er gar nicht auf die Idee kam, Angst zu haben.

„Du hast also Mannhardt umgebracht?“, fragte er den tückisch grinsenden Windmacher. „Einfach so abgeknallt?“

„Jawohl“, lachte Windmacher laut. „Und dich haben die Bullen im Verdacht. Hat doch alles wunderbar gepasst. Der böse Kompaniechef war tot. Der arme Untergebene, von dem alle Welt wusste, dass der Hauptmann keine Gelegenheit ausgelassen hatte, ihn zu quälen, war auf und davon. Fahnenflüchtig. An diesen Quatsch mit Afghanistan und Desertieren hat doch keiner mehr geglaubt. Stuffz Bornemann hat den Chef umgelegt und ist getürmt. Davon gehen jetzt alle aus. Deshalb wirst du – und eben nicht ich – gesucht. Und das ist auch gut so.“

Bornemann begriff langsam die Zusammenhänge, konnte daraus aber keinen Trost ziehen. Seine Freundin hatte anscheinend schon wesentlich eher die Situation begriffen, denn ihr Zittern wurde noch heftiger. Aber Bornemann weigerte sich immer noch gegen die erschreckenden Schlussfolgerungen und fragte: „Was hast du mit uns vor? Wir haben dir doch nichts getan. Was soll das alles?“

Windmacher wollte gerade antworten, als er plötzlich ruckartig den Kopf nach hinten wandte und einige Sekunden angestrengt lauschte. Dann wandte er sich wieder Bornemann zu, wirkte aber etwas unruhiger als vorher.

„Ich dachte, ich hätte was hinter mir gehört. Wird wohl ein Vogel gewesen sein", murmelte er leise zu sich selbst. Laut sagte er zu Bornemann:

„Was das soll? Im Nachdenken warst du noch nie besonders gut. Überleg doch mal. Solange du weg warst, passte alles in meinen Plan. Aber du hast den Fehler gemacht und bist zurückgekommen. Und ich kann dich hier nun wirklich nicht gebrauchen. Du bist nach Mannhardts Tod der Einzige, der von dieser überzähligen Uzi weiß, die alles ins Rollen gebracht hat. Der Chef hatte mich dadurch im Verdacht, fing an zu schnüffeln und kam mir tatsächlich auf die Spur. Er musste sterben, keine Frage. Und mit dir hatte die Polizei den perfekten Mörder. Ich hatte natürlich darauf spekuliert, dass man dich auf der Flucht erschießen würde, obwohl mir schon klar war, dass ich im Notfall leider etwas nachhelfen müsste. Ja, und dann drehte mein Lieferant, dieser Trottel aus Höxter, durch. Beil, dieser Vollpfosten, wurde nervös und wollte aussteigen. Einer unserer Männer hat sich leider etwas dusselig angestellt, als er ihn zum Schweigen bringen wollte. Zum Glück weiß dieser Vollidiot Beil so gut wie nichts von der Organisation des Ganzen. Aber sicherheitshalber werde ich mich auch noch um ihn kümmern, sobald ich mit dir fertig bin." Windmacher trat einen Schritt näher an die beiden jungen Leute heran, um keinen Fehlschuss zu riskieren.

„Leider habe ich keinen Schalldämpfer dabei", brummte Windmacher, „aber im Wald fällt schon mal ein Schuss. Die Jäger sind einfach immer fleißig. Und nachdem ich euch beiden erledigt habe, gehe ich seelenruhig zu meinem Auto zurück, hole meinen gut gefüllten Reservekanister und übergieße Euch damit großzügig. Es hat wochenlang nicht mehr geregnet, der Wald ist pulvertrocken. Es wird ein großartiges Feuer geben, und wenn es aus ist, wird man die Überreste von euch in der Asche nicht mehr erkennen können. Du musst zugeben, dein alter Oberfeldwebel hat alles wie immer generalstabsmäßig geplant. So, und jetzt ist Schluss mit lustig."

Windmacher hatte zwischenzeitlich die Waffe etwas sinken lassen, nun hob er sie wieder hoch und zielte auf Bornemanns Brust. In diesem Augenblick zerriss ein Schuss die nächtliche Stille, Windmacher wankte einen kurzen Moment, dann stürzte er ungeschützt nach vorn auf den Waldboden und blieb dort regungslos liegen.

89

Schultes Uralt-Volvo knatterte die Serpentinenstraße zum Hermannsdenkmal hoch. Oben angekommen, bog Schulte aber zum Erstaunen seiner Beifahrerin nicht etwa nach rechts auf den Parkplatz ab, sondern dirigierte das Auto nach links und blieb quer auf der bergab in Richtung Heiligenkirchen führenden Straße stehen. Das lange Gefährt blockierte so die komplette Straße.

„Willst du hier so stehen bleiben?", fragte Maren Köster, als Schulte den Motor ausschaltete und Anstalten machte, den Wagen zu verlassen.

„Ja, will ich", antwortete Schulte, der schon halb auf der Straße stand. „Falls der Kerl uns durch die Lappen geht. Unten in Hiddesen haben wir in ein paar Minuten unsere Leute stehen. Aber wir haben niemanden, der in Heiligenkirchen parat steht. Deshalb habe ich nun die Straße einfach blockiert. Wozu fahre ich so ein großes Auto?"

Maren Köster zuckte mit den schmalen Schultern. So richtig überzeugt war sie nicht von der Wirksamkeit seiner Aktion, hatte aber auch keine bessere Idee.

„Jetzt müssen wir erst einmal sein Auto finden“, gab sie den nächsten Schritt vor. „Gib mir mal die Taschenlampe!“

Sie schritt beherzt voran, Schulte sicherte das Terrain, indem er mit seiner Taschenlampe seitlich in den Wald leuchtete. Er schreckte zwar ein kleines Tier auf, das laut raschelnd im Unterholz verschwand, fand aber sonst am Waldrand kein Leben vor.

„Hier ist es!“, hörte er Maren Köster leise rufen.

Gleich am Anfang des Parkplatzes fanden sie den Geländewagen Windmachers. Sie leuchteten hinein, gewannen aber daraus auch keine neuen Erkenntnisse. Schulte fühlte mit der Hand die Motorwärme.

„Er kann noch nicht lange hier sein. Auf keinen Fall länger als zehn Minuten“, befand er.

Die beiden Polizisten überlegten, bevor sie weitergingen.

„Also, das ist hier ein riesiges Territorium“, stellte Maren Köster fest. „Windmacher kann sonst wo hier oben sein. Solange wir nichts hören, habe ich keine Ahnung, wo wir anfangen sollen zu suchen. Sehen kann man ja in der Dunkelheit kaum etwas.“

„Du meinst also, wir sollten uns einfach hier hinsetzen und lauschen? Wäre mir ganz lieb, denn ich kenne mich hier oben nicht aus. Ich glaube, ich war in den letzten zehn Jahren nicht mehr hier. Vielleicht verlaufe ich mich ja.“

„Das sähe dir ähnlich. Könnte mir aber auch passieren. Der Hermann ist eher was für Touristen. Unsereins kommt ja nie hierher. Lass uns doch einfach mal in die Nähe des Denkmals gehen. Mit etwas Glück treffen wir unterwegs vielleicht auf Windmacher.“

Schulte schüttelte den Kopf.

„Nichts da. Ich gehe dahin. Und du bleibst hier.“

„Schulte!“, rief sie wütend. „Jetzt zieh hier keine Kavalierschau ab. Das steht dir nicht. Ich bin Polizeibeamtin und kein Kindergartenkind. Ich komme mit!“

„Nein! Das hat nichts mit Kavalier zu tun. Wir gehörten

geprügelt, wenn wir Windmachers Auto unbewacht ließen. Stell dir mal vor, wir beide latschen los, er kommt auf einem anderen Weg zurück und fährt fröhlich von dannen. Ausgeschlossen. Einer von uns muss hier bleiben. Und das bist du, noch bin ich der Chef des Ermittlungsteams."

Schulte konnte sehen, dass sie kräftig schluckte. Sie gab aber keine Widerworte mehr. Offenbar hatte sie die Schlüssigkeit seiner Argumentation akzeptiert. Mit einer Sachlichkeit, die bei ihr noch vor Kurzem unvorstellbar gewesen wäre, schlug sie vor: „Aber erst suchen wir den Parkplatz weiter ab. Wer sagt uns denn, dass Windmacher allein hier oben ist?"

Schulte fand dies einleuchtend, und so fanden sie kurz darauf in der entgegengesetzten Ecke des Parkplatzes einen kleinen Renault Twingo.

„Er ist tatsächlich nicht allein", brummte Schulte. „Das ist das Auto von Katharina Blumenkamp. Etwas in dieser Art hatte ich befürchtet, als ich vorhin so einen Alarm geschlagen habe."

„Sollen wir nicht besser warten, bis Verstärkung da ist?", fragte sie besorgt.

„Das kann noch dauern. Und wer weiß, was der Kerl mit diesem Mädchen anstellt. Nein, ich will mir nicht für den Rest meines Lebens vorwerfen müssen, zu spät gekommen zu sein. Halt dein Handy griffbereit, falls ich anrufe und dich brauche."

Sie lachte trocken.

„Vergiss es! Du weißt doch, hier oben ist kein Empfang!"

Er schaute etwas ratlos drein, zog dann wortlos seine Dienstwaffe aus dem Holster und ging los.

„Pass auf dich auf!", rief sie ihm hinterher, als Schulte schon ein paar Meter in Richtung des Restaurants gegangen war. „Denk daran, der Kerl ist mit Sicherheit bewaffnet."

Schulte bewegte sich langsam, dabei dem Lichtkegel seiner

Taschenlampe folgend, am Restaurant vorbei. Er leuchtete die große Terrasse ab, warf dann Licht nach links und rechts und in jede Ecke, sah aber niemanden. So geräuschlos wie möglich schritt er voran.

Er hatte eben den großen Gastronomiebereich hinter sich gebracht, war gerade auf Höhe des Kletterparks, da fiel ein Schuss.

90

Das dauerte! Meier zu Klüt war wieder zurück in die Fahrerkabine des Fendt geklettert. Aber viel hatte sich noch nicht getan. Der junge Kollege gab sich alle Mühe, den Streifenwagen zur Seite zu fahren. Doch die Menge der Schaulustigen stand im Weg und behinderte ihn.

„Mensch, Volle!“, schrie die Kommissarin wütend. „Nun sorgen Sie doch endlich dafür, dass diese Gaffer da aus dem Weg gehen. Wir sind doch hier nicht auf dem Rummelplatz!“

Der dicke Polizist blickte zu der Treckerfahrerin hoch als spreche sie spanisch. „Ja äh, also kommt Leute, jetzt geht mal aus dem Weg“, ergriff er nach gefühlten Stunden das Wort. „Wir sind doch hier nicht auf dem Rummelplatz.“Während einige der Gaffer grinsten oder kicherten, verdrehte Meier zu Klüt genervt die Augen. Dieser Mann ging ihr wirklich auf den Wecker. Endlich war eine Gasse für den Trecker frei. Die Polizistin trat auf das Gaspedal. Der Fendt bäumte sich auf und donnerte mit ohrenbetäubendem Lärm die Straße hinauf zum Hermannsdenkmal. Doch schon nach hundert Metern hielt die Kommissarin den Trecker wieder an. Sie musste überlegen. Warum rief Schulte nicht an? Wie, verdammt noch einmal, sollte sie richtig handeln, wenn es keine Kommunikation gab?

Sie musste aufpassen! Blumenkamp fuhr einen Twingo. Windmacher einen Geländewagen. Das wusste sie. Aber was für ein Auto fuhr dieser Bornemann? Es fiel ihr nicht ein. Sie musste Hartel anrufen.

Wenn dieser Beil auch am Denkmal war, musste die Polizistin davon ausgehen, dass der immer noch die Knarre von dem Höxteraner Kollegen hatte. Windmacher würde wahrscheinlich ein ganzes Waffenarsenal im Auto haben.

Sie griff sich das Handy. Bei Schulte gab es wieder keine Verbindung. Wahrscheinlich war da oben ein Funkloch. Also Hartel. Der war sofort am Hörer. Er erzählte ihr den letzten Stand der Dinge.

„Gut!“, sagte Meier zu Klüt. „Dann machen wir jetzt Folgendes: Du schickst am besten Verstärkung.“

Meier zu Klüt berichtete, dass an der scharfen Kurve zum Heidental Volle mit seinem Kollegen stehe. Dass sich aber auch schon jede Menge Gaffer eingefunden hätten.

Hartel fluchte: „Wieso hat der Blödmann die nicht gleich weggeschickt? Geht bloß kein Risiko ein. Wir haben nichts damit gewonnen, wenn bei einer Schießerei auch noch ein, zwei Hiddeser auf der Strecke bleiben.“

„Mir brauchst du das nicht zu sagen“, schimpfte die Polizistin. „Ich fahre jetzt weiter. Setz du dich mit dem bekloppten Volle in Verbindung und regle das.“

Ärgerlich wollte Meier zu Klüt gerade das Gespräch beenden, da fiel ihr ein, dass sie etwas vergessen hatte. „Hartel!“, rief sie, um ihn am Auflegen zu hindern: „Hartel, was fährt dieser Bornemann für ein Auto?“

91

„Macht schnell!“, rief Patrick Beil dem völlig schockierten Pärchen zu, während er sich zu Windmacher hinunterbeugte und ihn im Schnelldurchlauf untersuchte. Als er sich wieder aufrichtete sah er, dass Marc Bornemann und Katharina Blumenkamp nach wie vor schreckensstarr dastanden. Als seien sie hypnotisiert und warteten auf das befreiende Fingerschnippen des Meisters.

„Er lebt!“, warf Beil den beiden zu. „Er ist nur an der Schulter verletzt und ohnmächtig. Der berappelt sich gleich wieder. Wir sollten so schnell wie möglich von hier verschwinden. Wer weiß, wer alles den Schuss gehört hat. Los, kommt!“

Katharina Blumenkamp erwachte langsam aus ihrem Schockzustand, bewegte sich und fragte:

„Wollen Sie ihn einfach so liegen lassen? Das können wir doch nicht machen. Wir müssen ihn zu einem Arzt bringen.“

Beil verdrehte die Augen. Frauen, dachte er. Er sah Katharina Blumenkamp zum ersten Mal, wusste von ihr nur, dass sie die schwangere Freundin seines Kampfgefährten Bornemann war. Eigentlich war sie Ballast, ein Klotz am Bein. Ohne sie wären Bornemann und er deutlich beweglicher. Und dann auch noch dieses überflüssige und gefährliche Gutmenschengetue.

„Dieser Kerl“, zischte Beil sie an, „wollte euch zwei Hübschen noch vor ein paar Sekunden kaltblütig erschießen. Wenn ich nicht gewesen wäre, läge hier nicht ein leicht verletzter, eiskalter Killer, sondern ein unschuldiges, aber ziemlich totes Liebespaar. Jetzt bloß kein falsches Mitleid. Außerdem haben wir keine Zeit, lange zu debattieren. Wir müssen hier weg!“

Ein leises Brummen des ohnmächtigen Windmachers bestätigte die Dringlichkeit seiner Worte. Offenbar war der Oberfeldwebel kurz davor, wieder aufzuwachen.

Endlich war auch Bornemann wieder zu Verstand gekommen. Er nahm seine Freundin an die Hand und zog sie sanft, aber bestimmt von Windmacher weg, der sich schon wieder leicht regte. Die Augen noch immer auf Windmacher geheftet, ließ sie sich widerstandslos von ihm fortführen.

Beil warf einen letzten Blick auf den Liegenden. Zum ersten Mal in seinem Leben hatte er auf einen Menschen geschossen. Als Soldat hatte er bislang nur auf Pappkameraden schießen müssen, nie auf einen Menschen aus Fleisch und Blut. Nicht aus Versehen, sondern mit vollem Vorsatz. Sicher, er hatte diesen Mann nur gefechtsunfähig machen wollen. Als gut ausgebildetem Schützen war ihm dies auch gelungen. Der Soldat hatte funktioniert. Aber es blieb die unumstößliche Tatsache, dass er für sich persönlich eine Grenze überschritten hatte. Notwehr hin – Notwehr her, damit würde er in Zukunft fertig werden müssen.

Als er sah, dass Windmacher sich stöhnend bewegte, riss er sich von dessen Anblick los und folgte den beiden, die fast schon die Waldbühne erreicht hatten. Beil musste sich beeilen, er konnte sich nicht sicher sein, dass Bornemann, wenn der mit seiner Freundin das Auto zuerst erreicht hatte, auf ihn wartete. Es wäre Bornemann zuzutrauen, dass er in seiner Panik einfach losfahren und seinen Kumpel Beil im Stich lassen würde. Aber da Bornemanns Audi weit unterhalb der scharfen Straßenkehre talwärts im Wald stand, hatte der sportliche Soldat keine Probleme, die zwei einzuholen.

92

Als Klaus Windmacher die Augen wieder aufschlug, wurde es für ihn nur unwesentlich heller. Er schreckte zusammen, wusste im ersten Moment seines wieder erwachenden Bewusstseins nicht, ob er noch lebte oder bereits tot war.

Er schüttelte sich, setzte sich auf und versuchte, sich darüber klar zu werden, was eben vor sich gegangen war. Ihm stand noch deutlich das Bild der beiden verängstigten, jungen Leute vor Augen. Wie stark und unbezwingbar er sich mit der Waffe in der Hand gefühlt hatte. Und dann hatte es einen heftigen Blitzschlag in seinem Hirn gegeben, und er war ohnmächtig geworden. Urplötzlich setzte der Schmerz in der linken Schulter ein, wurde von Sekunde zu Sekunde unerträglicher. Vorsichtig tastete Windmacher seine Schulter ab. Er spürte eine warme Feuchtigkeit dort, wo der Schmerz am heftigsten war. Blut? Wieder schüttelte er sich, um die einsetzende Übelkeit zu vertreiben und den Kopf freizubekommen. Wer hatte auf ihn geschossen? Bornemann und seine Freundin konnten es nicht gewesen sein, die hatte er im Blick gehabt. Es musste also einer von hinten an ihn herangeschlichen sein. Windmacher hatte keine Ahnung, wer das gewesen sein konnte. Aber er erinnerte sich nun wieder schwach daran, einmal ein merkwürdiges Geräusch hinter sich gehört, es aber nicht weiter beachtet zu haben.

Windmacher war Soldat und kannte sich nicht nur mit Waffen aus, sondern wusste auch eine Menge über Schussverletzungen. Und er war einigermaßen sicher, nachdem er sich weiter abgetastet hatte, dass die Patrone vorn an der Schulter wieder ausgetreten war. Es handelte sich also offenbar um ein Vollmantelgeschoss und es war vermutlich ein glatter Durchschuss. Wenn er Glück hatte, würde er keine langfristige Einschränkung seiner Bewegungsfähigkeit hinnehmen müssen.

Er zuckte zusammen, als er plötzlich von unten her schnelle Schrittgeräusche hörte, die näher kamen.

Windmacher schob alle Gedanken an seine lädierte Schulter beiseite, kämpfte sich mit einer enormen Energieleistung in die Vertikale und stolperte mehr, als er lief, in den Wald. Als er weit genug zwischen den Bäumen verschwunden war, um nicht mehr gesehen werden zu können, blieb er stehen und versuchte, etwas zu erkennen. Eine im schwachen Mondlicht nur schemenhaft erkennbare Gestalt betrat nun das große Rondell um das Denkmal herum.

Langsam und so geräuschlos wie es die Bodenverhältnisse, seine Übelkeit und der Schmerz zuließen, ging

Windmacher weiter den schmalen Waldweg entlang. Als er den freien Platz der Waldbühne erreicht hatte, ruhte er sich einen kleinen Moment aus. Aber nicht lange. Wer konnte diese Gestalt sein, die eben zum Denkmal gekommen war? Derjenige, der vorhin auf ihn geschossen hatte? Irgendein Jäger, der zufällig hier herumlief? Oder die Polizei? Wie auch immer, Windmacher hatte wenig Lust, diesem Menschen zu begegnen, zumal Bornemann oder jemand anderer ihm seine Waffe abgenommen hatte. Außerdem hatte Windmacher nach wie vor eine Mission zu erfüllen. Die Gefahr, die für ihn persönlich und für die Organisation von einem möglichen Zeugen Bornemann ausging, war nicht kleiner geworden. Im Gegenteil. Er musste hinterher, musste ihn ausschalten. Sonst wäre er selbst keine Sekunde mehr sicher. Die Organisation ließ Versagen nicht gelten.

Er hätte schreien können vor Schmerz, aber er ging weiter. Aus den realen hundert Metern bis zu seinem Auto wurden es für ihn gefühlte hundert Kilometer. Aber er schaffte es. Mit letzter Kraft taumelte er auf den Asphalt des Parkplatzes und lehnte sich kurz an seinen Geländewagen.

Dann krabbelte er mühsam auf den Fahrersitz und startete. Als er vom Parkplatz herunterfuhr, sah er, dass die Straße Richtung Heiligenkirchen durch ein querstehendes Auto blockiert war. Das Auto kannte er doch! Diesen alten Volvo, der immer noch aussah wie ein Leichenwagen. Sicher, das war doch dieser Polizist aus Detmold. Was machte der denn hier? Außerdem, wo ein Polizist ist, da sind auch andere.

Windmacher lenkte seinen Geländewagen in die andere Straße, Richtung Hiddesen und gab Gas.

93

New York, Rio, Tokio, Düsseldorf, das seien eben alles zu heiße Pflaster für sie, hatten Meier zu Klüts Kolleginnen und

Kollegen vom LKA gelästert, als die sich vor einigen Monaten dazu entschlossen hatte, ihren Job dort hinzuschmeißen, um wieder zurück nach Lippe zu gehen.

„Nee", hatte sie damals gesagt. „New York ging ja noch, aber dieses Kaff hier, das ist nun mal einfach noch einen Zacken aufregender für mich."

Hätte die Polizistin seinerzeit gewusst, wie recht sie damals mit dieser Behauptung gegenüber ihren Freunden gehabt hätte, vielleicht wäre ihre Entscheidung anders ausgefallen. Gegen das, was sie gerade hier in Lippe erlebte, war die Landeshauptstadt ein Schiss.

Meier zu Klüt überlegte. Würde Hartel den dickfälligen Volle dazu bewegen können, die Gaffer von der Straßensperre fernzuhalten? Was sollte sie tun? Zurückfahren, um die Schaulustigen selbst zu vertreiben? Völliger Blödsinn! Das würde sie nicht schaffen, und Volle wäre auf keinen Fall eine Hilfe. Bei dessen Kollegen war sie sich zwar nicht so sicher, aber die beiden Polizisten waren und blieben ein Unsicherheitsfaktor. Hoffentlich würde die Verstärkung nicht so lange auf sich warten lassen. Die Kommissarin entschloss sich, nach vorn zu gehen.

Also startete sie ihren Trecker wieder und fuhr, jetzt gemächlich, die Straße hinauf. Dabei überlegte Meier zu Klüt, wie sie sich weiter verhalten sollte. Schulte konnte sie nicht um Rat fragen. Der war telefonisch nach wie vor nicht zu erreichen.

Die Polizistin begann sich zu ärgern. Sie hasste Unsicherheit. Würden ihr die Autos der Gesuchten überhaupt entgegenkommen? Wenn ja, was sollte sie dann tun? Vielleicht wäre es ja sinnvoll, jedes Fahrzeug, das von oben kam, zum Anhalten zu zwingen? Aber wie sollte sie die Entgegenkommenden überhaupt zum Stoppen bringen?

Außerdem wurde es immer dunkler. Mit jeder neu anbrechenden Minute wurde es schwieriger, auftauchende Fahrzeuge zu identifizieren. Die Polizistin fasste einen

Entschluss. Alles, was nach Twingo oder Audi aussah, würde sie an sich vorbeifahren lassen. Die Wahrscheinlichkeit, dass Bornemann & Co. wild um sich schossen, wenn sie von Volle gestoppt würden, war relativ gering. Das wäre bei Windmacher mit Sicherheit anders. Den musste sie oben auf der Straße abfangen. Außerdem hatte der einen Geländewagen. Einen solchen Fahrzeugtyp konnte man im Dunkeln am ehesten identifizieren.

94

Als erfahrener Polizist wusste Schulte um die Schwierigkeit, in der Dunkelheit exakt die Herkunft eines Geräusches zu orten. Aber dieser Schuss war eindeutig beim Denkmal abgefeuert worden. Schulte entsicherte seine eigene Waffe und ging langsam weiter. Er hielt sich nun aber nicht mehr auf der Mitte des Weges auf, sondern drückte sich so nah an den Rand, dass er jederzeit hätte in den Wald ausweichen können. Nach wenigen Metern hielt er an und lauschte. Für eine Sekunde hatte er das Gefühl, Schrittgeräusche links vom Weg gehört zu haben. Aber das konnte auch der Wind gewesen sein, der trockenes Laub bewegte.

Schulte ging weiter, langsam und so aufmerksam wie möglich. Als er auf dem Platz, auf dessen Mitte das Denkmal stand, ankam, meinte er erneut, links im Wald ein Geräusch gehört zu haben. Lief da jemand? Schulte stand still und lauschte wieder. Aber außer den üblichen Geräuschen des nächtlichen Waldes war nichts zu hören. Zu sehen war bei seiner nicht eben starken Taschenlampe auch nichts. Also leuchtete er den Boden des Platzes ab, in der Hoffnung, dort etwas zu finden, was ihn weiterführen könnte. Ein paar Meter vom Sockel des Denkmals entfernt fand er frisches Blut. Na, wenigstens habe ich den Schuss nicht geträumt, dachte er. Da der gewaltige Unterbau des Hermanns das durchgeschlagene

Geschoss mit großer Wahrscheinlichkeit abbekommen hatte, würden die Spurenleute bei Tageslicht keine Probleme haben, es zu finden. Wenigstens etwas.

Plötzlich fiel ihm ein, dass Maren Köster ganz allein den Geländewagen Windmachers bewachte. Mit Windmacher würde sie ja vielleicht noch fertig werden. Aber es war kaum anzunehmen, dass der allein im Wald war. Denn egal, ob Windmacher eben geschossen hatte oder ob auf ihn geschossen worden war, es musste mindestens noch ein anderer Mensch hier oben herumlaufen. Mindestens. Und das machte Schulte plötzlich ganz unruhig.

Er rannte, so schnell es das funzelige Licht seiner Lampe zuließ, wieder bergab in Richtung des Restaurants. Schulte war kaum dreißig Meter weitergekommen, als er hörte, dass ihm jemand, ebenfalls rennend, entgegenkam. Eben wollte er dem Impuls folgen, sich seitlich in die Büsche zu schlagen, als er Maren Köster erkannte.

Sie war ziemlich außer Atem, als sie mit dem völlig überraschten Schulte zusammentraf.

„Was zum Teufel machst du denn hier?“, schrie er sie lauter an, als eigentlich beabsichtigt. „Ich denke, du bewachst das Auto?“

Sie benötigte ein paar Sekunden, um wieder zu Atem zu kommen.

„Aber der Schuss!“, stieß sie japsend hervor. „Ich habe doch einen Schuss von hier oben gehört.“

Schulte war stinksauer.

„Ja und? Schuss hin oder her, du hattest unten einen Auftrag zu erfüllen. Was hast du dir denn dabei gedacht, einfach hierher zu kommen?“

Sie war immer noch nicht in der Lage, wirklich artikuliert zu sprechen. Aber das hinderte sie nicht, ebenso laut wie er zu brüllen: „Was ich mir gedacht habe? Ich habe gedacht, man hätte auf dich geschossen, du Blödmann. ich hatte plötzlich so ein Bild vor Augen, wie du in einer Blutlache liegst, und Windmacher steht neben dir und lädt noch mal durch. Angst habe ich gehabt, du Großmaul! Angst um dich! Kapierst du das?"Zitternd vor Wut standen die beiden voreinander. Keiner sagte ein Wort.

Schulte war der Erste, dessen Körperspannung sichtbar nachließ. Er wischte sich mit beiden Händen durchs Gesicht, atmete tief und geräuschvoll durch, als er leise sagte: „Tut mir leid! Und ... danke!"Sie blies die Backen auf, wirkte aber ebenfalls deutlich erleichtert.

„Und was war nun, bist du verletzt?", fragte sie.

„Nein", klärte Schulte sie auf. Während beide gemeinsam zurückrannten, brachte Schulte trotz Atemnot seine Kollegin auf den aktuellen Stand.

„Aber mir ist niemand begegnet", rief Maren Köster. „Wenn hier Leute zum Parkplatz gelaufen sind, dann müssten sie an mir vorbeigekommen sein. Es gibt doch keinen anderen Weg, oder?"

„Verdammt!", rief Schulte verärgert, während er weiterlief. „Ich Vollidiot! Warum bin ich nicht gleich darauf gekommen? Sicher, man kann über die Waldbühne abkürzen. Klar, kein Wunder, dass wir niemandem begegnet sind. Los, lass uns noch einen Zahn zulegen!"

Für die sportliche Polizistin offenbar kein großes Problem, Schulte aber musste bis ans Limit gehen.

Als sie am Rande des Parkplatzes ankamen, mussten sie hilflos zusehen, wie ein Geländewagen dem querstehenden Volvo auswich und bergab fuhr.

95

Die Straße zum Hermannsdenkmal wurde rechts von Steilhängen begrenzt. Auf der linken Seite ging es meist talwärts. Doch an manchen Stellen schloss der Wald direkt mit der Straßenkante ab.

Pauline Meier zu Klüt überlegte, wie sie bei diesen Landschaftsbeschaffenheiten ein Auto wohl am besten zum Anhalten bringen könnte. Da sie zu keinem richtigen Entschluss kam, tuckerte sie einfach langsam den Berg hinauf. Nach zwei weiteren Kurven tauchten zwei Lichtkegel im Dunkeln auf. Die Art des Lichts ließ vermuten, dass es sich um Xenonscheinwerfer handelte. Das könnte der Audi von Bornemann sein. Den sollten besser die Kollegen am Parkplatz Mufflonkam unten an der Straße abfangen. Schließlich war sie allein und unten standen immerhin zwei Kollegen parat.

Sie zwängte ihren Fendt so weit wie möglich nach rechts und ließ das Fahrzeug vorbei. Aber der nächste kommt hier nicht vorbei, nahm sie sich vor. Den würde sie selbst fassen. Anschließend zog die Kommissarin den Trecker mitten auf die Straße. Jetzt kam hier gegen ihren Willen keiner mehr nach unten.

Meier zu Klüt wollte Volle darauf aufmerksam machen, dass eines der gesuchten Fahrzeuge auf dem Weg zu ihm war. Doch als sie auf ihr Handy sah, stellte sie fest, dass auch sie sich jetzt im Funkloch befand. Also konnte sie nichts mehr für die Kollegen unten tun. Sie mussten ohne ihre Warnung auskommen.

Von Kurve zu Kurve stieg ihre Aufregung. Wieder nahm sie eine Serpentine. Der folgte eine etwas längere Gerade. Links der Straße war eine größere Fläche, auf der junge Birken, Eschen und Buchen wuchsen. Die Bäumchen waren alle zwei bis drei Meter hoch. Dahinter war eine Senke. Hier wuchs niedriges Buschwerk. An diesem Ort ging es nicht sehr steil talwärts. Leider fehlten jedoch auch die Leitplanken, die sonst an fast allen Stellen der Straße angebracht waren.

Die Treckerfahrerin konnte allerdings von dem Gelände hinter der Straße nicht viel erkennen. Es war mittlerweile ziemlich dunkel geworden.

Als sie die Hälfte der geraden Strecke zurückgelegt hatte, tauchten plötzlich die Lichtkegel eines weiteren Autos vor ihr auf. Meier zu Klüt schaltete die Suchscheinwerfer, die auf dem Dach des Schleppers angebracht waren, an. Sie erkannte sofort den Geländewagen. Der wurde augenblicklich langsamer. Anscheinend blendete sie den Fahrer des Fahrzeugs.

Die Polizistin fluchte. Ausgerechnet an dem Bereich der Straße, genau dort, wo die Leitplanken fehlten, kam es zur Begegnung mit Windmachers Fahrzeug.

Egal, sie konnte es nun mal nicht ändern. Also zog die Kommissarin ihr Gefährt noch weiter in die Straßenmitte. Das bemerkte der Geländewagenfahrer. Er betätigte die Lichthupe und forderte sie so auf, ihm Platz zu machen. Doch Meier zu Klüt dachte gar nicht daran. Sie hielt die Spur.

Das entgegenkommende Fahrzeug bremste weiter ab. Windmacher versuchte, rechts an dem Trecker vorbeizukommen. Dabei kam er auf das Grasbankett der Straße.

Im ersten Moment schien dem Offroader dieser plötzliche Geländewechsel nichts ausmachen. Fast hatte er den Traktor schadlos passiert. Dann aber klaffte vor ihm ein ungefähr ein Meter tiefer Graben. Den schaffte auch ein Allradfahrzeug nicht. Es fuhr noch einige Meter weiter, kippte dann aber um. Die noch verbliebene Bewegungsenergie sorgte dafür, dass das Fahrzeug auf dem Dach weiterrutschte.

Die jungen Bäume knickten um wie Streichhölzer, als das Gefährt wie ein Schlitten in die Naturverjüngung sauste. Doch sie brachen nicht ab, sondern richteten sich, nachdem sie vom Ballast des Blechkolosses befreit waren, wieder auf. Dort standen sie anschließend, an Ort und Stelle, wie vorher. Der Wald hatte den Geländewagen verschluckt. Doch die Scheinwerfer des verunfallten Wagens beleuchteten nun einen Teil der Waldverjüngung.

Meier zu Klüt starrte wie gebannt auf den Vorgang. Dabei hatte sie nicht bemerkt, dass nun auch Schulte mit seinem alten Volvo den Ort des Geschehens erreicht hatte. Das Auto war noch nicht zum Stehen gebracht, da öffnete Maren

Köster schon die Beifahrertür. Sie sprang auf die Straße und zerrte ihre Pistole aus dem Holster. Sie rannte zum Graben, sprang hinein und war eine Sekunde später zwischen den jungen Bäumchen verschwunden. Schulte ließ nicht lange auf sich warten. Auch er sprang die Böschung hinunter und kämpfte sich mit gezogener Waffe durch das Gebüsch.

Es war für die beiden Polizisten nicht einfach, das Dickicht zu durchdringen. Am Waldrand standen die jungen Bäume besonders dicht.

Meier zu Klüt brachte ihren Traktor in Position und schaltete alle Lichtquellen an, die ihr zur Verfügung standen. Jetzt war das Waldstück hell erleuchtet, und sie hatte einen guten Überblick. Sie sah, dass Windmacher sich aus dem Geländewagen befreit hatte. Dort, wo das Auto lag, war das Gebüsch nicht sehr dicht. Diese Tatsache kam dem Flüchtenden zugute. Schnell hatte er zwanzig, dreißig Meter zwischen sich und seine Verfolger gebracht. Mit einer Maschinenpistole in der Hand versuchte er in ein Waldstück zu flüchten, das einen alten Buchenbestand aufwies.

Sollte ihm das wirklich gelingen, dann hatte er Deckung. Von da aus konnte er die beiden Polizisten, die direkt vor ihm rund zehn Meter über eine freie Fläche mussten, abknallen wie die Hasen.

Meier zu Klüt legte den Ackergang ein und fuhr direkt vor dem Graben in die Naturverjüngung. Die jungen Bäume waren kein Hindernis für den Fendt. Lediglich der eine oder andere alte Baumstumpf sorgte dafür, dass die junge Frau ordentlich durchgeschüttelt wurde.

Schon nach fünfzehn Sekunden hatte sie Jupp Schulte und Maren Köster direkt vor sich. Sie drückte auf die Hupe und bedeutete den beiden mit den Händen, aus dem Wege zu gehen.

Schulte konnte es nicht glauben. Er rannte weiterhin vor dem Schlepper her.

„Aus dem Weg“, brüllte Meier zu Klüt und drückte immer wieder auf die Hupe.

Als Schulte sich nicht mehr gegen die Tatsache wehren konnte, dass seine Kollegen auf dem Traktor die besseren Bedingungen hatte, Windmacher zu verfolgen, gab er auf. Mit einem beherzten Sprung rettete er sich in eine Brombeerhecke. Von hier sah er der jungen Polizistin konsterniert nach. Dass die Dornen ihn völlig zerstochen hatten, registrierte er nicht.

Jetzt gab Pauline Meier zu Klüt Gas. Der Trecker brüllte auf wie ein verletztes Tier. Sie musste Windmacher erwischen, bevor er den Hochwald erreicht hatte.

96

Der flüchtende Mann hatte die Aktivitäten hinter sich natürlich auch bemerkt. Als der Lichtkegel das erste Mal über ihn hinwegschwebte, hatte er ungläubig nach hinten gesehen. Wollte man die Verfolgung wirklich mit dieser Höllenmaschine aufnehmen? Einen Moment lang konnte er es kaum glauben. Doch der Trecker pflügte sich durch den Kindergarten der Natur. Die jungen Bäume knickten wie Grashalme weg. Kurz überlegte Windmacher, in Deckung zu gehen, um den Fendt unter Beschuss zu nehmen. Doch er verwarf diesen Gedanken. Sein Herz schlug bis zum Hals, und in seiner Wunde pochte der Schmerz. So würde er keinen sicheren Schuss anbringen können.

Renn! Renn so schnell du kannst, feuerte ihn eine innere Stimme an. Und das tat er. In seinen Lungen brannte es wie Feuer. Vergebens! Das Ungetüm aus Stahl kam näher und näher. Du musst es zu den hohen Bäumen schaffen, dann bist du in Sicherheit, peitschte Windmacher sich nach vorne.

Vergebens! Auf der Hälfte der Strecke war der Traktor direkt hinter ihm.

Windmacher versuchte, der Zugmaschine auszuweichen. Doch die Polizistin war eine geschickte Fahrerin. Sie war sofort wieder hinter ihm. Jetzt fuhr sie so dicht an den Mann heran, dass sie ihn mit dem Metallgewicht, das am Kühler des Traktors angebracht war, fast zu Boden warf. Dann stoppte sie kurz ab. Windmacher hatte wieder zwei Meter Vorsprung. Meier zu Klüt gab erneut Gas. Abermals brachte sie den Flüchtenden fast zu Fall. Dem wurde von Sekunde zu Sekunde klarer, dass er den rettenden Hochwald nicht erreichen würde.

Noch einmal versuchte er einen Haken zu schlagen, um hinter den Trecker zu gelangen. Wieder brachte er es nicht fertig, seine motorisierte Verfolgerin abzuschütteln. Eine Sekunde später war sie wieder hinter ihm. Als er sich hastig umsah, blickte er auf das mörderische Profil des rechten Vorderreifens. Wenn er davon erwischt wurde, wäre es das gewesen.

Angst machte sich in Windmacher breit. Er wurde von einer Verrückten verfolgt. Die mit Sicherheit vor nichts zurückschrecken würde. Er wollte nicht sterben. Seine Panik sorgte dafür, dass er schrie wie ein gehetztes Tier. Verzweifelt versuchte er noch ein letztes Manöver, um zu entkommen. Doch die Polizistin war nicht abzuschütteln. Sie war sofort wieder hinter ihm. Was sollte er tun?

Er war nicht mehr in der Lage zu denken. Angst bestimmte jetzt sein gesamtes Handeln. Verzweifelt hob er die Hände. Rannte jedoch weiter und warf die Maschinenpistole, die er immer noch mit sich herum trug, in den Wald. Ein Zeichen der Aufgabe. Dann riss er die Arme nach oben. Jetzt wurde der Traktor langsamer und kam dann endgültig zum Stehen. Die junge Frau im Führerhaus öffnete eine Scheibe und zielte mit einer Pistole auf ihn.

„Stehen bleiben und Hände über dem Kopf!“, schrie sie. Und dann rief sie in die andere Richtung: „Herr Polizeirat, wo bleiben Sie?“

Schulte saß in seiner Brombeerhecke und war fassungslos. Doch Maren Köster hatte sich längst wieder aufgerappelt. Keine zehn Sekunden später stand sie neben Windmacher und ließ die Handschellen an seinen Armen zuschnappen.

97

Kaum war der Polizeiwagen beim Parkplatz am Hiddeser Heidental wieder in Position gebracht worden, kam auch schon ein Audi A4 von oben herangefahren.

„Keinen weiteren Ärger", hatte Volle gemeint und war im Begriff, das Fahrzeug durchzuwinken. Doch sein jüngerer Kollege war ihm dazwischengegangen.

„Mir reicht es jetzt! Das Fahrzeug wird zumindest kontrolliert." Volle wurde von ihm unsanft beiseite geschoben.

Die anschließende Festnahme der Insassen Beil und Bornemann war dann nur noch eine Formsache gewesen. Fast hätte man den Eindruck gewinnen können, die beiden Verdächtigen freuten sich sogar über ihre drohende Inhaftierung.

Im Polizeipalast hatten die Verhöre bereits begonnen.

Maren Köster leitete die Befragung von Bornemann. Der beteuerte gleich, mit der ganzen Waffenschieberei nichts zu tun zu haben. Erst bei den Gesprächen mit Beil sei ihm seine Rolle klar geworden und wie das System funktioniere. Darüber gab er bereitwillig Auskunft.

„Na ja, Herr Bornemann, dann wäre da natürlich noch ihre Fahnenflucht", bemerkte Maren Köster. „Auch das ist eine Straftat. Wenn die Zeugenbefragungen abgeschlossen sind, werden wir Sie an die Bundeswehr übergeben.

Doch gestatten Sie mir eine Frage: Wieso sind Sie überhaupt Zeitsoldat geworden? Haben eine aufwendige Ausbildung mitgemacht? Und dann, als Sie eingesetzt werden sollten, sind Sie desertiert. Das verstehe ich nicht."

„Wissen Sie", antwortete Bornemann. „Ich bin so erzogen worden, dass man, wenn man etwas anfängt, es auch zu Ende bringt. Ich habe etwas gegen Leute, die erst eine große Fresse riskieren und dann, wenn es darauf ankommt, den Schwanz einziehen. Als ich zur Bundeswehr ging, war Afghanistan schon ein Thema. Und ich habe gedacht, es ist wichtig, unsere Freiheit am Hindukusch zu verteidigen. Doch dann habe ich die Kameraden gesehen, die zurückgekommen sind. Ich habe mir mit einem Soldaten, der da unten war, ein Zimmer geteilt. Jede Nacht hat er vor Angst geschrien.

Keiner von denen, die ich kenne, war nach Afghanistan noch so, wie ich ihn vor dem Einsatz erlebt habe. Der Krieg hatte die Kameraden verändert. Sie kamen wieder. Zum Teil verwundet, doch sie wurden von vielen Leuten hier zu Hause behandelt wie der letzte Dreck. Sie wurden nicht als die Menschen angesehen, die bereit gewesen waren, für Deutschland ihr Leben zu lassen. Sondern diese Leute hielten sie für Marionetten der Politiker, die den Kriegseinsatz beschlossen hatten. Und so wurden sie auch behandelt. Als ich das miterleben musste, habe ich angefangen, mich genauer mit dem Thema auseinanderzusetzen." Er hielt inne, besann sich und fuhr dann fort: „Ein Philosoph hat neulich in einer Fernsehsendung sinngemäß gesagt: Es sei eine prima Sache, allen Ländern der Welt Demokratie und Freiheit zu bringen. Aber mit Waffengewalt funktioniere das nicht. Afghanistan sei ein künstlich geschaffenes Land, in dem viele verschiedene Stämme leben. Dieses Land hätte keinerlei demokratische Tradition und es gäbe auch keinen Nährboden dafür. Man könne Menschenrechte nicht in die Herzen der Menschen schießen und Demokratie und Freiheit nicht hineinbomben. Damit hat der Mann das ausgedrückt, über was ich schon viele Monate nachgedacht hatte, es aber nicht formulieren konnte. Als Soldat könnte man natürlich noch viele Argumente dafür oder dagegen bringen. Aber mein Bauch hat einfach nicht mehr mitgespielt. Immer, wenn ich an den Krieg dachte, wurde mir übel. Ich kam mehr und mehr zu der Überzeugung: An diesem Krieg willst du dich nicht beteiligen. Und als meine Freundin mir dann noch erzählte, dass ich Vater würde, da habe ich mich entschieden. Ich will da nicht hin. Ich will sehen, wie mein Kind aufwächst. Auch wenn es jetzt so aussieht, als wäre ich jemand, der den Schwanz einzieht."

Maren Köster wollte etwas dagegen sagen. Sie biss sich dann aber auf die Zunge.

98

„Kronzeugenregelung! Hören Sie mir auf mit Kronzeugenregelung! Sie verschieben hier jahrelang Waffen der Bundeswehr, greifen einen Polizisten an, entwenden ihm die Waffe und wollen ungeschoren davonkommen? Sie haben wohl einen Knall!", schrie Schulte Beil an.

„Nun regen Sie sich mal nicht so auf, Herr Polizeirat", säuselte Pauline Meier zu Klüt. Und an Beil gewandt sagte sie: „Das wird schon wieder. Unser Polizeirat ist immer so ungeduldig in Verhören. Nun sagen Sie uns mal, warum Sie eine Kronzeugenregelung haben wollen."

Schulte holte tief Luft und wollte wieder lostoben. Nur das nicht, dachte Beil. Selbst in seiner Grundausbildung war er nicht so rundgemacht worden wie gerade eben. Also kam er dem wütenden Polizisten zuvor. „Sie wissen ja gar nicht, worum es geht. Was meinen Sie denn, wer uns die Waffen abgenommen hat? Das waren nicht irgendwelche Bekloppten aus einem Schützenverein. Wir haben an die Mafia geliefert."

„Mafia? Dass ich nicht lache! Das glaube ich erst, wenn Sie mir Ross und Reiter genannt haben!", donnerte Schulte gleich wieder los. „Und kommen Sie mir bloß nicht wieder mit Ihrer blöden Kronzeugenregelung. Also, Butter bei die Fische! An wen haben Sie die Waffen geliefert?“

Beil schwieg.

Der Polizist knallte die Faust auf den Tisch. „Was meinen Sie, mit wem Sie die heutige Nacht verbringen werden?“, brüllte er weiter. „Mit Ihrem netten Kameraden Windmacher. Doch bevor ich den mit Ihnen in eine Zelle sperre, sage ich ihm noch, dass Sie gesungen haben wie ein Vögelchen. Wenn er das weiß, dafür wette ich, bringt er Sie um, sobald Sie auch nur ein Auge zumachen.“

Beil wurde leichenblass.

„Aber, Herr Polizeirat, sehen Sie sich den armen Herrn Beil an. Das können Sie doch nicht machen“, flötete Meier zu Klüt wieder zuckersüß. „Kommen Sie, Herr Beil, sagen Sie uns, was Sie wissen, und ich rede noch einmal mit meinem Chef.“

„Verdammt! Verdammt! Verdammt! Ich weiß von all dem nichts. Rein gar nichts! Das hat alles der Windmacher geregelt. Okay, ich habe mich ein, zwei Mal in Detmold mit ein paar Leuten getroffen. Einer heißt, glaube ich, Luigi irgendwas und war Kellner in einer Pizzeria oder in einer Kneipe. Und außerdem kenne ich noch die Adressen von drei Wohnungen. Die habe ich aber nicht im Kopf.“

„Sondern?“, schnauzte Schulte Beil an.

„Die stehen auf einem Zettel. Der ist in meinem Portemonnaie, aber das haben Sie mir ja abgenommen.“

Meier zu Klüt verließ den Raum und kam nach einer Minute mit der Geldbörse zurück. Sie gab Beil das abgegriffene Lederetui. „Und?“, fragte Schulte.

Der Mann kramte in verschiedenen Fächern und förderte einen abgegriffenen, speckigen Zettel hervor. Schulte nahm ihn an sich und entfaltete das Blatt vorsichtig. Dann schob er es in eine Plastikhülle.

„Ist doch wenigstens etwas“, sagte er. „Also gut, die Nacht mit Windmacher erspare ich Ihnen.“

99

Eine Tür knallte zu. Dieses laute Geräusch ließ Schulte hochschrecken. Die Detmolder Polizisten hatten die ganze Nacht durchgearbeitet. So gegen vier Uhr hatte der Polizeirat die Nase voll. Er war in sein Büro gegangen.

Hundemüde, wie er war, besann er sich auf einen alten Trick. Er setzte sich in seinen Stuhl und zog die untere Schublade des Schreibtisches heraus. In die legte er seine Füße. So, einigermaßen in der Waagerechten, hatte er schon manches Nickerchen gemacht. Im Gegensatz zu früher tat ihm heute jedoch nicht der Kopf, sondern jeder Knochen einzeln weh.

Schulte blinzelte. Die Sonne schien in sein Büro. Er versuchte, sich zu orientieren.

„Was ist los, Meier? Wie spät ist es? “

Die Polizistin sah auf die Uhr. „Halb neun“, entgegnete sie und kam dann zur Sache. „So langsam wird ein Schuh aus der ganzen Angelegenheit. Ich habe noch einmal alle Unterlagen gecheckt. Insbesondere die der Hausdurchsuchung bei dem Toten, diesem Brocelli. Und die Aussagen der festgenommenen Personen, die unseren Lindemann so zugerichtet haben, die müssen wir uns heute auf jeden Fall noch einmal vorknöpfen.

Wir verfügen jetzt über sechs konkrete Adressen, die auf einen Zusammenhang zu dem Fall Windmacher hinweisen. Aus dem Kerl ist allerdings nichts herauszubekommen. Der schweigt wie ein Grab. Ich wette, dass der Bursche die meisten Zusammenhänge kennt. Wie auch immer, der hält die Klappe, der scheint sich um sein Leben zu fürchten.

Außerdem habe ich eben Kontakt zu Ihrer alten Chefin, Margarete Bülow, aufgenommen. Schöne Grüße übrigens. Frau Bülow will sich einmal schlaumachen, ob es beim LKA Zusammenhänge zwischen organisierter Kriminalität und Detmold gibt. Im Netz habe ich aber auch schon mal ein bisschen recherchiert. Da bin ich auf ganz interessante Funde gestoßen.“

Meier zu Klüt reichte Schulte einige Blätter. Auf der ersten Seite las er aus einem Artikel der Rheinischen Post:

Das Landeskriminalamt in Düsseldorf sieht keine Anhaltspunkte dafür, dass sich die Aktivitäten der Mafia in NRW von denen in anderen Bundesländern unterscheiden. 2008 wurde lediglich gegen vier mutmaßliche Mafiosi ermittelt. Dabei sollen nach Erkenntnissen des italienischen Buchautors Francesco Forgione rund 30 italienische Restaurants von 'Ndrangheta, Cosa Nostra und Camorra' kontrolliert werden. In seinem neuen Buch ‚Mafia Export' lokalisiert er unter Berufung auf italienische Ermittlungsakten Stützpunkte in Arnsberg, Bochum, Detmold, Duisburg, Düsseldorf, Essen, Kaarst, Köln, Krefeld, Mülheim, Münster, Oberhausen und Siegburg.

„Sieh an, unser beschauliches Detmold, ein Zentrum der Mafia. Na los, Meier, dann wollen wir beiden einmal zum Staatsanwalt gehen. Die sechs Wohnungen stellen wir auf den Kopf.“ Meier zu Klüt hielt Schulte die Tür auf und fragte lakonisch: „Nehmen wir den Trecker oder den Leichenwagen?“

100

Der Staatsanwalt raufte sich die nicht mehr vorhandenen Haare. „Mann, Schulte, jetzt sind Sie aber völlig durchgeknallt. Die Mafia in Detmold, das glaube ich jetzt nicht.“

Der Polizist sagte gar nichts, stattdessen legte er ihm die Recherchen von Meier zu Klüt auf den Tisch. „Ich kann ja verstehen, dass Sie sich mit dem organisierten Verbrechen in unserem beschaulichen Städtchen schwertun. Geht mir ähnlich. Aber früher oder später müssen auch mal Polizei und Staatsanwaltschaft genauer hinschauen.“

Just wand sich schlimmer als ein junger Aal.

„Schulte, Schulte, wenn diese Hausdurchsuchungen in die Hosen gehen …“

„... halte ich mein breites Kreuz hin“, beendete Schulte geistesgegenwärtig diese einseitige Unterhaltung.

Widerwillig unterzeichnete der Vertreter der Anklage die nötigen Dokumente.

Die Tinte war noch nicht trocken, da hatten die beiden Polizisten das Büro des Staatsanwalts bereits verlassen.

„Dann wollen wir mal alles aufbieten, was laufen kann. Wir müssen Erfolg haben“, versuchte sich Schulte in Stimmung zu bringen.

Zwei Stunden später waren alle verfügbaren Polizisten aus Detmold und Umgebung zusammengetrommelt. Meier zu Klüt hatte während dieser Zeit ihre Recherchen vervollständigt und zusätzliche Informationen vom LKA besorgt. Daher hielt Schulte sich nicht mit langen Vorreden auf. Nach der Begrüßung fasste er die Situation mit wenigen Sätzen zusammen.

Danach gab er das Wort an seine Kollegin weiter: „Es gibt derzeit keine Hinweise darauf, dass Deutschland für die Mafia ein besonders attraktives Land in Europa ist. Aber es ist das am besten kolonialisierte. Soll heißen, das organisierte Verbrechen aus Asien, Russland und eben auch die italienische Mafia haben seit Jahren die Märkte unter sich aufgeteilt. Wenn wir die Ermittlungen gegen diese Organisationen führen, müssen wir nicht unbedingt nach Personen aus Kalabrien oder Sizilien suchen. Nein, es gibt auch genügend deutsche Notare und Anwälte, die für das organisierte Verbrechen arbeiten. Genau solche sogenannte unbescholtenen Bürger und darüber hinaus Strohmänner, das sind die Personen, die über gezielte Reinvestitionen bei der Geldwäsche helfen. – Das Bundesland Nordrhein-Westfalen nimmt dabei noch einmal eine besondere Rolle ein: Es liegt strategisch günstig an der

Grenze zu Belgien und den Niederlanden, den Haupteinfallstoren für Kokain in Europa. Wir können davon ausgehen, dass diese Handelswege ebenfalls für Waffenschieberei eingesetzt werden. Wahrscheinlich haben diesen Weg auch jene Waffen, die in Augustdorf verschwunden sind, genommen.

Das Landeskriminalamt in Düsseldorf sieht zwar keine Anhaltspunkte dafür, dass sich die Aktivitäten der Mafia in NRW von denen in anderen Bundesländern unterscheiden. 2010 wurde lediglich gegen vier mutmaßliche Mafiosi ermittelt.

Doch nach Erkenntnissen des italienischen Buchautors Francesco Forgione gehört auch – man höre und staune – Detmold zu den Stützpunkten der italienischen Mafia. Forgiones Erkenntnisse weisen darauf hin, dass unsere beschauliche Stadt bei der Mafia in Deutschland durchaus eine beachtliche Rolle spielt.

Ich habe noch einmal sämtliche Steckbriefe von gesuchten Personen, die mit dem organisierten Verbrechen in Zusammenhang stehen, ausgedruckt. Wir werden alsbald sechs Detmolder Wohnungen und Gebäude gleichzeitig durchsuchen. Deshalb bilden wir gleich sechs Gruppen, die dann von mir die entsprechenden Unterlagen ausgehändigt bekommen."

„Also Leute, holt euch die Unterlagen und dann Abmarsch!", beendete Schulte das Treffen.

Volle ging einem Polizeitross voraus. Als er keine zehn Meter mehr von der Wohnungstür eines der sechs Objekte entfernt war, öffnete sich die Haustür. Ein elegant gekleideter, südländisch geprägter Herr trat hinaus in den Garten. Der Mann ging auf die Polizisten zu, lupfte höflich seinen Hut, sagte: „Scusa" und spazierte an den Gesetzeshütern vorbei.

Einer der Uniformierten wollte den Alten ansprechen. Doch Volle ging dazwischen. „Wir sollen eine Wohnung durchsuchen und keine Rentner belästigen! Also Kollege, an die Arbeit. Außerdem habe ich keine Lust, von einem Killer abgeknallt zu werden, den mir ein Mafia-Boss auf den Hals hetzt, weil ich ihn verhaftet habe." Noch während der Gemaßregelte sich über Volle aufregte, startete der alte Herr seinen Daimler und fuhr davon.

101

Als Schulte am nächsten Morgen ins Büro kam, lag die Heimatzeitung schon auf seinem Tisch. Der Zeitungsartikel, in dem über die gestrige Hausdurchsuchung berichtet wurde, war dick gekennzeichnet. Er las:

Schlag gegen die italienische Mafia
Mutmaßliches Mitglied der 'Ndrangheta' in Haft

Detmold (hero). Der Staatsanwaltschaft in Detmold ist offenbar ein Schlag gegen die italienische Mafia gelungen. In Detmold wurden sechs Gebäude durchsucht, nach Auskunft von Staatsanwalt Alexander Just unter anderem ein Gastronomiebetrieb. Gesucht wurden Beweise gegen mehrere mutmaßliche Mitglieder der 'Ndrangheta', einer aus Kalabrien stammenden Mafia-Organisation, die in Deutschland vor allem durch einen Sechsfachmord 2007 in Duisburg für Schlagzeilen gesorgt hatte. Ein 25-Jähriger, der in diesem Zusammenhang gesucht wird und seit vielen Jahren in Deutschland lebt, wurde in Detmold in Untersuchungshaft genommen.

Staatsanwalt Just zufolge waren die Ermittler durch die Festnahmen von Waffenschiebern auf die Gruppe in Detmold gestoßen. Bei weiteren Nachforschungen entdeckte man eine Querverbindung. In der Nähe von Verona seien in einem Auto mit lippischem Kennzeichen 3,4 Kilogramm Kokain gefunden worden – „so viel haben wir hier noch nie sichergestellt". Das Auto war auf den 25-Jährigen zugelassen. Die Staatsanwaltschaft ermittle gegen die Gruppe wegen Mitgliedschaft in einer kriminellen Organisation. Wie genau die 'Ndrangheta' sich bis nach Detmold vernetze, sei auch für die Ermittler noch schwer durchschaubar, sagte Just: „Ich sage es offen – wir wissen wenig über die internen Strukturen der Organisation. Es ist nicht einfach, da hineinzuschauen."

Hinweise auf Schutzgelderpressungen oder ähnliche Mafia-Straftaten in Lippe gebe es bislang nicht – die Ermittlungen konzentrierten sich auf den Drogenhandel für die Organisation. Dass die Razzia in Detmold nur einen Tag nach einer internationalen Aktion gegen die 'Ndrangheta' stattfand, nannte Staatsanwalt Just einen „puren Zufall".

[vgl. Lippische Landes-Zeitung, 11.3.2011]

Nachdem Schulte den Artikel gelesen hatte, faltete er die Zeitung zusammen und starrte aus dem Fenster.

Doch schon nach einigen Sekunden wurde er von Pauline Meier zu Klüt gestört. „Na, Herr Polizeirat, schon Zeitung gelesen?"

Schulte nickte. „Aber zufrieden macht mich das Ganze nicht. Wir haben zwar einen Mord aufgeklärt und vielleicht weitere verhindert. Aber nicht mehr und nicht weniger. Der Staatsanwalt wollte von organisiertem Verbrechen nichts wissen. Wenn es nach dem gegangen wäre, hätte es nicht einmal die Hausdurchsuchungen gegeben. Und so ein dusseliger Polizist lässt wahrscheinlich einen der Drahtzieher laufen, weil er Schiss hat, aus Rache umgebracht zu werden. Okay, das war Volle. Der war vielleicht auch nur zu faul. Aber sei dir sicher, Meier, von Mafia und organisiertem Verbrechen spricht in einer Woche in Detmold keiner mehr. Wir haben wieder einmal nur die kleinen Fische erwischt. Die Großen lässt man einmal mehr laufen. Der Staatsanwalt hat mir schon zu verstehen gegeben, er wünsche keine weiteren Nachforschungen. Wir in Detmold hätten andere Aufgaben, deshalb hat er die ganze Angelegenheit dem LKA in Düsseldorf übergeben."

Die junge Frau seufzte leise. „Tja", klang es leicht resigniert von ihr, „so ist das nun mal. Gibt es denn Neuigkeiten von den kleinen Fischen, wenn wir die großen schon laufen lassen müssen?"

Schulte schmunzelte. Er hatte sich an Pauline Meier zu Klüt gewöhnt, keine Frage. Es wurde höchste Zeit, sich einzugestehen, dass er mit dieser jungen Dame gern zusammenarbeitete.

„Bornemann hat nächste Woche sein Verfahren. Sein Anwalt geht davon aus, dass er mit einer milden Strafe davonkommt. Ich persönlich würde es ihm gönnen. Er ist zwar nicht der Hellste, aber er tut doch keiner Fliege was zuleide. Aber dieser Patrick Beil wird noch ein bisschen warten müssen, bis er vor das Landgericht kommt. Bei ihm wird es deutlich komplizierter. Hier muss noch jede Menge Stoff gesichtet und ausgewertet werden. Das ist ein ganz anderes Kaliber als Bornemann. Mit Bewährung kommt der nicht davon. Von seiner lächerlichen Kronzeugenregelung mal ganz abgesehen. Das kann er knicken."

„Und was ist mit Windmacher?"

„Der hat gestern Abend alles gestanden", mischte sich Maren Köster, die eben zur Tür herein kam, ins Gespräch. „Hinter diesen Fall können wir einen dicken Haken machen. Hier ist das Protokoll." Sie warf einen dünnen Ordner auf den Tisch und schaute die beiden Kollegen erschöpft aber zufrieden an. Als Pauline Meier zu Klüt gegangen war, setzte sich Maren Köster auf ihren Stuhl und fragte herausfordernd: „Na, Kollege, wie wär es nun mit einem leckeren Kaffee aus deiner legendären Kaffeemaschine?"

Und als Schulte sich gerade an die Arbeit machen wollte, fasste sie grinsend nach: „Und wie klappt die Zusammenarbeit mit der Neuen? Versteht ihr euch gut? Gefällt sie dir?“

Schulte war überrascht, grinste dann aber zurück. „Doch, sie gefällt mir. Nettes Mädchen. Aber sie könnte eine meiner Töchter sein. Mach dir keine Sorgen!“

Maren Köster schmunzelte. „Jupp, wie hast du dich verändert!“, lachte sie, stand auf und hakte sich bei ihm ein. „Und Sorgen mache ich mir erst, wenn du mich nicht zu Anton Fritzmeiers Abschlussball mitnimmst. Den will ich auf gar keinen Fall verpassen!“

102

Nur mit Mühe hatten sie Anton Fritzmeier dazu bewegen können, zu seinem eigenen Abschlussball zu gehen. Bereits Stunden vor Beginn des großen Ereignisses hatte sich abgezeichnet, dass seine Laune im freien Fall begriffen war.

„Ich hab schon gar keine Lust mehr!“, hatte er bockig gedröhnt, wenn er auf den Ball angesprochen worden war. Und dieser Einleitung war immer wieder die gleiche Klage gefolgt. Eigentlich sei er für so was doch nun wirklich zu alt, er wolle doch nur seine wohlverdiente Ruhe haben. Der Termin passte ihm angeblich überhaupt nicht, da an diesem Abend das DFB-Pokalendspiel stattfand. Schulte konnte sich zwar nicht erinnern, dass Fritzmeier jemals Interesse an Fußball gezeigt hatte, sagte aber nichts dazu. Die Teilnehmer des Tanzkurses seien eine hoffnungslos verkalkte Truppe, von der mehr als die Hälfte das bisschen Restverstand auch noch an der Garderobe der Tanzschule abgeben würde.

„Die wissen doch nicht, wasse tun“, hatte er gejammert. „Die ham überhaupt kein Chefühl fürs Tanzen. Die Kerle zählen beim Tanzen die Schritte, weil se sons durcheinanderkommen. Und die Frauen lassen sich einfach so hin und her schieben, völlig willenlos. Aber wichtig ist dabei: Immer schön chrinsen! Nee, nee. Keine Musik inne Knochen, keine Leidenschaft, als hätten se alle ´n Stock im Arsch. Und das soll Tanzen sein? Hör mich doch auf!“

Und am schlimmsten war die Tanzlehrerin in seiner Bewertung weggekommen.

„Die lange Dürre? Was chlaubt die eichentlich? Das iss doch die Schlimmste von allen. Also Jupp, das eine kannsse chlauben: Wenn in diesen Tanzkurs einer iss, der weiß, wie‘s cheht, dann ist dat der alte Fritzmeier. Aber diese einchebildete Ziege will mir immer vorschreiben, was ich machen soll. Ich soll auf meine Schrittfolge achten. Ich soll auf meinen Rhythmus achten. Jupp, ich hatte schon Rhythmus inne Beine, da ham sich die Chroßeltern von diese Tussi noch nich mal kennen chelernt. Was will die mich denn woll beibringen? Mann oh Mann, das soll mich was cheben, heute Abend!“

Schulte hatte die Bemerkung heruntergeschluckt, dass er sich auch lieber mit einer kühlen Flasche Bier das Pokalendspiel anschauen würde. Aber er stand nun mal im Wort, als Fritzmeiers Gast dabei zu sein. Den alten Mann zu enttäuschen, kam ihm nicht in den Sinn. Nur die Zusage von Maren Köster, ihn zu begleiten, hatte diesem Abend eine etwas erfreulichere Perspektive gegeben. Aber auch das war geeignet gewesen, ihn melancholisch zu stimmen. Sie würden als Paar dort auftreten. Wie ein ganz normales Ehepaar im besten Alter würden sie auf die übrigen Gäste wirken. Ein etwas verlebt wirkender Fünfziger mit seiner schönen und natürlich jüngeren Frau. Er könnte dem Aussehen nach Inhaber eines erfolgreichen Handwerksbetriebes sein, sie Lehrerin mit einer halben Stelle. Die Kinder aus dem Gröbsten raus, die zuckersüße Tochter macht gerade Abitur, der wesentlich jüngere Sohn ist ein Mathe-Genie, ist sportlich und bereitet sich auf die Pubertät vor. Wäre das alles so abwegig? Schulte konnte diese Frage nicht einfach beantworten. Schließlich hatte er sich über zehn Jahre um diese Frau bemüht. Wären seine Bemühungen von Erfolg gekrönt gewesen, dann könnte dieses Bild von ihnen tatsächlich der Realität entsprechen.

Aber Schulte war ehrlich genug, sich einzugestehen, dass dieses Familienidyll eigentlich nie Ziel seiner Mühen gewesen war. Seine Träume waren schlichter gewesen, deutlich mehr körperlich orientiert. Sicher, er hatte Maren Köster auch sehr gemocht, aber in erster Linie war sie für ihn eine umwerfend scharfe Frau gewesen, die sein Blut zum Kochen gebracht hatte. Ein Zusammenleben war für Schulte unvorstellbar.

Nun stand Schulte mit Maren Köster, Anton Fritzmeier und Elvira Kaufmann in einer langen Schlange vor der Garderobe des festlich geschmückten Saales. Es war der große Festsaal der Detmolder Schlosswache, die als Gaststätte zurzeit geschlossen, die aber bestens geeignet war, Feierlichkeiten dieser Art einen würdigen Rahmen zu geben. Schulte hatte sich in seinen besten Anzug geworfen, was bei ihm nicht bedeutete, dass so ein Kleidungsstück den Maßstäben der anderen anwesenden Herren entsprochen hätte. Maren Köster hingegen sah hinreißend aus. Das kleine Schwarze war schlicht, aber an ihrem Körper enorm wirkungsvoll. Für Schulte war der Abend allein dadurch schon gerettet. Wenn es ganz langweilig werden sollte, würde er einfach die ganze Zeit seine Begleiterin anschauen und sich bestens unterhalten fühlen.

Elvira Kaufmann, Fritzmeiers Freundin aus Bad Salzuflen, glich das, was ihr an jugendlichem Schwung nicht mehr zur Verfügung stand, durch elegante Kleidung und eine starke persönliche Ausstrahlung aus. Ja, die beiden Frauen machten schon was her, dachte Schulte. Von sich selbst war er nicht so überzeugt – und was Anton Fritzmeier anging, sah es ganz finster aus.

Nicht, dass der alte Bauer sich nicht fein gemacht hätte. Dafür hatte Elvira Kaufmann schon gesorgt. Er war gut rasiert, das schüttere Haar war sorgfältig gescheitelt, er hatte seinen allerbesten schwarzen Anzug an, die Schuhe waren poliert und er duftete wie eine Frühlingswiese. Nur seine Miene passte nicht dazu. Er machte den Eindruck, als sei er unter Folterandrohung hierher verschleppt worden. Nun auch noch in einer Schlange stehen zu müssen, gab ihm fast den Rest.

Elvira gab sich alle erdenkliche Mühe, ihren Anton immer wieder mit den anderen Wartenden ins Gespräch zu bringen, ihm ab und zu mal ein Lächeln abzutrotzen. Aber das schien an diesem Abend der Versuch an einem untauglichen Objekt zu sein. Fritzmeier antwortete karg, wenn er angesprochen wurde, verzog dabei aber keine Miene. Schulte, der ja selbst alles andere als ein Partylöwe war, verspürte Mitleid mit der sympathischen, alten Dame und überlegte angestrengt, wie er sie unterstützen konnte. Aber als alle ihre Jacken und Mäntel abgegeben hatten, bewiesen die beiden Frauen, dass sie keiner Hilfe bedurften. Elvira Kaufmann hakte Fritzmeier rechts ein, Maren Köster links, und zusammen zogen sie fröhlich lächelnd den mürrischen Alten in den Festsaal, in dessen vorderem Bereich lange, festlich geschmückte Tische standen, im hinterem Teil das Buffet aufgebaut sowie eine große freie Fläche zum Tanzen ausgespart worden waren.

Sie hatten mit ihrer Eintrittskarte einen Platz an einem Tisch direkt beim Eingang bekommen, was Fritzmeier überhaupt nicht behagte.

„Nee, hier setz ich mich nich hin!“, schimpfte er lauthals. „Hier happich ja das chanze Cherenne im Rücken. Wenn einer auf Klo will, muss er an mir vorbei. Außerdem chibt´s das Essen inner chanz anderen Ecke. Da iss mein Essen ja schon wieder kalt, bis ich wieder hierhin zurück bin. Und die Tanzfläche kann ich von hier aus auch nich richtig sehen. Nich mit mir, Leute!“

Laut polternd suchte er nach einem Verantwortlichen, um dem so richtig den Marsch zu blasen. Aber Elvira Kaufmann holte ihn ein, fasste ihn energisch am Arm und zog ihn zurück an den vorgesehenen Tisch. Sie drückte ihn auf einen der Stühle und setzte sich neben ihn. Schulte sah interessiert zu, wie sie sich anschließend zu ihm hinüberbeugte und ihm etwas ins Ohr flüsterte. Ob es ein Versprechen oder eine Drohung war, konnte Schulte nicht erkennen. Auf jeden Fall zeigte es Wirkung, denn Fritzmeier gab sich danach deutlich friedlicher.

Vielleicht lag es aber auch daran, dass er sich zwischen seiner Elvira und Maren Köster wirkungsvoll in Szene gesetzt fühlte.

Endlich hatte Schulte Zeit, sich einmal in Ruhe umzuschauen. Im Saal saßen überwiegend Senioren. Vermutlich war Maren Köster hier die jüngste Besucherin. Irgendwann hatten alle ihren Platz gefunden und der Abschlussball konnte beginnen.

Eine große, sehr schlanke, blonde Frau im langen, silbrig glänzenden Ballkleid betrat die Tanzfläche. Ein kabelloses Headset-Mikrophon wurde von dem wallenden Blondhaar fast völlig verdeckt. Sie begrüßte die Kursteilnehmer und ihre Gäste und erklärte kurz den weiteren Verlauf des Abends.

„Das ist die Jesus-Frau“, raunte Fritzmeier Schulte zu. „Du weiss doch, diese lange Dürre. Die hat vielleicht Haare auffe Zähne, sach ich dir.“ Für diese zu laut gesprochene Bemerkung fing er sich einen strafenden Rippenstoß seiner Begleiterin ein und schwieg betreten.

Der erste Programmpunkt war eine Techno-Tanzgruppe aus Detmold, die eine selbst einstudierte Choreografie aufführen würde. Fritzmeier zuckte heftig zusammen, als die ersten Töne wie ein Orkan durch die gewaltigen Lautsprecher brachen. Die zwanzig Teenager, zwei junge Burschen, der Rest waren durch die Bank gut gewachsene Mädchen, legten gleich mächtig los.

Nachdem Fritzmeier seinen ersten akustischen Schock überwunden hatte, kramte er seine Brille aus Elviras Handtasche und setzte sie auf. Mit neu gewonnener Sehstärke schaute er sich die jungen Damen an, die in rasend schnell wechselnden Formationen ihr Bestes gaben. Die beiden Jungs blieben im Hintergrund, was niemand schade fand. Die Mädels machten auf Fritzmeier einen sehr erquicklichen Eindruck, wie Schulte an seinem Mienenspiel erkennen konnte. Die Tänzerinnen machten die merkwürdigsten Armbewegungen. Mal sah es aus, als würden sie beidhändig in einem großen Topf herumrühren, mal als würden sie über eine weite Entfernung jemandem zuwinken, mal klopften sie sich selbst am ganzen Körper ab, als würden sie verzweifelt nach ihrem Handy suchen. So plötzlich, wie der donnernde Lärm über sie gekommen war, so plötzlich brach er ab. Die jungen Leute hatten alles gegeben und verabschiedeten sich unter Applaus von den im Schnitt zwei Generationen älteren Zuschauern.

„Die Musik kannse verchessen", schrie Fritzmeier, noch immer halb taub, zu Schulte. „Aber die Mädels waren chanz nett anzugucken. So, chetz kann ich ja meine Brille wieder abnehmen. Macht einen doch irgendwie alt, so´n Ding."

Seine Laune war immer noch nicht wieder hergestellt, hatte aber ihren Tiefpunkt überwunden. Schulte seufzte erleichtert.

Dann rief die Tanzlehrerin die Kursteilnehmer zum ersten Tanz auf. Schwer atmend stand Anton Fritzmeier auf, bot seiner Elvira den Arm an, brummelte etwas wie: „Denn mal auf in den Kampf", und schritt mit ihr zur Tanzfläche. Beglückt bemerkte Schulte, dass Maren Köster, um besser sehen zu können, ihren Stuhl so weit an ihn heranrückte, dass sie nun Schulter an Schulter mit ihm saß.

„Ein schönes Paar", sagte sie lächelnd. Doch es war offenbar nicht der Abend des Anton Fritzmeier. Beunruhigt sah Schulte seinem Gesicht an, dass ihm irgendwas nicht passte. Auch seine Tanzbewegungen waren alles andere als fließend. Fritzmeier tanzte nicht, er kämpfte sich, von den zahlreichen Mittänzern arg in seinem Wirkungsradius begrenzt, durch das Musikstück. Als die beiden wieder zum Tisch zurückkamen, schaut Elvira Kaufmann unglücklich drein und Fritzmeier schäumte vor Wut.

„Ich mach mich doch nich zum Affen! Hier kann doch kein Mensch vernünftig tanzen. Iss doch viel zu eng. Da kannsse ja nur auffe Stelle hoppsen. Schluss aus, ich chehe nach Hause!“

Er schien es tatsächlich ernst zu meinen, denn er setzte sich gar nicht erst wieder hin. Offenbar wartete er darauf, dass seine Tanzpartnerin und seine beiden Gäste ganz selbstverständlich seinem Beispiel folgen und den Saal verlassen würden. Die dachten aber nicht daran.

Elvira Kaufmann setzte sich demonstrativ wieder auf ihren Stuhl, blickte zu dem stehenden Fritzmeier hoch und sagte kurz und knapp, aber äußerst bestimmt:

„Anton, setz dich hin und sei ruhig!“

Schulte staunte. So hatte er die freundliche, eher sanfte Frau noch nie erlebt. Hier kam die Lehrerin durch, die genau wusste, wie man schwierige Schüler anzufassen hatte. Mürrisch ließ Fritzmeier sich auf seinen Stuhl fallen. Schulte und Maren Köster versuchten ihm klarzumachen, dass, wenn schon das Tanzen ihm keine Freude machte, er doch wenigstens das große Buffet noch nutzen solle. Es wäre doch schade ums Geld. Fritzmeier gab zwar keine Widerworte mehr, schmollte aber weiter. Dann trat wieder die Tanzlehrerin auf die freie Fläche und das Plappern rundherum erstarb. Die Frau lächelte in die Runde und kündigte an:

„Ich hoffe, Sie sehen es mir nach, aber ich möchte mir nun einen ganz persönlichen Wunsch erfüllen. Als Tanzlehrerin kommt man ja kaum dazu, selber zu tanzen. Dabei liebe ich den festlichsten und glanzvollsten aller Tänze, den Walzer. Gestatten Sie mir bitte, jetzt ganz exklusiv meinen

Lieblingswalzer tanzen zu dürfen. Und ich hoffe, dass mir mein begabtester Schüler die Ehre gibt, mein Tanzpartner zu sein. Herr Fritzmeier, wären Sie so freundlich?"

Der alte Bauer schien seinen Ohren nicht zu trauen, als er seinen Namen hörte. Selten hatte Schulte ihn so rot werden sehen. Aber nun war Anton Fritzmeier völlig verwirrt. Fast panisch schaute er in die Runde, sah alle Gesichter erwartungsvoll auf ihn gerichtet.

Er hätte wohl noch länger stumm und starr vor Überraschung gesessen, wenn nicht Elvira Kaufmann mit einem warmen Lächeln leise zu ihm gesagt hätte:

„Los, nun mach schon! Ein Kavalier lässt eine Dame nicht warten".

Wie hypnotisiert stand Fritzmeier auf und ging durch die Tischreihen. Maren Köster klatschte als Erste die Hände zusammen, und als alle anderen ihr dabei folgten, wurde Fritzmeiers einsamer Weg zur Tanzfläche zum Triumphmarsch. Dann brandete Walzermusik auf und Schulte sah vergnügt zu, wie die um einen halben Kopf größere Frau sich an den alten Herrn presste und geschickt so tat, als ließe sie sich von ihm führen. Es brauchte nur einige wenige Takte und Fritzmeier hatte seine Schockstarre abgelegt. Nun legte er richtig los.

So musste er damals getanzt haben, dachte Schulte. Damals in der Nachkriegszeit. In seiner Jugend. Als man ihn den Rudolfo Valentino Lippes genannt hatte. Als alle anderen Männer frustriert an die Theke gegangen waren, wenn er auf der Tanzfläche war und die Frauen vor Glück gekreischt hatten. Ob das jemals so gewesen war, konnte Schulte nicht sicher wissen, aber es war durchaus vorstellbar.

Ein unglaublicher Applaus begleitete den alten Bauern, als er würdevoll wieder zu seinem Tisch zurückschritt und seine glücklich strahlende Elvira stolz anschaute. An Schulte gewandt, sagte er: „Na Jupp, was sachsse chetz? Cheht doch noch, was?"